中公文庫

ササッサ谷の怪

コナン・ドイル奇譚集

コナン・ドイル
小池　滋　監訳
北原尚彦　編

中央公論新社

目次

ササッサ谷の怪　7
アメリカ人の話　27
退役軍人の話　41
幽霊選び――ゴアズソープ屋敷の幽霊　63
辻馬車屋の話――ロンドンの四輪辻馬車屋の奇妙な経験　92
ハンプシャー州の淋しい家　106
エヴァンジェリン号の運命　125
真夜中の客　160

やりきれない話　199
連隊のスキャンダル　215
業《わざ》師《し》ウィルキーの思い出話　229
死の航海　253
教区雑誌　300
最後の手段　317
編者解説　北原尚彦　335

ササッサ谷の怪　コナン・ドイル奇譚集

ササッサ谷の怪

トム・ドナヒューがなぜ「ラッキー・トム」と言われるのか知ってるか、だって？　勿《もち》論《ろん》、知ってるさ。しかも、奴のことをそう呼んでる連中のほとんどが知らんことまでね。わしも一生の間、あっちこっちうろつきまわって、奇妙なものも見てきたけれども、トムがこの渾名《あだな》を付けられ、それと一緒に一財産手に入れたいきさつほど不思議な話を知らんねえ。というのも、当時わしは奴と一緒にいて全部見てたからさ。話せって。いいとも。でもちっと長話になるよ。とても変わった話だけれどもね。まあ、わしがしゃべってる間、酒をもう一杯注いで、葉巻タバコももう一本ぐらい吸えるんじゃないかな。そう、全く変わった話でねえ。わしの知っているおとぎ話なんかめじゃない。でも実話だよ、全部。いまでもケープ植民地へ行きゃ、この話を憶えている人がいるから、わしの言ったことを裏書きしてくれるよ。きっとオレンジ州からグリクァランドにかけて、ボーア人の小屋ん中で、火を囲んで何度も話されたこったろうさ。そうとも、もっと辺境の森やダイヤモンド採掘場でもね。

いまのわしゃがさつ者みたいだが、これでもロンドン法曹学院に入って、法律の勉強したこともあってねえ。トム——わしより運のつかん男で——は学友だった。わしたちゃかなり放蕩三昧《ほうとうざんまい》をやらかして、とうとう、金が足りなくなって、いわゆる勉強って奴をやめにゃならなくなった。そこで、腕っぷしが強く、体が丈夫な若者が名を挙げられそうな所が、この広い世界のどこかにないかと探したのさ。あの頃、アフリカ移民が流行《はや》り出したばかりの頃で、ケープ植民地へ行くのが一番いいと思ってね。そこで——手短に言えば——わしたちゃ船に乗って、ケープタウンへ着いたが、ポケットにゃ五ポンドもなかったっけ。二人はそこで別れ、お互いいろいろなことをやってみたが、うまくいったり、いかなかったりでね。でも三年目の終わりともなると、二人ともたまたま奥地へ行くことになり、再会したのだが、その時は残念ながらケープに到着した時と同じくらいスカンピンだった。

そう、確かにさんざんな出だしだった。わしたちゃひどくがっくり来て、トムはイギリスへ戻って店員にでもなろうと言い出す始末だ。つまりわしたちゃ、トランプで言えば、点数の低いカードをすべて使い尽くし、切り札がこれから出る番だってことがわかってなかったんだねえ。つまり、自分たちの持ち札が全部だめだと思っていたのさ。わしたちがいたのはこの国でもとても淋しい所で、そこに散らばっている農家はカフィル人に襲われないようにと、杭や柵で護《まも》られていたっけ。そういう所でトム・ドナヒューとわしは森の外れの小さな小屋に住んでたんでさあ。しかし、うちにゃ金目のものがないし、射撃がうまいことも知られていたので、あまり怖いとは思わなかったね。そこで、半端仕事をやりながら、何か起こってくれるのを待っていた訳さ。そう、かれこれ一カ月もたったろうか、ある晩、二人の成功のもととなるようなことが起こったんだよ。これから話そうってのもその晩のことなので。ええ、よく憶えているとも。風はひゅうひゅういいながら吹き抜けていくし、雨は粗末な窓を吹き飛ばしちまいそうに叩きつけてたっけ。薪《まき》は炉《ろ》の中でパチパチとよく燃えていて、その傍《そば》にわしが腰かけて鞭《むち》を直していたのだが、トムの方はなぜこんな所へ来ちまったんだろうと、寝棚に横になって不景気なうめき声を立てていたっけ。

「元気出せ、トム——元気出せよ」わしが言った。「これから先のことなんか誰にもわかりゃせんのだから」

「ついてない。ついてないぜ、ジャック」と奴が答えた。「いつでも俺はついていないんだ。俺はなあ、このいやな国に三年も居るんだぜ。その間にイギリスから来たての奴らがポケットに金をジャラジャラいわせているってのに俺はやって来た時と同じ文なしだ。おい、ジャック、お前なあ、運をつかみたかったら、俺なんか厄介ばらいしなきゃだめだよ」

「何を言うんだ、トム。今夜はどうかしているようだな。おい、静かに！　誰かここへやって来るぞ。足音だとディック・ウォートンのようだが。奴ならきっとお前を元気づけてくれるだろう」

わしが話しているうちに、戸が荒々しく開き、正直者のディック・ウォートンが雨水をしたたらせながら入り込んで来たが、その人の好さそうな赤ら顔は、霞《かすみ》を通して見える仲秋の満月を思わせた。彼は体をぶるぶる震わせると、わしたちに挨拶《あいさつ》し、暖をとろうと火の側に腰を下した。

「ディック、こんな夜にどこ行ってたんだ」とわしは言った。「もっと規則正しい生活をしないと、カフィル人よりおっかねえリューマチにやられちまうぞ」

この時のディックはひどく真剣な様子で、もしディックのことをよく知らない人だったら、ほとんどおびえていたと言うかもしれない。「行かにゃならなかったのさ」と彼は答えた。「いやでもな。マディソンの牛の一頭がササッサ谷へ迷い込んじまったんだ。勿論、黒ん坊どもは夜にあの谷へ行くなんて絶対にいやがるし、朝まで待っていたら、あの畜生はカフィル人の土地へ行っちまうだろう」

「どうして奴らは、夜、ササッサ谷へ行きたがらないんだい」とトムが尋ねた。

「カフィル人がこわいからじゃないのか」とわしが言った。

「幽霊がこわいからさ」とディックが言った。

わしたち二人とも笑った。

「お前みたいな面白おかしくもねえ男に会ったら、幽霊の方が退散するんじゃないのか」とトムが寝棚から言った。

「違うんだ」とディックは大真面目で言った。「出たんだ。わしは黒ん坊どもが話してるものを今見てきたのだ。誓っていうが、あんなもの二度と見たかないね」

トムはベッドから起き上がった。「何を言うんだ、ディック。冗談だろ！　さあ、全部話してくれよ。まず噂《うわさ》の話、次にお前が見た話を——おい、ジャック、あいつに酒壜《さかびん》をまわしてやれよ」

「噂によるとだな」とディックは話し始めた。「ササッサ谷に幽霊が出ると黒ん坊どもは話しているようだ。それに猟師や浮浪者たちまでも、谷の険しい道を通っていると崖の陰から赤く光る目を見たことがあると言うんだ。話によると、この不吉な光に出会うと、誰でも死ぬまでその有毒な光のお蔭《かげ》で達者でいられないってことだよ。これが嘘か本当かは」とディックは悲しそうに言った。「わしゃこれから自分でそれを確かめることになりそうだ」

「で、ディック——それからどうしたんだ」とトムが言った。「お前が見たものの話を聞こうじゃないか」

「つまり、わしはマディソンの牝牛を探しにその谷を手さぐりで歩いてたんだが、途中、谷の右側に黒くてごつごつした岩崖が突き出した所があって、そこで立ち止まって一杯ひっかけようとしたんだ。その時、今言った崖に目をとめてみたが、変わった所は何も気がつかなかった。そこで一杯ひっかけて、二、三歩前へ進むと、たちまちその岩の底の方で、わしから約百ヤード先、地面から約八フィートの高さの所に、奇妙な青白い光がゆらゆらと明滅しては徐々に消え、また現われてくるのを見たのだ――いやいや、わしは今までツチボタルやホタルをたくさん見てきたが――そのようなものじゃなかった。それでその光が消えていくのを、ガタガタ震えながら、十分もの間、見詰めていたっけ。それから一歩前へ踏み出したら、まるで蠟燭《ろうそく》が吹き消されるみたいに光が消えちまった。わしはもとの場所に戻ったが、あの光が見える正確な地点を見つけるまで、しばらくかかった。そしてとうとう、気味の悪い赤ちゃけた光が、さっきと同じように明滅しているのが見えた。そこでわしは勇気を奮い起こして、その岩の方へ進んだ。しかし地面は凸凹《でこぼこ》していたので、まっすぐ行けなかったのさ。そこで崖の底の所を岩に沿って、ずっと歩いてみたのだが、何も見つからなかった。それからわしは、家へ向かって逃げ出したんだ。おい、はっきり言うが、お前たちに言われるまで、わしは雨がずっと降《ふ》っていたことも知らなかった。でも、おい、トム！　いったいどうしたってんだ」

本当に奴はどうしたのだろうか。今やトムは寝棚の縁《ふち》から足を垂らして座っていた。顔の表情を見ると、奴はひどく興奮して、見るも気の毒なほどだった。「幽霊ってのは二つ目が相場だろうが。光る目はいくつあった、ディック。早く言うんだ！」

「たった一つだよ」

「やったぜ！」とトムは叫んだ――「そりゃいいや！」そこで彼は毛布を部屋の中央に蹴《け》飛《と》ばすと、熱にうかされたようにあちこちと歩き回り始めた。そして急にディックと向かい合って立ち止まると、手を彼の肩にかけて言った。「おい、ディック。俺たちこれから出かけたら、夜明け前にササッサ谷へ着けるかね」

「難しいね」

「じゃあ、いいか。ジャックと俺とはお前の古い友達じゃないか、ええ、ディック・ウォートン。だから、お前は俺たちにした話を、一週間は他の人に話さないでくれよ。約束してくれるな」

ディックの顔の表情を見ると、彼がトムのことを気違いだと思っていることがわかった。事実、わしも奴の振舞《ふるま》いにすっかり煙にまかれていたのだった。でもわしは今までの経験から、トムがいかに常識家で、頭のいい男かよく知っていたので、彼から見ると、ウォートンの話の中に、鈍いわしにゃわからなかった何かの意味が読みとれたのだと思った。

一晩中トム・ドナヒューはひどく興奮していて、ウォートンが帰る時、先の約束の念を押し、さらに幽霊の見えた正確な位置と、それが出て来た時間まで聞き出した。やっと彼が帰ったのは夜明けの四時ごろだった。それから、わしゃ自分の寝棚に戻って、トムが火の側に座り、二本の棒を継ぎ合わそうとしているのを見ていたが、やがて眠ってしまった。

そして二時間ぐらい眠ったのではないだろうか。目が覚めると、トムはまだ同じ場所に座っており、その間ずっと熱心に仕事をしていたようだった。一本の棒をもう一本の棒の端《はし》にくっつけて、大体T字形になるようなものを作っていた。そして、今や彼は短い棒の中央で長い棒と直角に交《まじ》わらせ、この短い棒が、ある程度上下に動けるようにうまく工夫していた。彼は縦の棒に刻み目も入れ、小さなつっかい棒を使って短い棒が、どこでも、いつまででも、長い棒と直交できるようにした。

「見ろよ、ジャック！」わしが起きたのを知ると、彼は叫んだ。「おい、どう思うかね。この短い棒で何かを真直《まっすぐ》に指《さ》すようにしておいて、そのままの形でいるように支えておけば、いつでも必要な時にその何かをも一度見つけ出せる訳さ——ジャック、できると思うか——え、どう思う？」彼はわしの腕をつかむと、興奮して話し続けた。

「そうだな」とわしが答えた。「それは目標からどれだけ離れているか、あるいは目標をどれだけ正確に指し示しているかによるだろうな。遠く離れていれば、十字形の棒で的を狙って、それからその端にひもを縛って、直線になるように張っておけば、目標のかなり近くまで行けるかもしれないな。でも、トム、まさかそのようにして幽霊の場所をつきとめるつもりじゃないだろうね」

「今夜やるんだよ、いいか——今夜やるんだ。俺はこれをササッサ谷へ持って行くぞ。お前はマディソンから金梃《かなてこ》を借りてきて、俺と一緒に来てくれ。でも、どこへ何を探しに行くのかは誰にも言うんじゃないぞ」トムは、一日中部屋を行ったり来たりしているかと思えば、道具を熱心にいじっていた。目はきらきらと輝き、頬は紅潮して、つまりは高熱の病人と同じ症状を示していたのさ。「ディックの診断が当たらなけりゃいいが」と、わしは金梃を持って戻って来た時に思った。しかし、夕方近くには、わしも少し興奮していることに気が付いた。

六時頃、トムは飛び起き、例の棒をつかんだ。「俺はもう我慢できないよ、ジャック」と彼は叫んだ。「金梃を持ってササッサ谷へ行こうぜ！　いいか、今晩これから起こることが俺たちにとって運命の別れ道になるんだ！　カフィル人に会った時に備えて、六連発を持って来いよ。俺は自分のピストルは持ってく勇気がないからな」と彼は私の肩に手を置いて話し続けた。「俺は自分のピストルを持ってく勇気がないんだ。だって、もし今夜運がついてなかった時、俺がピストル持ってたら何やらかすかわかったもんじゃないからさ」

そこで食糧をポケットに一杯詰めて、わしたちは出発した。ササッサ谷へのうんざりするような旅の途中で、わしはしばしばトムにこれからどうするつもりなのか聞き出そうとした。しかし、トムは「急ごうぜ、ジャック。今までにウォートンのあの話を何人が聞いたかわかったもんじゃない！　急ごう、さもないとあそこへ一番乗りはできないぞ」と言うばかりであった。

それからおよそ十マイルの丘をなんとか越え、険しい岩山を下りて、やっと谷が広がっている所までやって来た。でもそこは暗くぼんやりと霞《かす》んでいるので、黄泉《よみ》の国の門のようだった。何百フィートもある崖は、その底にある丸石が散らばっている陰気な道をあらゆる方向から塞いでいるように見え、そしてその道は不気味な崖を抜けてカフィル人の国へ通じているのだった。月は岩山の上にあって、ギザギザの頂上をひときわ目立たせていた。一方、下の方は暗黒界《エリバス》のように真暗《まっくら》だった。

「ササッサ谷かな」とわしが言った。

「そうだ」とトムが言った。

わしは奴を見詰めた。奴はもう落ち着いていた。頬の紅潮も消え、熱にうかされたような様子もなくなった。奴は、慎重に、ゆっくりと行動した。しかしその顔はいささかこわばり、目はきらきらと輝き、いよいよクライマックスが来たことを感じさせていた。

わしたちはその小道へ入り、大きな丸石が散らばっている真中を、よろめいたり、つまずいたりしながら進んで行った。突然、わしはトムが短い叫び声をあげるのを聞いた。

「あれが例の岩山だ！」闇の中にぼうっと見える大きなかたまりを指差して、奴が叫んだ。「おい、ジャック。お前の目でようく見張れよ！　俺たちは崖から約百ヤードの所にいる。俺が測《はか》っておいた。そこでお前はゆっくりそちら側へ行け。俺はあちら側へ行くから。何か見たら、立ち止まって叫ぶんだ。一歩で十二インチ以上歩くな。そして地面から約八フイート上あたりの崖から目を離すんじゃないぞ。わかったか」

「わかっているさ」わしはこの時までに、トム以上に興奮していた。明るいうちに奴が幽霊の出る所を調べたがっていたこと以外は、奴のもくろみも目的も全然見当がつかなかった。だがロマンチックな雰囲気にかぶれ、トムがこみあげてくる興奮を何とか押えようとしているのを知って、わしも血のめぐりが速くなっているのを感じ、こめかみの脈搏を数えることができる程になっていた。

「出発！」とトムが叫んだ。トムは右の方へ、わしは左の方へと進み、二人とも岩山の下の方ばかり一心に見詰めていた。わしがおよそ二十フィート程歩いた時、急に例の光が見えてきた。あたりは益々暗くなっていたが、小さな赤い光が輝いているのがはっきり見え、その光は明るくなったり暗くなったり、明滅したりちらついたりしていて、刻一刻と不気味さを増していた。この時わしはカフィル人のあの古い迷信話を思い出して、思わず身震いした。興奮したわしは一歩退《ひ》いたが、とたんに光は消え、後には真暗闇《まっくらやみ》があるばかりだった。でももう一度前に進むと、崖の下の方で赤い光が輝いているのが見えた。「トム、トム！」とわしは叫んだ。

「おおい！」と、トムがあわててわしの方に来ながら呼ぶ声が聞こえた。

「あった——あったぞ、崖の真正面の所だ！」

トムはわしの肘《ひじ》の高さの所で「俺には何も見えないぞ」と言った。

「どうしたんだ、あそこだ、あそこだよ。ほら、前にあるじゃないか！」とわしは言いながら右の方へ歩いたが、たちまち光は見えなくなった。

しかし、トムが嬉しそうに叫んだので、わしがさっきまでいた場所からは、トムにも見えたことがわかった。「ジャック」とトムは叫んで振り返ると、わしの手を握りしめた。――「ジャック、お前と俺はもう二度と自分たちの運命を呪うことはないだろうよ。さあ、俺たちの居る所に石を積み上げるんだ。――そうだ。それから、そのてっぺんにこの棒をしっかり据えるんだ。これでよしと！　よっぽど強い風が吹かぬ限りこれは倒れない。朝までしっかり立っていて貰《もら》わなきゃいかん。おい、ジャック、どうだ、俺たちが店員になろうかなんて話をしていたのは、つい昨日のことだったよなあ。そしたら、お前はこれから先のことなんか誰にもわかりゃせんと言ったっけなあ！　いやまったく、いい思い出話になるぜ、ジャック」

この頃までにわしたちは、大きな二つの石の間に棒を垂直にしっかりと立てた。それからトムは腰をかがめ、水平な棒越しにじっと見詰めていた。たっぷり十五分間、その棒を上げたり下げたり、いろいろいじっていたが、やっと満足したらしく、角の所につっかい棒を据えて、立ち上がった。「ここから見ろよ、ジャック」と奴が言った。「お前くらい狙いの上手な目を持ってる奴はいないからな」

わしは見た。向こうの方に赤くきらめく点が見え、棒の端《はし》は明らかにぴったりとそれを指していた。

「さて、それから」とトムが言った。「食事にして寝ようじゃないか。もう今夜することは何もないよ。でも明日に備えて頭と身体《からだ》の力を養っておかなくちゃな。薪を集めて、ここで火を焚《た》こう。それからあの棒を見張ろうじゃないか。夜の間あの棒に何かあったら大変だからな」

そこでわしたちは火を焚くと、ササッサ谷の幽霊の目玉を見ながら食事をした。その目玉は一晩中、わしたちの前でぎょろぎょろ動いたり、輝いたりしていた。でもそれは必ずしも同じ所にばかりあったのではない。というのも、食後、棒から狙ってまた見ようとしても、見えなかったからだ。しかし、このことを聞いてもトムは全く驚かなかったようだった。「月のためさ。あれがどこかへ行ったのじゃないよ」とだけ言うと、寝転んで眠ってしまった。

夜明け近く、わしたちは一緒に起きると、例の棒から狙いを定めて崖を見つめた。だが、崖の表面には何もないねずみ色の壁しか見えず、わしたちが調べた所は他の所よりざらざらしているのではないかとも思ったが、別に変わった点は見つからなかった。

「さて、どうしたらいいだろう、ジャック！」とトム・ドナヒューは言いながら、腰に巻いた長糸をほどいていた。「お前、この端をしっかり持っていてくれよ。俺はこっちの端を持って行くから、方向を教えてくれないか」そう言うと、奴は糸の端を持って崖の下の方へ歩いていった。一方、私は糸の反対側を持ち、ぴんと張ると、水平な棒の中央に巻きつけ、その棒の端に沿って崖の方を見ながら、糸を繰り出していった。このようにして、私はトムに右だ左だと指図していたが、やがて糸が、水平の棒に沿って見たところ、目差す的に向かってぴんと張られるようになった。そして、的は地面から約八フィートの岩の表面だった。するとトムはその所を中心に直径三フィートの円をチョークで描き、わしにやって来いよと叫んだ。「俺たちは今まで一緒に仕事をやってきたんだから、ジャック」とトムが言った。「見つけるのも一緒に見つけようじゃないか」その円は他の所よりなめらかな岩の上に描かれていて、中心以外の所にはざらざらした小さな突起や塊《かたまり》が多少あった。トムはその一つを示すと嬉しそうに叫んだ。それは人の握りこぶし程の大きさの茶色がかった凸凹の塊で、崖の中に埋まったきたないガラスの破片《かけら》のように見えた。「こいつだ！」とトムが叫んだ――「こいつだよ！」

「これは何だね」

「いいか、おい、これはダイ、、、ヤモンドだぜ。こんなダイヤモンドを持てば、ヨーロッパの君主は皆、このトム・ドナヒューをねたむだろうな。金梃を持って来いよ。ササッサ谷の幽霊のお払いをしなくちゃね！」

わしはびっくり仰天したあまり、しばらくは口もきけないで立っていた。そして突然わしたちの手に転がり込んできたこの宝物を見詰めていた。

「ここだ、金梃をよこせよ」とトムが言った。「さて、同じく崖からもぎ取ったこの小さな丸い塊をてこの支点のように使えば、うまく取り出せるかもしれないな——ようし、出て来たぞ。こんなに簡単にいくとは思わなかったよ。さてジャック、俺たちは小屋へ戻って、一刻も早くケープタウンへ行った方がいいと思わないか」

わしたちはこの宝物を包むと、丘を越え、家へ向かって進んだ。その途中、トムはわしに、法曹学院の学生だった頃、図書館にあったヤンス・ファン・フーニムという人の書いた埃《ほこり》にまみれた小冊子を偶然見つけたいきさつを話してくれた。この男は十七世紀後半の信頼のおけるオランダ人で、わしたちと同じような経験をして、ダイヤモンドを発見したのだった。トムはディック・ウォートンの話を聞いた時、この本を思い出した。そして、これを確かめる手段は、いかにも想像力豊かなアイルランド人らしく、自分の頭からひねり出したのだそうな。

「これはケープタウンへ持って行こう」とトムは続けた。「そこでいい値がつかなかったら、船でロンドンへ持って行ってもいいと思っているんだ。でも、最初にマディソンのとこへ行ってみよう。彼ならこういう品物のことも多少知っているだろうし、正しい値段がいくらぐらいかということも知恵をかしてくれるだろうよ」

そこでわしたちは、そのまま小屋へ行かず回り道をして、マディソンの農場へ通ずる小道へ入っていった。農場へ着いたのは昼食時だったので、すぐにわしたちはマディソンの両側に座って、南アフリカ風のご馳走《ちそう》になったのだった。

「それで」とマディソンは召使いが行ってしまうと言った。「どうしたのだね。何か私に言いたいことがあるようだが。何だね」

トムは包みを取り出すと、ものものしくそれを包んでいるハンカチをほどいてみせた。

「これです！」そう言うと、中の石をテーブルに置いた。「この正しい値段はどのくらいだと思いますか」

マディソンはそれを取り上げると、鋭い目つきで調べた。「そうだな」石を置きながら、「加工してないからトン当たり十二シリングぐらいかな」

「十二シリングだって！」とトムは飛び上がって叫んだ。

「あなたはこれが何だかわかっているのですか」

「岩塩さ！」

「岩塩だって。ばかばかしい。ダイヤモンドですよ」

「じゃあ、なめてごらん！」とマディソンは言った。

トムはそれに唇を当てると、恐ろしい叫び声をあげて放り投げ、部屋から飛び出して行った。

わしも悲しくなり、がっくり来てしまった。しかしすぐにわしは、トムが前にピストルのことを何やら言っていたのを思い出し、それが家にあることを思いつくと、驚きに口をあんぐり開けているマディソンを後に残して、小屋の方へ向かって行った。わしが小屋へ入ると、トムが顔を壁に向けて寝棚に寝ているのが見えた。落胆ぶりはあまりにひどく、いくら慰めてやっても返事さえしてくれなかった。そこでわしはパイプを口にくわえて小屋から出ると、ディックや、マディソンや、ササッサ谷の幽霊や、その他もろもろを呪いながらぶらぶら歩き、いやな仕事の気分転換をしようと思った。小屋から出て五十ヤードの所で、思いもかけなかった音を聞いた。もしそれが絶望のうめき声や罵声《ばせい》だったら、わしは当然のことと思っただろう。だが、それは腹の底から出た高らかな哄笑だったので、わしゃ立ち止まり、パイプを口から離さない訳にいかなくなった！　次の瞬間、トム自身が戸口に現われたが、その時の奴の顔は歓《よろこ》びで輝いていた。

「おい、また十マイル歩く元気があるかい」

「何だって。トン当たり十二シリングの岩塩がまだ欲しいのか」

「あんなものはもうたくさんですよ、ハル王子（シェイクスピア『ヘンリー四世』第一部第二幕四場のせりふ）」そう言うとトムはにやにや笑った。「おい、ジャック。こんなくだらぬ物に一杯食わされるなんて、まったく俺たちゃおめでたいばか者さ！　ちょっとこの切株《きりかぶ》に五分間でいいから腰かけてくれよ、そうしたら俺がはっきりさせてやるからさ。お前も俺も、岩山に岩塩の塊がくっついていたのをいままでたくさん見てきたというのに、俺たちはこんなへまをしちまったんだ。ええ、ジャック、闇の中でホタルよりも明るく光っていた岩塩なんか見たことがあるかい」

「そうだな。そんなはずはないよ」

「夜まで待てば、あの岩に明るい光がまた見えると断言してもいいな。勿論、夜まで待つ気なんてないがね。だから、ジャック、あのくだらん岩塩を持って来たということは、間違った石を持って来たということなんだ。岩塩の下にダイヤモンドがあるということは、この辺の山じゃよくあることなのさ。あの時これに目をうばわれて、興奮もしていたから、馬鹿なまねをして、本物の石を置いて来ちまったのさ。大丈夫だ、ジャック、ササッサ谷の宝石は、あの崖に書いておいた魔法の円の中にあるのさ。来いよ、さあ、パイプに火をつけ、ピストルを持って出かけよう。マディソンの奴が真相に気づくといかんから」

今度もわしが希望にもえていたわけじゃない。実はわしゃダイヤモンドなぞ厄介ものでしかないと思い始めていたのだ。でも、トムの希望に水を差しちゃ悪いと思って、出かけようと言ったんだ。それにしても何とひどい遠足だ！　トムは常々健脚だったが、その日は興奮のあまり飛ぶように歩いていた。わしの方は奴の後からどうにかついていくだけで精一杯だった。歩き出して半マイルと行かぬうちに、突然奴の足調は「二倍の早足」となり、崖に描いた円の所へ着くまで止まりもしなかった。かわいそうなトム！　わしが追いつくまでに、奴の元気は失せたらしく、ポケットに手を突っ込み、悲しそうな表情で、前をぼんやりと見つめながら立っていた。

「見ろ！」奴が言った――「見ろよ！」そして崖を指差した。ダイヤモンドがそこにあるような様子は全然なかった。その円の中には、平らな黒ずんだねずみ色の石があり、そこにわしたちが岩塩を抜き取った跡の大きな穴と、それより小さい一、二の凹みがあるだけだった。宝石のありそうな様子はなかった。

「俺はここを繰り返し徹底的に調べたよ」と哀れなトムは言った。「ここにはないんだ。誰かが来て、このチョークに気づき、持ってっちまったのさ。帰ろう、ジャック。おれはうんざりだ。ちぇっ！　俺みたいについてない奴なんていやしねえ！」

わしは回れ右をしたが、お別れに崖の方を見た。トムはもう十歩程先を歩いていた。

「おい！」とわしが叫んだ。「この円の中が昨日と変わっているのがわからんか」

「そりゃどういうことだ」

「そこに前からあったものがないのに気づかないのか」

「岩塩のことか」

「ちがうよ。俺たちがてこの支点に使った小さな丸い塊だよ。てこに使うので、もぎ取ったように思うけど。それが何から出来ているか見ようじゃないか」

そこで、崖の下に転がった小石の間をわしたちは探した。

「あったぜ、ジャック！　とうとうやったぜ！　成功だ！」

振り返ると心から嬉しそうなトムが、手に黒い小さな石のかけらを握って立っていた。

見たところでは、それは崖から削り取った石だった。が、底面の近くから何かが突き出ていて、トムがそれを得意満面で指差しているのだ。それは最初ガラスの目のように見えた。だがガラスじゃ決して見られないような深さと光輝があった。今度こそ間違いない。大変な値打ちの宝石を確実に手に入れたのだ。長い間この谷にいすわっていた「幽霊」を手に入れたわしらは、足どり軽く引きあげて来た。

というわけで、随分長い話をしちまったから、うんざりしたかね。ほら、こうして苦しい昔の話をしだすと、あのけちな小屋や傍の小川や森が、まるで目に見えるような気がして来て、好青年トムの声がまた聞こえるように思えるのさ。もう話すことはほとんどないよ。わしらはこの宝石のおかげで金持《かねもち》になった。トム・ドナヒューは知っての通り、ここに住みつき、今では町中に名が知れているよ。わしゃアフリカで農場を経営し、駝鳥《だちょう》飼育に成功した。わしらはディック・ウォートンにも商売を始めさせ、奴はこのすぐ近くに住んでるよ。今度うちの方へ来ることがあったら、ぜひジャック・ターンブルを訪ねてくれよ――ササッサ谷のジャック・ターンブルをね。

“The Mystery of Sasassa Valley”〈チェインバーズ・ジャーナル〉一八七九年九月六日号初出

アメリカ人の話

「不思議な話だなあ、まったく」私が部屋のドアを開けた時、彼がしゃべっていた。この部屋では小規模の文学同好会のごときものが開かれていたのである。「でも、俺はもっと不思議な話を知っとるよ――ずっとおそろしく不思議な話だ。本を読んだからって何もかも知ってるってもんじゃなかろう。おれみたいに妙てけれんな場所にいた連中は、英語がちゃんとしゃべれて、立派な教育を受けたお人《ひと》じゃない。たいてい荒くれ者で、英語も満足にゃしゃべれんし、まして自分たちの見てきたことを、ペンとインキで書けんような奴さね。ところがそんな奴らがもしものを書けたら、あんた方、ヨーロッパ人のドタマの毛をおっ立てさせますでしょうさ。ええ、ぶったまげさせますとも。絶対でさ」

この男の名は、ジェファソン・アダムズだったと思う。少なくとも頭文字がJ・Aであったことは確かだ。というのも、喫煙室のドアの上の鏡板の右手に、その頭文字が深く彫り込んであるからだ。これは彼の遺産なのだが、他にもトルコ絨毯《じゅうたん》にタバコのしみで芸術的な模様を残してくれた。しかし、いくらこのような記念品は残っていても、あの面白い話をしてくれたアメリカ人はその後全く消息不明だ。彼は私たちのいつもの静かな宴《うたげ》に流星のように現われたかと思うと、たちまち闇の中へ消えていったのであった。だが、あの晩のネヴァダ男は最高だった。私はパイプに火をつけ、一番近くの椅子《いす》に座ると、彼の話に口もはさまず、熱心に聞き入った。

「いいかい」と彼は続けた。「俺はねえ、あんた方みたいな学者さんが嫌いってわけじゃねえ。どんな獣《けだもの》でも草でも木でも、つまりコケモモだろうが、舌かみそうな名前の灰色熊だろうが相手にできるような奴は好きだし尊敬もしてるぜ。でもね、とってもおもしれえ本当にあった話を聞きたいんなら、自分の名前も満足に書けねえような捕鯨船員とか開拓者とかインディアン偵察隊員とかハドソン湾探険隊員にあたりをつけるんだね」

ここでジェファソン・アダムズは少し黙り、両切り葉巻を取り出し火をつけた。私たちはじっと口をつぐんでいた。というのも、このアメリカ人は、少しでも邪魔が入ろうものならたちまち貝のように押し黙ってしまうからだった。彼は、聞き耳をたてているような私たちの様子に気づくと、満足そうな微笑《びしょう》を浮かべながらちょっと見回し、もうもうたる煙の中からまた話し出した。

「さて、あんた方はアリゾナへ行ったことがおありかね。きっと一人もいないだろうな。ところで、イギリス人やアメリカ人の物書きのうち、アリゾナへ行ったことのあるのは何人いるだろうかね。多分、ほとんどいないだろうな。でも、俺はアリゾナへ行ったこともあるし、そこに何年も住んだこともあるんでさ。そう、今でもあそこで見たもののことを思うと、自分でも本当だと信じられないくらいでね。

ああ、おもしろい場所だったぜ！　俺は、当時言われたウォーカーの中央アメリカ侵略隊の手下（ウイリアム・ウォーカーはメキシコや中央アメリカに侵入し、一八六〇年処刑された）なのさ。ボスは銃殺され、俺たちはてんでんばらばらになって、逃げてアリゾナまで来た奴もいてね。アリゾナは正規のイギリス人やアメリカ人の植民地だったし、俺たちは女房子供と一緒だったから、何もかも申し分なかったさ。今でも昔の連中が何人か居て、これから俺がしようとする話を憶えてるんじゃねえかな。そうとも、ありゃあこの世で生きてる間は絶対忘れられねえ話だからね。

そうそう、アリゾナの話をしてたんだっけ。でも、アリゾナの話だけでも、あんた方はかなり驚くだろうなあ。あんなすてきな所に『メキシコ野郎《グリーサー》』や混血野郎しか住んでいねえってのはつくづく残念だねえ！　言ってみりゃ、神さまのさずかりものを無駄使いしているようなもんでさあ。草は馬に乗った奴の頭に届く程生えていたし、森は何里も何里も空が全然見えないくらい茂ってるし、蘭ときたら傘みたいにでっかいんだ！　多分、あんた方の中にゃ、よくハエ取り草って呼ばれている草を知っている人もいるだろう」

「ダイアニア・ミュスシプラ」と私たちの中で特に科学に強いドーソンがつぶやいた。

「そう、『都の近くで死ぬ《ダイ・ニア・ア・ミューニシパル》』、その通りでさあ。ハエがこの草の上にとまろうものなら、葉が両側から挟んでハエを捕まえ、粉々になるまで砕いてすりつぶしちゃってね。ちょうど海にいる大イカがクチバシでやるようによ。何時間かして葉を開くと、半ばこなれちゃってばらばらになったハエの死体が見つかるんでさ。それで、俺は葉の長さが十八フィートもあって、一フィート以上もあるような棘《とげ》だか歯だかが付いているハエ取り草をアリゾナで見たことがあってね。それがなんと——えいっくそ！　話が先へ行きすぎちまった。

　俺が話そうとしているのは、ジョー・ホーキンズが死んだ時のことでさ。あんた方もこんな不思議な話は今まで誰も聞いたことがないだろうねえ。モンタナじゃ、ジョー・ホーキンズのことを知らん奴は居なかったな——もっともそこじゃ『アラバマ・ジョー』って言われていたけれど。あんなとてつもねえ、クソったれ野郎は見たことねえぜ。うまく機《き》嫌《げん》さえとっておけば、いい奴だったのだが、とにかく怒ると山猫より始末が悪いんだ。シンプソンの酒場で皆が踊っていた時、誰かに押しのけられたというので六連発ピストルをその連中に向けて全部発射してしまったこともあったっけ。それにトム・フーパーは、うっかり奴のチョッキに酒をこぼしたばっかりにナイフでぐさりやられたのさ。ジョーの奴は人殺しなんか何とも思っちゃいなかったからな。そうとも。奴は見かけ通りの男で、猫っかぶりなんかじゃなかったよ。

　さて、俺が話しているのは、ジョー・ホーキンズがわが物顔で町をのし歩き、銃で何でも言うことをきかせていた頃のことさ。ところで、そこにスコットという名のイギリス人が居てね——確かトム・スコットとかいったっけな。このスコットっていう奴はきっすいのイギリス人でね。でもあんた方の前でこんなことを言っちゃすまねえが、奴はそこに居たイギリス人たちとあまり付き合わなかったし、イギリス人の方でも奴とはあまり付き合っていなかったな。奴は、おとなしい無邪気な男でね。スコットの奴は——土地の乱暴な奴らと付き合うには、おとなし過ぎたかもしれないな。奴のことを臆病者と言う奴らもいたが、実のところ奴はそんなことはなかったよ。大抵奴は一人ぼっちだったし、一人にさえしておいて貰えば他人にゃちょっかい出さなかったっけ。奴はイギリスでひでえ目に遭《あ》わされて——人民憲章運動家《チャーティスト》とか何とかそんなもので、抵抗して逃げ出さにゃならんかったんじゃないかと言う奴もいたなあ。しかし、奴は自分のことは絶対話さなかったし、愚《ぐ》痴《ち》もこぼさなかったのさ。とにかく、ついてる時もついとらん時にも、奴は頑張ってたっけ。

　ところでこのスコットっていう奴は、モンタナに居る連中の間でさんざんからかわれてたのさ。というのも、奴がおとなしくて無邪気過ぎたからね。奴の苦情を本気で聞いてくれる仲間もいなかった。なにしろ、さっきも言ったように、イギリス人たちは奴を仲間と思っちゃいなかったし、さんざん奴をかついでひでえ目に遭わしていたからな。奴はいざこざ騒ぎなんか決して起こさなかったし、お行儀ときたら言うことなしだったよ。若けえのは奴を意気地《いくじ》なしと思うようになったが、間違いだと後で思い知らされることになったな。

　俺がこれからしようと思っている不思議な話というのは、シンプソンの酒場の騒ぎから起こったことなのさ。当時はアラバマ・ジョーや他に一人か二人の暴れん坊がいて、イギリス人がでえっ嫌いだった。俺は大騒ぎになるからよせって言ったんだが、イギリス人のことをかなり言いたい放題にしゃべっていた。あの晩、ジョーは半分ぐらい酔《よ》っ払《ぱら》って、六連発をもって喧嘩を売る種がないかと町の中を肩で風切って歩いていたっけ。そして奴は、酒場に入っていったのさ。奴とおなじように喧嘩したがってうずうずしてるイギリス人が居ると思ったんだね。そこへ行けば、たしかに六人程イギリス人がぶらぶらしていて、トム・スコットは一人でストーヴの前に立っていたのさ。ジョーはテーブルの傍に腰かけ、ピストルとナイフを自分の前に置いた。『俺はいつもこいつで話をつけるんだ、ジェフ』奴は俺に言ってねえ。『腰ぬけのイギリス人どもが、俺を嘘つきだなんてぬかしやがったらな』俺は奴を止めようとしたんだが、なにしろ簡単に気を変えるような奴でないんだよ。そして誰もが腹にすえかねるような口のきき方をし始めたんだ。まあ、メキシコ野郎だって、あんなこと言われたら、頭に来るだろうなあ。酒場は騒がしくなり、誰もかもがピストルに手をかけた。ところが誰もピストルを抜かぬうちに、ストーヴの方から静かな声が聞こえてきたんだ。『お祈りをするんだな、ジョー・ホーキンズ。間違いなくおだぶつになるぞ！』ってね。ジョーは振り向いて、ピストルをひっつかんだように見えたが、それを使う訳にはいかなかったんだ。早くもトム・スコットが立ち上がって自分のデリンジャー・ピストルに手をかけていたからさ。トムは蒼白い顔でにやりと笑ったが、目にゃ悪魔の輝きがあったっけ。『俺の祖国は俺にあんまり親切じゃなかったが』とトムが言ってね。『だが、俺の目の前で祖国を悪く言ったら、死んで貰うぞ』一、二秒間、引き金にかかったトムの指に力がこもったが、奴は笑うとピストルを床へ投げ捨てたんだ。『やめた。半分へべれけ野郎なんか撃てないね。きさまみたいな豚でも命を大事にするんだな、ジョー。もっとましな暮らし方をしろよ。今夜は本当に片足を棺桶につっ込んでたんだぞ。とっとと出てうせた方がいいな。俺をにらんだって駄目だぞ。きさまのピストルなんかこわくはないんだから。口だけ偉そうな奴はみんな臆病者さ』こう言うと馬鹿にしたようにそっぽを向き、消えかかっていたパイプにストーヴで火をつけ直したっけ。一方、アラバマ野郎は、イギリス人たちの笑い声を聞きながら、こそこそ酒場から出ていった。俺の前を通る時の奴の顔を見たが、人殺しよ——今まであんなにはっきりとした人殺しづらを見たことがないねえ。

俺はこの騒ぎの後もまだ酒場に居て、トム・スコットが近くの奴らと握手するのを見ていた。トムが笑って楽しそうにしてるのは、ちっと不思議のように思えた。なにしろ俺はジョーが血に飢えた奴だって知ってたから、トムは朝まで生きちゃいられねえと思っていたからさ。トムはね、ちょっとへんぴな所に住んでたんだ。街道からずっとはずれていて、ハエ取り草が生えた谷を通っていかにゃならない所なんでねえ。その谷は、陰気な沼地で、昼間でも寂しいとこなのさ。それに、触ろうものならすぐにぱくっとやられちまう十八フィートもある大きな葉を見たら、いつでも身の毛もよだっちまうよ。もっとも夜にゃ人っ子一人近寄らなかったけどね。沼地にゃふわふわして深いとこもあるから、死体なんか投げ込みゃ朝までにゃ消えちまうだろうな。アラバマ・ジョーの奴が谷の一番暗い所で、大きなハエ取り草の葉の下で、すごい顔をしてピストル構えてしゃがみ込んでいる様子が、俺の目に浮かんできた。まるではっきり見たように、目に浮かんだんでさあ。

真夜中ころシンプソンが看板になったんで、俺たちゃ外へ出されてねえ。トム・スコットは、三マイル程歩かにゃならんので、さっさと歩いていっちまった。俺はトムのことが少し好きになっていたので、奴が前を通った時、ちょっと言ってやった。『ベルトのデリンジャー・ピストルをいつでもぶっぱなせるようにしておきなさいよ。入り用になるかもしれませんから』ってね。奴は私の方を向いて静かに笑うと、闇の中へ消えて行った。もう二度と会うことはあるまいと思ったね。トムが行っちまうと、すぐシンプソンがやって来て、俺に言うんだ。『ジェフ、今夜ハエ取り草の谷でおもしれえ事が起こるぜ。連中が言うことにゃ、ホーキンズが三十分程前に出かけて、スコットを待伏《まちぶ》せ、見つけ次第《しだい》ぶっぱなすらしいんだ。明日は検死官を呼ばにゃなるめえ』

一体、ゆうべ谷で何があったのか、翌朝はこの話でもちきりだった。夜が明けてからファーガソンの店の混血の奴が言うことにゃ、午前一時頃、たまたまあの谷の近くに居たんだそうで。でも、奴はすごくびくびくしてるみたいで、話を聞き出すのは大変だったぜ。やっと言うことを聞いてみると、静まりかえった夜にものすごい叫び声がしたっていうんだ。銃声はしなかったけど、何回も叫び声が聞こえ、それが頭を肩掛けにくるまれ、死にそうになっている声のようだったというのさ。アブナー・ブランドンとあと何人かが、この時、俺と一緒に店にいてね。そこで、俺たちは馬に乗って、途中谷を通り、スコットの家へ駆けつけた。谷には、何も変わったものはなかった——血も、喧嘩《けんか》の跡も、何もなかった。スコットの家へ着くと、奴は出て来て、ヒバリみたいに晴れ晴れと迎えてくれた。『やあ、ジェフ。結局、ピストルはいらなかったよ。まあ、来てカクテルでもどうだい』と奴は言ってね。『ゆうべ帰る途中、何も見たり聞いたりしなかったのかい』と俺がきくと、『何にも』と答えるんだ。『全く静かだったよ。フクロウが一羽、ハエ取り草の谷でないていたけどね——それだけさ。馬から降りて、一杯やれよ』アブナーが『そりゃありがてえ』というんで、俺たち皆、馬から降りたんでさあ。帰り道には、トム・スコットも一緒に町までやって来た。

　俺たちが帰って来ると、大通りでひどい騒ぎが起こっていたっけ。アメリカ人の奴らが、気の狂ったようになっててね。アラバマ・ジョーがいなくなった、影も形もないと言うんだ。奴があの谷へ行ってから、誰も見かけた奴がいないってね。俺たちが馬から降りると、シンプソンの酒場の前にかなりの人だかりがして、トム・スコットをすごい目つきでにらんでたっけ。ピストルのカチリという音がした。俺にはトムが手を胸の中へ突込んだのが見えた。まわりにゃイギリス人は一人も居なかったし。『そこどけ、ジェフ・アダムズ。きさまは関係ねえんだ』と、どうしようもないゴロツキのゼブ・ハンフリーが言った。『おい、俺たちゃ、自由なアメリカ人なんだぜ。イギリス野郎なんかに殺されてたまるか』それから、あっと言う間だった。あんな速いのは見たこともねえ。ゼブはスコットの弾で股をやられて倒れるし、スコットは十人ばかりに地面に押さえつけられちまった。スコットは暴れてもしようがないので、おとなしく横になっていた。奴らは最初スコットをどうしたらいいのか少し迷っていたようだったが、ジョーの親友って奴の一人がそそのかしやがったっけ。『ジョーは死んだ』とその野郎は言うんだ。『こいつあ、はっきりしている。こいつが奴を殺したんだ。お前らの中にも、ゆうべジョーが仕事で谷へ出かけたのを知ってる奴がいるだろう。ジョーは帰って来ないんだぞ。ジョーが行った後で、このイギリス野郎が同じ所を通ったんだ。喧嘩があった叫び声を、ハエ取り草のあたりで聞いた奴がいるのさ。もう一度言うぞ。この野郎が気の毒なジョーにこっそり飛びかかって殺して、沼の中にほうり込んだんだ。死体が出てこなくたって不思議ねえさ。なのに俺たちゃ仲間を殺したこのイギリス野郎の味方をしようってえのか。とんでもねえ。奴をリンチにかけようじゃねえか。これが俺の言い分さ』と、そいつが言うと『奴をリンチにかけろ』と大勢の怒りの声が聞こえた——なにしろこの町のろくでなしどもが皆、俺たちの回りに集まっていたからな。『ようし、ロープを取って来い。奴を吊るせ。シンプソンの酒場のドアの前に吊るせ！』と喚《わめ》く奴もいれば、出しゃばって来て別のことを言い出す奴もいてね。『おい、待て。それより谷の大きなハエ取り草のそばで奴を吊るそうぜ。ジョーがそこに埋まっているんだったら、仕返しにジョーに見せてやろうじゃねえか』これに賛成の声が上がると、スコットを縛って半野生馬《ムスタング》に乗せ、その回りをピストルの打ち金を起こしたままの見張りが馬に乗って取り囲んで出かけることになった。というのも、そこには二十人ばかりのイギリス人が住んでいて、奴らはリンチを認めないし、リンチを止めるためにゃ命もかけかねねえことも知っていたからさ。

　俺も一緒に出かけたが、スコットが気の毒で仕方なかったっけ。もっともスコットの方じゃ、気にもしてないようだったね。奴は骨のずいまで豪の者さ。これからハエ取り草に人間を吊るすってのは、ちょっと妙に聞こえるかもしれんが、ここのハエ取り草はちゃんとした木だったし、船の綱みたいな葉もあれば、葉と葉の間は蝶番《ちょうつがい》になってるし、その根元にゃ棘まではえていやがるのさ。

　俺たちは谷を下って、大きなハエ取り草のある所まで来た。開いた葉も閉じた葉もあった。だが、もっとまずいものも見えたのさ。つまり、この木の回りに三十人ほどの男がいたが、奴らは皆イギリス人で完全武装さね。俺たちを待っていたのは確かだし、貰いに来たものは必ず手に入れるつもりだというような、しゃんとした顔をしていたのさ。それから俺が見たこともねえようなひでえ喧嘩になりそうな気配になった。俺たちが馬に乗って行くと、赤い顎鬚《あごひげ》を生やした大男のスコットランド人——カメロンとかいう名だっけ——が打ち金を起こしたピストルを手に、一歩前に出て言ったものさ。『おい、貴様らにこの男の髪の毛一本だって痛い目にあわせたりはさせないぞ。貴様ら、ジョーが死んだかどうか確かな証拠も握っちゃいない。かりに死んだとしても、スコットが殺したという証拠はない。殺したとしても正当防衛だろうが。ジョーがスコットを見つけ次第射《う》ち殺そうと待伏せしていたことは、貴様らだって知っているんだからな。だからもう一度言うが、貴様らにこの男を痛い目にあわせたりはさせないぞ。その上、貴様らがまだリンチをする気なら、三十挺の六連発銃で話をつけてもいいんだからな』すると、『こいつは面白いや。話をつけるだけのことはありそうだぜ』と例のアラバマ・ジョーの親友が言ったのさ。それからピストルのカチリという音がしたり、ナイフが抜かれたりして、二組の連中は互いに詰め寄って来て、モンタナの死亡率が増加しそうになってねえ。スコットは動かないように耳にぴたりとピストルを当てられて後の方に立っていたが、落ち着きはらった様子で、テーブルの賭け金がなくなった時みたいだっけ。その時、トムは突然はっとすると、ラッパみたいな声で叫んだのさ。『ジョーだ！　ジョーだ！　あいつを見て見ろ！　ハエ取り草の中だ！』俺たちは皆、奴の言う方を見た。すると何てえこった！　俺たちゃ二度とありゃ忘れられないね。閉じたまま横になって地面に触れていた大きなハエ取り草の葉の一つが、その蝶番のところからゆっくり開きかけていたのさ。そしてその葉の凹《へこ》んだ所に、アラバマ・ジョーがゆりかごの中の赤ん坊みたいな格好で横になっていたんだ。葉が閉まる時に大きな棘がジョーの心臓をゆっくり突き刺したんだねえ。でも、ジョーも何とか抜け出そうともがいたらしく、手にゃナイフを握り、葉肉が厚く切られていたよ。まず奴は窒息したんだな。どうも奴はスコットを待伏せしている間、湿気を避《さ》けようとしてそこに横になっていたところをやられたらしいのさ。ちょうど温室にある小さなハエ取り草がハエをやっつけるようにね。それで、俺たちが見つけた時、奴は人食い植物の大きなのこぎりみたいな歯のため果肉の中で引き裂かれ、押しつぶされた格好をしていた訳さ。ええ、どうだい、不思議な話だったろうが」

「それで、スコットはどうなったのかね」とジャック・シンクレアが尋《たず》ねた。

「ああ、俺たちゃ奴を担いで、シンプソンの酒場へ戻っていったっけ。そこで奴は俺たちみんなに酒をおごってくれたよ。その上カウンターに上って演説――それもとってもすてきな演説――をやってくれたさ。何でも英国のライオンとアメリカのワシが仲よく腕を組合って、いつまでも歩き続けるとかいう話でね。さて、話は終わったし、葉巻も消えちまったから、遅くならないうちにおさらばするぜ」彼はおやすみを言うと部屋を出て行った。

「何て奇妙な話だろう！」とドーソンが言った。「ダイアニアにそのような力があったなど思った者もあるまい！」

「すごく妙な話だったな！」とシンクレア青年が言った。

「見たところ事実しか言わない誠実そうな男ですね」と医者が言った。

「あるいは、世界一作り話のうまい嘘つきか」と私が言った。

彼は一体どちらだったのだろう。

“The American’s Tale”〈ロンドン・ソサエティ〉一八八〇年クリスマス号初出

退役軍人の話

「軍人だったのかって？　ええ、そうなのですよ」と私と向かい合っているボロ服の男は言った。彼は居ずまいを正し、帽子とはいえ名ばかりのものに手をかけて敬礼すると、また言った。「クリミアへ行ったり、インドの反乱にあったりしましてね」

「どの兵科にいたのですか」と私は尋ねた。

「英国騎馬砲兵隊です。こりゃ、どうも。砂糖を入れて熱くして下さい」

淋しいウェイルズの山奥で英語を話せる人に会えただけでも嬉しいのに、話までしてくれる人を見つけたのだと思うと一層楽しくなった。私は、この十マイルほど大変苦労して歩いてきたので、もう二度と一人歩きはすまい、特にウェイルズの国境地帯だけは、どのような場合でも絶対に一人では行くまいと決心したところだった。純粋のケルト族について言うなら、彼らの風俗習慣、特に言語は非常に独特なものなので、かなり付き合ってもよくわからないのではないかと思う。私はそれまで、ジョーンズやデイヴィスやモリスや正統的なウェイルズ人血統の人びとを心の底から徹底的に憎むような感情にとらわれてきた。でも、今ランジロッドの小さな宿でくつろいで座り、手近なところに湯気の立つポンチの入った大コップを置き、パイプをくわえていると、万事を楽観的に見るようになっていた。私が、目の前に居る日に焼けたみすぼらしい男に話しかける気になったのは、おそらくそうした宥《ゆう》和《わ》的気分になったからか、決然とした顔とたくましい前かがみの体格に好奇心をもったためだろう。

「君は、軍隊生活で出世はしなかったようですね」と私は言った。

「ああ、これのせい、これのせいでさあ」と彼はグラスをスプーンで叩きながら答えた。「これさえなければ、今頃わしゃ退役曹長として日に七シリングは貰っているでがしょう。このおかげでわしゃ次から次へとむしり取られていきましたっけ――肩章、給与、年金といった調子でなくなり、むしり取るものがなくなると、四十九歳でお払い箱になっちまった訳でしてね。わしゃ塹壕《ざんごう》の中で一度、それからデリーで一度負傷したことがありますが、それが切っかけでこいつと付き合うようになったんでさ。もうこいつが離せなくなっちまいましてね。ときにタバコをお持ちで？　こりゃどうも。ここ数日、旦那のような紳士にや出会えなくてねえ。

セバストポリですか。あそこなら、この村みたいによく知っていまさ。旦那はセバストポリについて書いた本をお読みになったことがあるのでしょうが、わしならすぐにでも、あそこのことを詳しく説明できますよ。ここにあるストーヴ囲いをフランス軍としたら、この火かき棒がロシア軍前線になります。ここがフランス軍に対したすりばち山、ここがイギリス軍に対した要塞です。この痰壺《たんつぼ》がバラクラバの港だとしましょう。それからわしたちとロシア軍との中程が石切り場になっていました。ここにカスカートの丘があって、これが二十四インチ砲の砲台です。わしが戦線に加わったのは、もう戦争が終わろうとしていた頃で、このような情況だったのです。おわかりになりますか」

「大体はね」と私は自信なさそうに言った。

「敵は最初、この石切り場を占領していましてね。その回りを全部、塹壕や射撃壕で囲ってものすごく頑強でした。こいつは悩みのたねでしてね。というのも、前進地点の鼻先さえわからないのに、小銃弾がどんどん飛んでくるんでさ。こういう情況に将軍は我慢しきれなくなって、わしたちに敵から百ヤード以内の所まで塹壕を掘らせましたっけ。そこでわしたちゃ暗くなるのを待ったのですよ。五百人もの兵隊たちが、塹壕の中で、時機が来るのをじっと待っていましてね。そして命令が下ると、石切り場目指して力いっぱい突撃し、跳び下りて手当たり次第に出会ったやつを銃剣で突き刺したっけ。わしたちの方じゃ決して発砲はしなかったね。万事がしいんと静かに片づきましたよ。ロシア軍は勇敢に抵抗した――やつらはいつもそうですが――やったり取ったりの戦が続いてから一掃しちまいましてね。最後までやつらは逃げようとしなかったし、わしたちゃ干し草の束みたいに突き刺して片づけなきゃならなくなったんでさ。この夜は第三十連隊が交戦したっけ。ところで、この部隊に若い中尉がいましてね。名前は忘れましたが、戦いになると恐ろしいやつでした。せいぜい十九歳といったところで、背の高さは旦那ぐらい、だがずっと胸幅は広かったっけ。やつは戦場で剣を絶対抜かない男として知られていましたが、代わりにトネリコでできた杖を持っていましてね。これが、しなやかで丈夫で、端にはココやしの実ほどの握りがついているのですよ。これはやつのような男が持つとこわい武器になりましてね。銃を持って向かって来ても、やつは銃剣が届く前に相手を打ち倒しちまうんですよ。というのもやつは腕が長くてその上素早《すばや》いんでね。やつの中隊の連中に聞いたところによると、あの夜やつは悪魔のように荒れ狂い、二十人ぐらいに怪我《けが》させたそうですよ」

　この元軍人は、水割りブランデーを飲んだからか、それとも自分の話を聞いてくれる人が見つかったからか、すっかり話に熱が入ってしまった。一、二の質問で水を向けただけで、もう話が流れ出すのである。私はパイプにタバコを詰め直し、椅子にぐったりともたれると、疲れた足をストーヴ囲いにのせて、話を聞くことにした。

「ロシア兵ってのは素晴《すばら》しい兵隊でしてね。ロシア兵と戦った人は、皆そう言いますよ。やつらがイギリス人に好意を持ち、わしたちがロシア人に好意を持つのは不思議なほどですよ。やつらの捕虜になったイギリス兵はすごくいい扱いを受けましたから、休戦条約が結ばれると仲よしになりましたよ。やつらに欠けてるのは突撃でしてね。やつらは配置された所は死守するし、射撃は上手だけれど、もともと突貫精神がないみたいでしたよ。こっちはそこを突《つ》いて勝ったわけでさ。わしたちが近くにいない時は、やつらはフランス軍をけ散らしました。やつらが出撃し、フランス兵をハエのように殺すのを見たことがあったっけ。フランスはひどくダメな兵隊で——わしの知ってる最低ですな——でもアルジェリアのズアーヴ兵は別ですよ。彼らは人種も違いますしね。フランス軍は全部大泥棒でならず者で、近くに居たら危険でしたっけ」

「まさか、フランス軍が自分の同盟軍に害を加えたなんていうつもりじゃあるまいね」と私が言った。

「得になるなら、やるでしょうね。わしたちの砲兵中隊にいたかわいそうなビル・キャメロンがどんな目にあったか知ってますか。女房が病気だという手紙をもらい、自分もあんまり丈夫でなかったので、イギリスへ帰る許可を貰ったんでさ。二十八ポンドの給料を貰って、翌日輸送船に乗ることになったのですが、運悪く、その夜フランス軍の酒保《しゅほ》へ行って最後の一杯をやろうとした訳でさ。そこで金を持ってるってことを口に出しちまってね。翌朝、英仏両軍の野営テントの間で死体で見つかったけど、ひどく蹴られたり殴られたりしていて誰だかよくわからないほどでしたよ。あの冬には、たくさんのイギリス人が殺され、たくさんのフランス人が寒さを防ぐ英国製の上等な厚ラシャ外套を手に入れましたっけ。

退屈でなかったら、一つ面白い話をしましょうか。いいですか？　こりゃどうも。ちょっと確かめてみようと思っただけですよ。ところで、わしたち四人は――つまり、サム・ケルシーとわしとジャック・バーンズとプラウトのことですが――フランス軍の野営テントのあるあたりをちょっとご機嫌で通って来たのですが、戻る途中でプラウトのやつが名案を思いつきましてね。やつはアイルランド人で、とても頭がいいんでさ。

『おい』やつが言ってね。『六ペンス出せるやつがいたら、今夜いくらかゼニが手に入って、おまけに少し面白い思いもさせてやれるんだがな』

　そこでわしたちは承知して、ポケットをひっくり返したのですが、皆で四ペンスほどしかなかったのですよ。

『かまわねえさ』とプラウトは言って、『俺と一緒にフランス軍の酒保へ行こう。おめえたちは皆ひどく酔った振りをして、俺が聞いたら、何にでも「うん」て答えるんだぞ』とね。

　その間ずっと、わしたちゃ、やつが何を狙ってるのかさっぱりわかりませんでしたけど、よろめきながら歩いて、酒保の中へ転がり込み、のらくらしているフランス人どもの間へ入って、酒を一口飲んではゼニを使っちまったんですよ。

『おい』とプラウトは、誰にも聞こえるよう大声で言いましたっけ。『テントに戻ることにするか』

『うん』とわしたちも言いましてね。

『サム、ちゃんと三十ポンド持っているか』

『うん』とサムも答えましたっけ。

『おい、ビル』と今度はわしに言いましてね。『三カ月分の給料も大丈夫だな』

『うん』とわしも答えたですよ。

『じゃあ、行こう。しっかりして、転ばないようにな』そして、わしたちは千鳥足《ちどりあし》で酒保から出て、闇の中へ消えていった訳でね。

この頃にはわしたちもやつが何を狙ってるかわかって来て、誰にも見られない所へ来ると、やつは立ち止まって説明してくれましたよ。

『俺たちの言ったことを聞けば、必ずやつらは後をつけてくるから、俺たち四人がやつらを出し抜けない方がおかしい。やつらは首にかけた小さな袋の中に金を入れているから、おめえたちゃその紐を切りゃいいんだ』

それからわしたちはまた酔った振りをして、よろめきながら歩き続け、不意打ちされるのを待ちましたが、誰もやって来ないんですよ。しまいにはわしたちの野営のすぐ真近《まぢか》まで来たら、『アングレ！　アングレ！』とささやく声がしましてね。これは「イギリス人」ていう意味ですが、それから月明かりの中を十人ほどの男がわしたちの方へやって来るんですよ。わしたちは、うんと酔って彼らのこともよく見えない振りをして、ふらふらとしていましたっけ。彼らはすぐ立ち止まると、その中の大きくて太った男がサム・ケルシーににじり寄って言うんですよ。『いま何時だい』ってね。一方、残りの連中がわしたちを取り囲みましたっけ。サムは何も言わないでひどくよろめくと、今だと思ったそのフランス人は躍りかかってのど笛をしめようとしたのですよ。

これがわしたちの突撃の合図で、飛び掛かったたっけ。サム・ケルシーはわしたちの砲兵中隊で一番強く、また大変な乱暴者でね。やつはそのフランス人の顎の下をしっかりとつかんで持ち上げ壁に二度まっさかさまにして叩きつけると、口から血を吐き出させたのですよ。他の連中もわしたちに突進して来たが、足をばたばたさせてわめくだけで、その間にわしたちの方がやつらが立ち上がれないうちにぶん殴ってやりましてね。小さな袋を全部分捕《ぶんど》り、その上何もかも剝ぎ取って、気絶させて地面にほっぽり出してやりましたよ。宿舎へ戻ってから背嚢《はいのう》の上で数えたら、三十五枚イギリスやフランスの金貨がありましたっけ。その上長靴やフランネルのシャツや手ごろな他の品物も分捕りましたっけ。あの夜以来、酔っ払いの後をつけるやつはいなくなりましてね。だって、その酔っ払いが本物かどうかわからないからでさ」

この元軍人は少し黙って酒を一杯飲むと、私が面白かったという感想をつぶやくのを聞いていた。もう話すことはないのではなかろうかと思っていたら、パイプをぷかぷかやりながら、また話しだしたのである。

「サム・ケルシー——いま話してたやつのことですがね——はいいやつでしたが、兄のジョーはもっといいやつでね。大抵のいいやつはそうですが、やつも若い頃は、多少ならず者のようなところがあったようでしたよ。戦後わしがジブラルタルに駐屯していた頃、ジョー・ケルシーは囚人として要塞で働いてましてね。何かつまらぬことをしでかしてイギリスから送られて来たようでした。やつは大胆でしぶとい男だと知られていたので、監督は逃げ出さないようにやつにゃ特に用心していましたっけ。ある日、川の土手で働いていると、空の手提げバスケットが流れて来るのを見ましてね——ブドウ酒つきで、おそらく監督の弁当だったんでしょう。やつはバスケットをつかむと底を打ち抜いて、水草のしげみの中に隠したんでさ。翌朝、わしたちが朝めしを食べてると、見張りの一人がどなってね。『おーい。スペードの五だぞお！』——スペードの五というのは、囚人が逃げ出した時上げるポチポチ模様の合図の旗につけた名前でしてね。わしたちゃあわてて外へ出ると、ウサギを追う猟犬のように探しだしたですよ。というのも見つければ二ポンドの賞金がもらえるからなんでね。下水も穴も全部洗いざらい調べたんですが、ジョーは影も形もなくなってしまい、とうとうがっかりして、やつは川底にでも沈んだのだろうということにして、あきらめたのですよ。

わしはその午後、城壁で見張りに立ってたんですが、たまたま古いバスケットが岸から半マイルばかり離れた所に浮いているのを見つけましてね。その時は何とも思わなかったのですが、十五分してひょっこりまた同じ物が見えるんで、びっくりしてよく見たんですよ。

『おい』とわしは壁の上の歩哨《ほしょう》に言いましてね。『あのバスケットはスペイン側の岸へ流れていくぞ。ありゃ風にも潮流にもあらゆる自然の法則に逆って流れているじゃねえか』

『何を馬鹿な！』と歩哨が言うのですよ。『この海峡《かいきょう》には、いつも妙な渦が巻いているのさ』

でも納得できなかったわしは、葉巻を吸っている砲兵中隊のモーガン大尉の所へ行って敬礼するとバスケットのことを話しましてね。すると大尉は一分ほど部屋を出て、双眼鏡を手に戻って来て、それで覗いたんですよ。『ありゃ何だ』と彼が叫ぶのです。『あのバスケットから手がつき出てるぞ！　きっと、今朝逃げ出した野郎に違いない。すぐ軍艦に合図するんだ』

合図の旗を上げると、数分のうちに二隻のボートがでてきて囚人を追っかけ始めましたっけ。わしたちが何もしなくてもジョーは確かに捕まったでしょう。やつは見つかったことも知らなければ、泳ぎに自信があるのでのんびりしてましたからね。でもモーガン大尉がこう言いました。

『この三十二ポンド砲をあっちへ向けて、やつの近くに打ち込めば、やつは見つかったことがわかって、もう逃げないんじゃないかな』

わしたちは大砲を回し、大尉が狙いを定めて発砲したのですよ。あんな見事な狙いは、めったに見れるものじゃありませんな。要塞にいた連中は皆、歓声をあげましたっけ。砲弾はバスケットの天辺にあたり、バスケットを粉々に吹き飛ばしてしまい、もうやつは生きちゃいないだろうと思ったんですよ。ところがあたりが静まって泡もたたなくなると、やつはまだそこにいて、スペインの海岸目指して一所懸命泳いでるじゃありませんか。早速近くのボートが追いかけ、陸に上がろうとしたところを艇長が鉤竿でひっかけて捕まえた訳ですが、やつは捕まると踊り回り、水兵どもをからかっていましたっけ。やつが無事だったのを知るとわしたちは喝采《かっさい》を送ったものですよ。だってやつがどんな男で何をしたにせよ、あんな度胸のあるやつは許してやって当然でしょうが。お疲れのようですな。長いこと歩かれたからでしょう。少しやすまれた方がいいのではないでしょうか」

その口調は別に裏の意味などこめられてはいないようだったが、二つの空になったグラスを残念そうに見つめている元軍人の態度はまるで、もう今夜はこれでお開きですかねえと言っているようで、ひどく切々とした感じがした。

「めったにないこってさ」と彼はつぶやいた。「わしのような元軍人が、旦那のような感じがよくて気前のいい方に会えるのはねえ」

言うまでもなかろうが、私はベルを鳴らして、水割りブランデーをまた注文しない訳にはいかなくなった。

「旦那はロシア人のことを話してらっしゃいましたね」と彼は続けた。「そして、わしがロシア軍は素晴しいと言いましたよね。ロシアのライフル銃部隊にゃ、見たことないような射撃の名人もいましたっけ。どうも。こちらが旦那のグラスで、こっちがわしのですね。わしたちのところにいた射撃の名手は、四つの砂袋をいつも置いといたもんでしたよ。一つずつ両側へ置き、もう一つは前方に、最後の一つは上に置いてね。そうすりゃ周りから自分を隠せるでしょ。それから、前の砂袋と上の砂袋の間の小さな隙間《すきま》から射つのですよ。たぶん差し渡しが二インチもなかったんじゃないかな。信じられないでしょうが、五百ヤードの遠くから射った弾が、あの狭い隙間から蜜蜂みたいにブンブン音をたてて飛び込むのを見たことありますよ。こんなのをサンドトラップと呼んでいたんですが、その一つで三十分で六人射撃兵がやられたことをわしゃ知っています。みんな目をやられました。だって目しか外に見せちゃいませんものね。

それで旦那にとって面白そうな話を思い出しましたよ。わしたちの塹壕のまん前に自分で穴を掘って砂袋で固めたロシア人がいましてね。これほど我慢強い男をわしゃ知らんですよ。朝早くから夕方まで、この男は食物をもって穴の中へ入っては発砲してきましてね。まるでそこにいるのが根っから楽しいみたいでしたよ。しかも射撃がうまいので、やつの姿が見えることなど絶対になかったっけ。やつは前線の塹壕の間じゃ評判が悪くてね。なにせたくさんの兵隊がやつのおかげで名誉の戦死ですもの。とにかく厄介な野郎なんで、時々砲撃してもらったんですが、オレンジが落ちてきたみたいに平気なんですよ。

第四十八連隊のマンカー大佐がある日塹壕に来た時、わしも塹壕に入っていましてね。大佐は射撃がうまく、狩りが大好きでしたよ。この部隊では軍曹に率いられた分隊がいたんですが、ちょうど連隊長が来た時、兵隊の一人が頭を射たれて倒れましてね。

『すごく射撃がうまいな！　誰が射ったのだ』と片眼鏡で覗きながら連隊長が言ったんですよ。

『こんな上手な射撃兵を見たことがない』と連隊長は言ってね。『やつはほんのちょっとの間だけしか姿を見せん。それから見ないで射つんだ。塹壕の端がちょっと欠けていなかったら、姿は全然見えまいな。やつはよくそんなふうにして射つのか』

『大層危険な男であります』と軍曹が答えたのですよ。『やつ一人でうちの要塞の大砲の数以上の兵が殺されております』

『じゃあ少佐』と連隊長は一緒にいたもう一人の将校の方を向いて『私がやつを狙い射てるかどうか賭けてみないか』というのですよ。

『どのくらいで』

『十分以内』

『二対一で二十五ポンド賭けましょう』と少佐は言いましてね。

『三と言いたまえ。こりゃ、もうけものだぞ』

『じゃあ三対一で二十五ポンド』と少佐は言い、賭けがなされたのですよ。

連隊長は火薬の量を測るのが上手でして、いつも薬包を空にしてから、自分の好みで弾薬をつめていましたっけ。軍曹の銃を満足のいくように装塡《そうてん》させるのに十分の半分くらいかけましたね。やっと満足がいくと、片眼鏡をしっかりはめ込んだんですよ。

『おい、君』と連隊長が言ったね。『そこのかわいそうなスミス君の死体を塹壕の上まで持ち上げてくれないか。こいつはもう死んでるから、もう一発弾が当たってもどうってことはなかろう』

兵隊たちが死体を持ち上げ始めると、連隊長は二十ヤードほど離れて立ち、山猫のような目で塹壕の向こうの方をじっと見ていたんですよ。スミスの歩兵帽《シャコー》が塹壕の上へ出ると、砂袋のすき間からゆっくりと銃身がでてきて、死体の顔が塹壕の上にでたとたん、右の方から飛んできた弾丸が額を射ち抜きましてね。ロシア人が弾が当たったかどうか見ようと穴から覗いたその時、もうロシア人はあの世の川を見るまで他のものは何も見ることはなかったでしょうね。連隊長はにやりと笑うと発射し、ライフル射撃兵は飛び上がり、こっちに向かっておよそ十歩か十二歩ぐらい走り、それからうつ伏せに倒れておだぶつでした。

『右側の穴の敵でもう一度やるかね。当たったら賭金《かけきん》は倍、はずれたら帳消しにしよう』と連隊長は言って、銃をもう一度装塡しましたっけ。少佐はこの賭けに負けて、今日は賭けはもうたくさんと思ったらしい。再挑戦はあきらめました。ところが、その賭金二十五ポンドはスミスのかみさんにやったそうですよ。連隊長は、気前のいい人だったんでね。旦那みたいに。

死んだ男が走るなんて妙なことでしょう。教育のある旦那ならおわかりでしょうが、わしにゃわからない。でも、何度もそんなのを見たことがありますよ。連隊の医者が、心臓を射たれた人間にはよくあることだと言ったのを憶えているんですが、旦那はどう思いますか」

「医者の言った通りだよ」と私が答えた。「心臓を刺されたり射たれたりした人が、驚くほどの距離を歩いた例が、いくつかの殺人事件にもあるしね。でも、戦場で起こった例は初めて聞いたな。戦場だって同じことだろうね」

「こんなこともありました」と元軍人はまた話し始めた。「コドリントンの分隊がアルマ川に沿って上り、大要塞に迫った時でしたっけ。ところが驚いたことに、一人のロシア人が銃を手に、丘を駆け下りてくるのですよ。一人か二人が彼に向かって射ったけど、当たらなかったらしい。とうとうこっちの前線にまで入って来ると、軍隊に長いことといた軍曹が笑って自分の銃を相手の前に投げ出したのですよ。ロシア人は倒れると、石のように死んでましてね。彼は丘の頂上で心臓を射たれ、こちらが発砲する前にもう死んでいたのです。少なくともそう軍曹は言いましたが、私たちもそんなものかと思いましてね。

もう一つ同じように変わったことが戦場で起こったですよ。多分旦那もご存知かもしれません。当時、新聞に出たこともありますから。ある夜のこと、すごくめった切りにされ、押しつぶされた死体が軽騎兵隊のテントの間にすごい音を立てて落ちてきたことがありましてね。誰も何が何だかさっぱりわからない。ずっと後になって、敵の脱走兵が話してくれたですよ。ロシアの砲兵隊にゃ、大口径の旧式な大砲があったらしいんですな。さて、夜は寒いし、バカな歩哨の野郎がどっか見えない所にでも隠れようと考えて、大きな大砲の内側へ入り込んで眠っちまったんですよ。真夜中に突然敵襲だってえわけで、砲兵が大砲の所へ駆けつけて発砲すると、その歩哨は一分間に二十マイルのスピードで飛んでいっちまいましてね。でもそんなことは大したことじゃないでさ」とその元軍人は悟り切ったような口調でつけ加えた。「彼は持ち場で眠っていたんだから、どのみち銃殺でしょう。だから、余計な手間が省《はぶ》けたってえもんですよ」

「君みたいに世の中あちこち見てきた人にとっては」と私は言った。「ウェイルズの村での平凡な生活なんかあきあきして仕方ないでしょう」

「そうです、そうです。旦那いいことおっしゃった。わしも毎晩旦那みたいな方とお話しができたら、違った人間になれたでしょうにねえ。では、どうして私がこの土地に来たかお聞かせしましょう」そこで、彼は強い感銘を与えようとするためか、前に身を乗り出した。「わしゃロンドンにかみさんがいるんですが、酒を断とうと思ってここへ来てたんです。ほんとに断ってるんですよ。少しずつですが間違いなく。そう、三週間前なら腹の中に五杯酒が入っていないことには眠れませんでしたが、今では三杯で我慢できるようになりましてね」

「給仕、水割りブランデーをもう一杯」と私は言った。

「どうも、こりゃどうも。旦那がいまおっしゃったように、わしゃあれこれ経験しましたからね。ここの生活は静かすぎてやりきれませんや。どうやってわしが昇進したか話しましたっけ。ええ、三人の首をしめたからなのですよ――この手で三人ともね」

「どうやって」と私は眠そうに尋ねた。

「こんなふうだったんすよ。わしたちはコルワ島にいたことがありましてね――一八五〇年にわしら三砲兵中隊がそこにいたのですけど。そこで上官の一人――中尉でしたが――が狩猟をしにある日山へ行ったまま戻らなかったのですよ。しかし、犬だけが食堂へ駆け込んでくると、まるで人間のように皆に向って遠ぼえを始めましてね。そこで捜索隊が組織されて犬の後についていくことになったのですが、その犬が丘を上がり、溝がある所まででちゃんと皆を案内していったんですよ。そこはたくさんのシダか何かが生えていて、その下に喉を耳から耳まで切裂かれて倒れている中尉の死体が隠されてましてね。連隊の人気者で、司令官の特別のお気に入りだったので、復讐を誓ったほどでしたよ。当時、島のギリシア人には不満分子がどっさりいて、そいつらの尻押ししてたのが坊主ども――『パパス』と島民は呼んでいましたが――でね。そこで、私たちが町に戻ると、大尉はパパスたちを皆自分の前へ呼んで来たですよ。パパスの中で自分の身のあかしも立てられず、真青になって、どもったり、とうとうひどく怒り出したのが三人いましてね。そこで軍法会議が開かれ、三人に絞首刑が宣告されたんでさ。でも厄介なことがありましてね。というのも、坊主を殺したやつは、一時間と生きちゃおられん、というのは皆が知っていたからなんでさ。ギリシア人てのは、宗教にゃすごくうるさくて、しかもナイフの使い方がうまいんでね。それで大尉が志願者を募《つの》ると、わしは一歩前へ出たんでさ。実はわしゃ殺された中尉の用を足してたんだから、こりゃわしがしなきゃいかんことだと思ってたんでね。それから絞首台を囲んで四角い隊列が組まれると、わしゃ坊主どもをハマンのように高く吊るしましたっけ。絞首刑を終えると、大尉は『よし、俺がお前を助けてやろう』と言って、わしを取り囲む隊列を組ませると、そのまま波止場《はとば》まで行進していきましてね。そこじゃイギリスへ向かう蒸気船がとも綱を解いているところだったので、甲板《かんぱん》へ放り込まれました。大勢わしを捕えようと押し寄せてきました。蒸気船が港から出る時、その船でわしが逃げちまったと知った群衆があげたほどのどなり声を、誰も聞いたことないでしょう。わしゃ生まれてからずっと一人ぼっちの男でしたから、わしがいなくなって残念だと思われたのは、あの時だけでしたよ。海へ出ると船中を探しましたっけ。そしたら何と、ベルトにナイフをはさんだギリシア人の密航者が三人乗っていましたっけ。この密航者たちを見つけると海へ投げ込み、それ以来やつらのことは聞いちゃいないのですが、溺れ死んじまったんでしょうかね」とこの元軍人は、うれしそうににたっと笑った。「このお蔭でわっしゃ伍長になれましたね」

「ところで、あなたの名前は何というのですか」と私はますます眠くなりながら尋ねた。暖炉の熱やら、妙な気持《きもち》が次第に私にしのび寄るやらで、今まで経験したこともないような気持だった。

「ターンブル軍曹ですよ。英国騎馬砲兵隊所属、B砲兵中隊のターンブルです。クリミアではキャンベル少佐が上官でした。その時のオンズロー大尉でも誰でも、旦那からわしに会ったことを聞けば喜んでくれるでしょう。わしの名前を忘れないで下さいね」

私は眠くて答えられなかった。

「とても面白いあるズアーヴ兵の話をしましょう。やつが死ぬほど酔っ払って、ロシア軍の野営と味方のと間違えたんでさ。ロシア兵がすりばち山で食事していた時、彼は平気で歩哨の前を通り抜けて――跳んで――大佐――自由に――捕虜に――」

　気がついた時、私はまだくすぶっている暖炉の前で寝ていた。蠟燭の炎も暗くなりかけていた。私は部屋の中でたった一人だった。私は笑い、よろめきながら立とうとしたが、頭の中はぐるぐる回り、また倒れてしまった。どこかおかしい気持がした。何時かと思ってポケットに手を入れた。なくなっていた。私は驚いてはっとした。財布もなくなっていた。私は完全にやられたのだ。

「そこに居るのは誰だ」と声がした。中年のしゃれた小男が、蠟燭をもって入って来た。

「おや、あなたでしたか。女房がね、誰かお客が来てると言ったもので。私は、あなたならとうの昔にやすまれたと思ったものでね。私が主人です。一日中ランモリスの市場に行っていて居なかったのですよ」

「盗まれた」と私は言った。

「盗まれたですと！」と主人は叫んで、驚きのあまり蠟燭をとり落とさんばかりだった。

「時計、金——全部やられた」と元気なく私は言った。「何時です」

「一時近くです」と彼は言った。「何か勘違いなさっているんじゃないでしょうね」

「ええ、間違いはありません。私は十一時頃に眠り込んで、やつが逃げてから二時間はたっぷりたっています」

「一時間半前に出た列車がありますね。誰だかしらないが、もうどこにもいないでしょう」と主人は言った。「お客さん、まだふらふらしているようですね。あっ」彼はグラスの臭いをかいだ。「アヘンチンキですな。あなたは一服もられましたね」

「あの野郎！」と私は叫んだ。「私はやつの名も経歴も知っています。これは不幸中の幸いでしょう」

「何というのです」と主人は熱心に尋ねた。

「国中の警察署に手配して、やつに思い知らせてやりましょう。ターンブル軍曹です。もとB砲兵中隊の」

「何ですって。こりゃ驚いた！」と主人が叫んだ。「実は、私がB砲兵中隊のターンブル軍曹なのですよ。クリミア戦争やインドの反乱で勲章をもらったのですが」

「じゃあ、やつは一体誰だろう」

主人に何か思い当たることがあったらしい。

「額に傷痕のある背の高い男ですか」と彼が尋ねた。

「その男ですよ」と私が叫んだ。

「やつは絞首台の縄を逃れている最凶悪の悪党なのですよ。軍曹だなんて、とんでもない！　やつは一生囚人服以外の制服は着ないでしょうな。あれが、ジョー・ケルシーなのですよ」

「じゃあ、クリミアなんかへ行ったことはないのですか」

「そうですとも。イギリスの外へ出たことはないのですよ。もっともジブラルタルへ行ってまんまと脱走したことはありますけどね」

「やつが話したんです――やつが話したんですよ」と私はうめいた。「ステッキを持った上官とか、射撃のうまい連隊長とか、走る死体とか、ギリシアの僧侶とか――あれは皆、嘘だったのか」

「皆、絶対本当ですよ。でも、私の経験で、彼の経験じゃありませんね。やつは私が酒場で何度も話した話を聞いたのでしょう。だから、あなたにすらすらしゃべることもできれば、酒にアヘンチンキを入れることもできたのですよ。彼は改心して、ここでおとなしく暮らしていたのですが、あなたと二人っきりになってあなたの時計を見たりしてからは、もう自分でどうにも我慢できなくなったのでしょうね。もうおやすみなさい。あとで私が警察に全部知らせておきますから」

さて、私はここに軍隊のエピソードをいくつか披露《ひろう》してきたが、ご満足いただけたかどうか自信がない。私はこの話を聞くのに、上等の鎖つき時計と十四ポンド七シリング四ペンス払った訳だが、ひどく高いものについたと思っている。

“That Veteran”〈オール・ザ・イヤー・ラウンド〉一八八二年九月二日号初出

幽霊選び――ゴアズソープ屋敷の幽霊

おそらく私は天性自力で出世できる人間ではなかったのだろう。今でも、私の人生のうちの二十年間をロンドンのイースト・エンドにある食料品店の帳場のうしろで費やし、そういう道のりを通って、働かずに裕福な生活ができる資産とゴアズソープ屋敷を手に入れたという事実が、実感としてわいてこない時がある。私の気質は保守的で、私の趣味は洗練され貴族的であり、衆愚《しゅうぐ》を軽蔑《けいべつ》する傾向がある。私の一族、すなわちドッド家は、信頼に足る歴史家によって英国史にその出現が全く記されていないという事実から推断できるように、先史時代から続いているのである。本能によって私には、自分の血管に十字軍兵士の血が流れていることがわかる。あれから長い歳月の過ぎた今日でも、私の口に「聖母マリア様にかけて」といった叫びが自然とあがり、時と事情によっては、あぶみに足をかけ、例えばほこで、異教徒に一撃お見舞いし、やつらの度肝《どぎも》を抜いてやることだってできるのだ。

　ゴアズソープ屋敷は封建時代の領主邸である——少なくとも、はじめて私の目に留《とま》ったこの屋敷の広告ではそういう触れ込みだった。この形容詞が付いただけでその値段がかなりはね上がっていたが、得られた利点はおそらく現実的なものというよりも情緒的なものかもしれない。それでもなお、階段に矢を放つ細長いすきまがあることを知って私はうれしく思う。そして、不意の訪問客の頭の上に溶解した鉛を注ぐことのできる複雑な装置を持っているという事実から、自分が権力者だという感じが生まれる。こういったものは私独特の気質に合うから、そのために金をとられても惜しいとは思わない。私は胸壁《きょうへき》やぐるっと取り巻いている下水溝を誇りに思い、落とし格子《ごうし》や天主閣や本丸を誇りにしている。だが、私の住居の中世趣味を完成し、私の住居を釣合《つりあ》いよく完全に古風なものとするには、一つ欠けているものがある。ゴアズソープ屋敷には幽霊がいないのである。

　こういった邸宅でどのような生活を送るべきかについて、古風な趣味と考えをもった男なら誰でも、幽霊がいないことに失望を禁じえなかったことだろう。私の場合は、特に不幸だった。子供のときから、私は超自然的なものを熱心に研究し、また超自然的なものの存在を堅く信じていたからである。私は幽霊文学を愛し、今では、その主題に関した物語のすべてに目を通したほどである。ドイツ語を学んだのも、悪魔学に関する本一冊をマスターするというただ一つの目的のためだった。幼児だったころ、乳母が私を脅すのによく話したあの幽霊の幾つかに会えると思って、私は暗い部屋に隠れたものだった。そして、当時と同様に今も、同じ感情が私には強く残っている。幽霊が金で買えるぜいたく品の一つだと思ったときほど、大得意の瞬間はない。

なるほど広告には幽霊のことなど何も触れられていなかった。しかし、カビだらけの壁や薄暗い廊下をよく調べてみた途端、私は屋敷にそういったものがいるのが当然だと思った。犬小屋の存在が犬の存在を必然的に意味するように、こんな望ましい住居に成仏《じょうぶつ》できずにいる幽霊が一人も住んでいないなどということは想像もできなかった。だが、まったくもう、私に屋敷を売った貴族の一家はこの何百年の間、いったい何をしていたんだ。恋人を殺すとか、その他幽霊を代々に伝えそうな手段を講ずるほどの肝っ玉をもったやつは一人もいなかったのか。今でも、この話題についてペンをとると、いらいらせずにいられないほどである。

長いこと、私ははかない望みを抱いていた。羽目板のうしろでネズミがチューチュー鳴き、雨が屋根裏部屋の床にぽたぽた落ちる度《たび》ごとに、ついに成仏できない幽霊の実証をつきとめたのだという激しい戦慄《せんりつ》が私の体を貫いた。私はこうした時少しも恐怖を感じなかった。もし夜分にそういったことが起こった時には、私はしっかり者の妻に事情を調べに行かせ、その間私は寝具で頭をおおい、期待にわれを忘れていた。悲しいかな、結果はいつも同じだった。疑わしげな音は、ばからしいほど自然で陳腐な何らかの原因によるものとわかり、いかに白熱した想像力をもってしてすら、ロマンスの魅力でそれをくるみ込むことはできなかった。

　もしハヴィストック農場主ジョロックスがいなかったならば、私は甘んじてこの散文的状態に満足していたかもしれない。ジョロックスは粗野で図体の大きな現実主義者、たまたま彼の畑が私の所有地に隣接しているという事情から知り合ったまでのことだった。ところがこの男、考古学的名品の鑑賞力など全くないのに、紛れもなくお墨付きの幽霊を所有しているのだ。その起源は、せいぜいジョージ二世の治世、あるうら若き女性が、デッティンゲンの戦いで恋人が死んだという知らせを聞き、のどを切って自殺したときくらいのものだと私は思っている。しかし、それだけのことであっても、特に床の血のしみと関連させると、家に気品が与えられる。ジョロックスは自分の幸運を全く自覚せず、彼が幽霊のことを口にするときの口振りたるや、聞くのも痛ましいものである。うめき声や毎夜の泣き声について、彼は不必要なほど悪態をつくが、それを聞くことのできる人間を、私がどんなにうらやましく思っているか、彼には夢にもわからないだろう。民主的な幽霊たちが領主のもとを去り、全く凡庸《ぼんよう》な人間の家に逃げこむことによってあらゆる社会的名声をなくすとは、まったく歎《なげ》かわしいことではないか。

　私は相当がまん強い男だ。若い時分性に合わない境遇にどれほど甘んじたかを考えれば、私が当然享受すべき身分まで出世したのも、全くその忍耐のお蔭によるものだ。さて、私は幽霊を手に入れなければならないが、どうしたら手に入るかという段になると、妻も私もお手上げだということがわかった。本を読んだところでは、そういった現象はふつう犯罪の結果だということだ。それでは、どんな罪を犯したらいいのか。それに誰が犯したらいいのか。金《かね》をやって執事のワトキンを説得し、自殺するか屋敷にゆかりのある他の誰かを殺すかしてもらおうという途方もない考えが、私の頭には浮かんだ。私はそのことを半分冗談半分本気で言ってみた。しかしどうやら彼は好意的に受取《うけと》ってくれなかったらしい。他の召使《めしつか》いたちも彼の意見に同意した――少なくともそうでも考えないと、その午後彼らが一団となって家を出ていった説明がつかないのである。

「ねえ、あなた」と、ある日、食事の後で、私が憂鬱《ゆううつ》げにサック（ドライシェリーを昔こう呼んだ）を一杯すすりながらすわっていると、わが妻ドッド夫人が私に言った――ついでながら、私は古き良き呼び方が大好きなのである。「ねえ、あなた。ジョロックスさんとこの、あの憎たらしい幽霊がまたわけのわからないことをしゃべったんですって」

「勝手にしゃべらせておいたらいいだろう」と私はかまわずに答えた。

妻はヴァージナルで二つ三つ和音を鳴らし、考えこんで、火をみつめていた。

「あのね、アージェンタイン」とついに彼女は、本名サイラスの代わりにいつも使っている愛称で呼びかけてきた。「私たちは幽霊をロンドンから送ってもらわなければなりませんわ」

「どうしてお前はそうばかなんだ、マティルダ」と私はきびしく言った。「誰がそんなものを手に入れてくれるものか」

「いとこのジャック・ブロケットならできるかもしれませんわ」と彼女は自信あり気に答えた。

さて、このマティルダのいとこは、どちらかと言うと私たちの間では悩みの種だった。彼は頭のいい青年だが放蕩者で、いろんなことを腕だめしにやってみたが、辛抱が足りずどれも成功できなかった。彼は当時、ロンドンのマンションに住み、取引一般代行業と称していたが、実際はペテン師もどきで世を渡っていた。マティルダは私たちの取引の大部分を彼に頼むように奔走し、確かにそれによって私の手数はだいぶ省けたが、私にはジャックの手数料の方が、たいてい勘定書の他の項目すべてを合わせたよりもかなり高いことがわかった。まさにこの事実のために、私はこの若い紳士と以後一切手を切りたいと感じたのだった。

「ええ、もちろん、彼ならできるかもしれません」と妻は、私の顔に現われた非難の様子をみて言い張った。

「紋章の取引をどんなにうまくやってくれたか憶えていらっしゃるでしょう」

「あれは旧家の盾形紋章を復元しただけじゃないか」と私は異議をはさんだ。

マティルダの口許《くちもと》に浮かぶ笑いに私は腹が立った。

「祖先の肖像画を復元したこともあったじゃありませんか」と彼女は言った。「ジャックがとても賢明な選び方をしてくれたことは、認めてやらなければなりませんわ」

私は宴席の間を飾る、ずらりと並んだ顔の列のことを思い浮かべた。それは、たくましいノルマンの侵略者から始まって、かぶと、羽毛飾り、ひだえりのあらゆる段階を経《へ》て、憂うつなチェスターフィールドふうの人物が、処女原稿を送り返された苦しみで、右手を震わせながらその原稿を握りしめ、よろめいて柱にもたれているところに至っていた。私はやむなく、あの時はうまくやってくれた、もしあんなものが手に入るものなら、家に置く幽霊を――通常の手数料で――彼に注文してもかまわないと認めたのだった。

一度腹が決まったからには即座に行動に移るというのが、私の処世訓の一つである。翌日の昼には、私がブロケット氏の借りているマンションに通ずる螺旋《らせん》状の石の階段を登っていき、塗料で白く仕上げられた壁に書かれた一連の矢印や指印がすべて、あの紳士の私室の方向を示しているのを感心してながめた。偶然そのときは、その種の人工的な指示は全く不必要だった。というのは、元気のいいフラップ・ダンスの音がまさに頭上から聞こえてきたからである。しかし、私が手探りしながら階段を登っていくと、その音は死んだような静けさに取って代わった。ドアを開いたのは、お客の出現にどうやらびっくり仰天しているらしい一人の青年で、私は私の若き友人のところに通された。彼は猛烈な勢いで、大きな元帳に書き込みをしていたが――あとで気づいたのだが、上下さかさまであった。

最初のあいさつの後、私はただちに用件を切り出した。

「あのなあ、ジャック」と私は言った。「できれば、霊のたぐいをほしいのだがね」

「例のといいますと、ああ、アルコールのたぐいですね」と私の妻のいとこは叫んで、手を紙くずかごの中に突っ込み、魔法のような素早さで酒びんを取り出した。「さあ、一杯やりましょう」

私は、こんな昼日中から、そんなことを始めてはいけないという無言の訴えとして手を差し上げたが、手をまた下ろし、われ知らず私の相談相手が押しつけたコップのまわりを指でつかんでいたのだった。私はここに誰かが入ってきて、私をアル中だと考えては困ると思って、急いで中身を飲み干した。結局、この若いとこの奇行には、どこか非常に愉快なところがあるんだなあ。

「いや、アルコールじゃないんだ」と私は笑いながら説明した。「亡霊——幽霊なんだ。もしそういったものが手に入るなら、相談したいのだが」

「ゴアズソープ屋敷用の幽霊ですか」と、ブロケット氏は私が応接セットを求めたかのような冷静さで言った。

「そのとおり」と私は答えた。

「お安いご用です」と言いながら、私の相手は私の抗議にもかかわらず、また私のコップを満たした。「ええと」ここで彼は縁にアルファベット二十六文字が並んでいる大きな赤いノートを取り下ろした。「幽霊とおっしゃいましたね。あれはGの項だな。G——宝石

――錐《きり》――ガス管――こて――銃――ガリー船。ああ、ありました。幽霊。第九巻、第四節、四十一ページ。ちょっと失礼」こう言うと、ジャックは梯子《はしご》を駆け上がり、高いたなの上の元帳の山をひっかき回し始めた。私は、彼が背中を向けたとき、コップの中身をたんつぼにあけてしまおうかと半ば思ったが、思い直して、道理に適《かな》った方法でそれを始末した。

「ありましたよ」と叫ぶと、わがロンドンの代行業者は、どしんと梯子から飛び下り、テーブルの上に途方もなく大きな一冊のノートを下ろした。「すぐに手を付けられるように、こういったあらゆるものを表にしておいたのです。大丈夫ですよ――こいつはとても弱いですから」（ここで彼は私たちのコップをまた満たした）。「さあて、何を探していたんでしたっけ」

「幽霊だよ」と私は示唆した。

「そうでしたね。四十一ページ、と。ああ、ありました。『J・H・ファウラー親子商会、ダンケル通り、貴族・紳士的雰囲気昂揚品一手卸し。各種のお守り販売――媚薬――ミイラ――星占い』あなたのお求めのものはないようですね」

私はがっかりして首を振った。

「フレデリック・タップ」と私の妻のいとこは続けた。『生者と死者間の伝達独占。バイロン、カーク・ホワイト、グリマルディ、トム・クリップ、イニゴー・ジョーンズの各種幽霊所有』このあたりがいいんじゃないですか」

「ロマンチックなところがあまりないじゃないか」と私は抗議した。「まあ、考えてもご覧。黒い目をして、腰のまわりにハンカチを巻いて、とんぼ返りを打ち、『明日はご機嫌はいかが』なんて言う幽霊じゃねえ」そんなことを考えただけですっかり頭に来た私は、コップの中身を飲み干し、またそれを満たした。

「もう一つありますよ」と私の相手が言った。「クリストファー・マッカーシー。『隔週の交霊会――古代及び近代のすべての有名人の霊が参列。星占い――お守り――呪文――死者からのメッセージ』彼なら私たちに手を貸してくれるかもしれませんね。しかし、明日、心当たりをまわって歩き、何か格安な品を手に入れることができなかったら、それこそおかしいですよ。何人かこういった人たちに会ってみましょう。彼らの巣窟は知ってますし、まあ、これで仕事の話はおしまいにして」と、彼はすみに元帳を放り込みながら、言葉を結んだ。「さあ、何か一杯やりましょう」

一杯どころか何杯もやった――それは、翌朝私を前後不覚にしてしまうほどの量で、私が寝る前にどうして他の着物と一緒に靴とメガネを掛けくぎに掛けたのか妻に説明するのに少々困ってしまった。だが私の代行業者が仕事を引受けたときの自信ある態度によって新たな希望が湧いて来たので、ふつか酔いもものともせず、頼んでおいたものの出現を心に思い描いたり、建物のどの部分に住まわせたら一番ふさわしいかと考えながら、迷路のような廊下や古風な部屋を歩きまわったのだった。熟考の末、全体として宴席の間が、それを迎えるに最もふさわしい部屋だときめた。それは細長く天井の低い部屋で、昔旧家のものであった高価なつづれ織や興味深い遺物であたり一面飾られていた。炉の明《あか》りが鎖かたびらや武具の上をたゆたうと、気まぐれにちらちら光り、風がドアの下から忍び込み、掛け布をあちこちに動かして、ものすごい騒音をたてた。一方の端には、一段高くなった壇があって、その昔、その上には主人とその賓客たちの食卓が並べられたものであった。一方、踏み段を二段ばかり下りると、低い部分があり、そこでは臣下《しんか》家来《けらい》どもが酒宴を張ったのだった。床にはどんなじゅうたんも敷かれていなかったが、私の命令で、イグサが一面散りばめられていた。部屋中の何一つといえども、十九世紀を思い出させるものはなかった。ただ、復元された家紋が刻まれている私自身の所有になる純銀の皿が、テーブルの上に陳列されているのだけは別であった。もし私の妻のいとこが幽霊問屋との交渉に成功したならば、ここを幽霊の出る部屋にしようと私は決心した。だが、彼の調査の結果が知らされるまでは、辛抱強く待つしかなかった。

二、三日のうちに手紙が来た。それは短いが少なくとも楽観的気分をそそるものだった。それは芝居の広告の裏に鉛筆で走り書きされたもので、どうもタバコ栓で封印されているようだった。「手がかりを得ました。あの種のものは本職の交霊術者からは手に入りそうもないですが、昨日、酒場で、なんとかお役に立ちましょうと言う男を見つけました。反対という電報を頂かない場合には、彼を行かせます。アブラハムというのがその男の名で、以前、一、二回こういった仕事をやったことがあるとのこと」手紙は、小切手をよろしくとか何とか筋の通らぬことが最後に書いてあり、ジョン・ブロケットの署名があった。

私が電報など打たずに、今か今かとアブラハム氏の到着を待ち受けていたのは言うまでのこともない。私は超自然的なものの存在を信じていたにもかかわらず、幽霊を商《あきな》い、単なるこの世の金銭と交換できるほど、霊界への支配力をもつ人間がいるなどとは、とても信じられなかった。そうはいうものの、そういった商売が存在するとジャックは断言しているではないか。そして、確たる証拠でそれを実証してみせるというユダヤ人の名前をした紳士がいるではないか。もし私が正真正銘の中世の亡霊を手に入れることに成功したならば、ジョロックスのところの十八世紀の幽霊など、何て低俗で陳腐にみえることだろう。

もう少しで私は、もう見本の幽霊が送られて来たのかと思うところだった。というのは、私がその晩寝る前に、堀の回りを歩いていると、私の落とし格子とはね橋の装置を熱心に調べている暗い人影に出くわしたからである。しかし、彼の驚いた様子と暗闇の中にあわてて逃げこんだ動作から、私は即座に彼がこの世のものだと確信し、誰かわが女家臣の一人を思慕する者が、彼と恋人とを隔てるあの濁れるヘレスポント海峡に涙しているのだろうと考えた。誰であったにせよ、彼は姿を消して戻っては来なかった。私はそれを一目見て、領主権を行使して幽閉拘束してやろうかと、しばしの間あたりをうろついてみたのだが。

　ジャック・ブロケットは約束を守った。別の晩、夕闇がゴアズソープ屋敷のまわりに垂れこめるころ、外の鐘の鳴り響く音と一頭だての馬車が止まる音とがアブラハム氏到着を告げた。私は彼の背後からよりすぐりの各種の幽霊の詰め合わせが押し寄せてくるのではないかと半ば期待して、彼に会いに急いで降りていった。しかし幽霊問屋は、私が心に思い描いていたような顔色の悪い憂鬱な目をした男とは正反対で、非常に鋭いぎらぎらした目と、いささか不自然ではあるが、絶えず横に広がって愛想よく笑っている口もとをした、体格のよい少々ずんぐりした男だった。彼のただ一つの商売道具といえば、用心深く錠を掛け、革ひもで縛られた小さなかばんだけのようだった。そのかばんは玄関の敷石の上に置かれたとき、ちゃりりんという金属音を発した。

「ご機嫌いかがですかい、旦那」と彼は、感きわまったかのように私の手を堅く握りながらたずねた。「それから奥さんのご機嫌はいかがですかい。他の皆さんのご機嫌はいかがですかい」

　私は、私たちは皆、申し分のないほど元気だと告げたのだが、たまたまアブラハム氏は遠くに妻の姿を見かけると、ただちに彼女のもとへ飛んで行って、もうひとくさり彼女の健康調査を非常に大まじめになってまくし立てたので、彼が最後には彼女の脈を見たり、彼女に舌を見せてと要求したりするのではないかと思いかけたほどだった。こうしている間ずっと、彼の小さな目はぎょろぎょろとあたりを見回し、視線は床から天井、天井から壁へと絶え間なく移り、明らかにあらゆる家具類を一望の中に収めていた。

私たち夫婦が二人とも病的状態ではないことを確かめた後、アブラハム氏は二階へと案内され、そこに彼のために並べられていた食事をもりもり食べた。神秘的な小さなかばんは、ずっと彼が持ち歩いていて、食事の間も彼の椅子の下に置かれた。テーブルが片づけられ、私たち二人きりになって初めて、彼はトリチノポリ葉巻をふかしながら言った。「このお宅に幽霊を備えつけるってえのに、あっしの助けをお求めとか」

私は彼の正しいことを認めたが、その間、心の中では彼のあの落ち着きのない目を怪しんでいた。その視線は、あたかも家具類の財産目録を作っているかのように、部屋中を踊り回っていた。

「こういっちゃなんですが、この仕事にあっしほどうってつけの男は他にはいますまいよ」と、客が続けた。

「レイム・ドッグの酒場で話しかけてきた若い旦那に、あっしは何て言ったと思います。『できるかね』と旦那。『まあやらして見てくだせえ』とあっし。『あっしとあっしのかばんとに、まあやらして見てくだせえ』こりゃ駆け引きなしの公正な言い分ちゅうもんでがしょう」

ジャック・ブロケットのビジネス手腕に対する私の尊敬は、かなりの程度増しかかった。

確かに彼は驚くほどうまく事を運んだように思われた。「君はまさかかばんの中に幽霊を持ち運んでいるっていうわけじゃないんだろうね」と私は遠慮がちに言ってみた。

アブラハム氏はいかにもわけ知り顔にほほえんだ。

「まあ、そうせかさねえで」と彼は言った。「適当な場所と適当な時間、それにルコプトリュクスのエキスが少々あれば」――ここで彼はチョッキのポケットから小さなびんを取り出した――「どんな幽霊だってあっしゃご用立て致しやしょう。ご自分で見て、選んで下せえ。こりゃ駆け引きなしの公正な言い分ちゅうもんでがしょう」

駆け引きなしの公正だとアブラハム氏が主張する度ごとに、彼の不快な左右それぞれの目から、ずるそうな流し目や目配せが現われ出たので、公正の印象は幾分薄められた。

「いつおやりになるのですか」と私はうやうやしくたずねた。

「午前零時五十分」とアブラハム氏は、きっぱりと言った。「中には真夜中という人もおりますが、あっしは零時五十分で。この時間だと、それほどラッシュアワーじゃありませんので、好きな幽霊をお選びになれましょう。それでは」と彼は立ち上がりながら続けた。

「もしよろしければ、屋敷をご案内頂いて、旦那が幽霊を備えつけてえって場所をあっしに見せといておくんなさい。それってえいいますのは、幽霊ってやつは、気に入った場所もある代わり、たとえこの世に出る場所が他になくったって、どうしても出たくねえって場所もあるもんですからね」

アブラハム氏はわが家の廊下や部屋をたいそう批判的かつ観察力の鋭い目で念入りに調べ、目利《めき》きのような態度で古いつづれ織を指でつまみ、小声で「実によく釣り合う」だろうと言った。だが、彼の賞讃が熱狂の頂点に達したのは、まさに私自身が目を付けておいた宴席の間に到着したときのことだった。

「こりゃあ、うってつけの場所でさあ」と彼は叫ぶと、手にかばんを持ちながら、私の純銀の皿が乗ったテーブルのまわりを踊り回ったので、彼自身、奇怪な小鬼かなにかのように見えた。「こりゃあ、うってつけの場所でさあ。これ以上の場所は手に入りませんよ。すばらしい部屋だねえ――高貴で、ずっしりして、電気メッキのがらくたなんか一つもねえ。こうでなくっちゃいけねえよ、旦那。幽霊が入りこむじゅうぶんな余地がある。ブランディと葉巻きの入った箱を持ってきておいて下せえ。あっしがこの炉のそばにすわって、準備をしておきましょう。こいつは旦那がお考えになる以上に大変なんですよ。てえのは、幽霊ってやつは、相手が誰かわからねえうちは、時折り手に負えねえふるまいをするもんですから。もし旦那が部屋にいたら、たぶんやつらは旦那をずたずたに引き裂いちまうでしょう。やつらと取っ組み合うのはあっし一人に任せて、零時半になったら入って来て下せえ。そうすれば、その時までには、じゅうぶんやつらをおとなしくさせときますから」

アブラハム氏の要求は道理に適ったものに思えたので、私は彼が足をマントルピースの上に載《の》せ、椅子を炉の正面に据えて、御しがたい訪問客たちに備えて酒や葉巻きで元気をつけるのに任せて、部屋から出ていった。私は下の部屋で妻と一緒にすわっていたが、そこからは、彼がしばらくすわってから、立ち上がり、広間を速いもどかしげな足取りで歩きまわっている音が聞こえた。それから私たちは、彼がドアの錠が掛かっているかどうか試す音と、何か重い家具を窓の方へ引っぱっていく音を聞いたが、どうも彼は家具の上に乗ったようだった。というのは、私にはひし形ガラスのついた窓が内側に開くとき軋むさびたちょうつがいの音が聞こえたからで、私はその開き窓が小柄な男の手の届く範囲より二、三フィート上にあることを知っていたのである。妻は、この後彼が何か小声で早口に言っているのが聞こえたと言うのだが、それは妻の気のせいだったかもしれない。白状するが、私は思っていた以上に感銘を受け始めていた。たった一人の人間が開いた窓のそばに立って、外の暗闇の中から地獄の霊を呼び入れていると考えると、何か畏敬の念を感じさせられた。時計が零時半を指し、ついに客の徹夜の仕事につき合う時間が来たのに気づいたとき、私はマティルダにも勘づかれるほど震えていた。

部屋に入っていくと、彼は元の場所にすわっていて、私がもれ聞いた不思議な動きの形跡はなかった。ただ、彼の丸顔はつい今しがたまで力仕事をしていたかのように上気していた。

「うまくいってますか」と私は入りながらたずね、できるだけむとんちゃくな態度を装ったが、われ知らず部屋中を見回して、いるのは私たち二人だけなのを確かめた。

「事を完了させるには、あとあなたの助けだけが必要です」とアブラハム氏はもったいぶった口調で言った。

「私のそばにすわって、ルコプトリュクスのエキスを飲んで下さい。これは私たちの世俗的な目から鱗《うろこ》を落とすものなのです。何が見えようと、しゃべったり、動いたりしてはいけませんよ。魔法が破れるといけませんからね」彼の態度はもの柔らかで、さっきの卑俗なロンドンなまりは全く消えてしまっていた。私は彼が指し示した椅子にすわり、結果を待った。

私の相手は、私たちの近くの床からイグサを取り除き、四《よ》つん這《ば》いになると、チョークで半円を描き、その半円で炉と私たち自身とを取り囲んだ。そして、この半円の円周のまわりには、黄道十二宮に似ていなくもない幾つかの象形文字が書かれた。それから彼は立ち上がって、長い呪文を発したが、それはあまりに早口に唱えられたので、なにか荒っぽい口喉音の多い言語で長大な一単語を発音しているように聞こえた。この祈りを——もしそれが祈りだとすればだが——終えてから、彼は前に取り出しておいた小さなびんの栓を抜き、茶さじ二杯ほどの澄んで透明な液体を小型のガラス容器に移し、私にそれを飲むようにと告げて手渡した。

その液体は、ある種のりんごの芳香に似ていなくもない、かすかに甘い香りがした。それを唇に当てるまでに一瞬ためらったが、相手がせかすような身ぶりをするので、一気にそれを飲み干した。味はそうまずくはなかった。効目《ききめ》は即座に現われなかったが、私は椅子の背にもたれ、来たるべきものに備えて心を落ち着けた。アブラハム氏は私の横に腰を下ろしたが、前に熱心に唱えていた呪文をいま少し繰り返しながら、時折私の顔を窺《うかが》っているのが私には感じられた。

快《こころよ》い暖かさとものうげな感覚が、半ばは炉の熱から、半ばは何か説明できない原因から、徐々に私を襲い始めた。抵抗できない眠りへの衝動が私のまぶたを重くした。しかし同時に私の脳は活発に働いて、たくさんの美しく快い観念が頭をかすめて行った。全くものうげな気持になったので、客が私の心臓の上に鼓動の具合を探るかのように手を当てるのがわかったけれども、妨害しようともしなければ、その行為の理由をたずねようとさえしなかった。部屋中のあらゆるものが眠気を催す踊りの輪になって、ゆっくりとぐるぐる回っているようにみえた。そしてその中心に私がいた。遠くの端にある大きなヘラジカの頭が重々しく前後に揺れ、テーブルの上の重みのある盆が赤ワイン冷却器や飾りざらと一緒にコティヨンを踊った。私の頭は重みのせいで胸の上にうなだれ、広間の向こう端のドアが開くことによってわれに返らなかったならば、私は意識を失ってしまっただろう。

このドアは一段高くなった部分の方にあった。そこは、前に言ったように、代々の家長が自分用に独占していた場所だった。ドアがゆっくりと開かれると、私はひじ掛けをしっかり摑んですわり直し、外の暗い廊下を恐ろしげににらみつけた。何かが廊下をやって来つつあった——何かはっきりしたものだったが、それでも何かではあった。私にはそれが、ぼんやりと影のように、戸口を通り抜けるのが見えたが、その間に氷のように冷たい一陣の風が部屋に押し寄せ、私の体を吹き抜けて心臓を凍らせるように思われた。私は神秘的な幽霊の存在に気づき、それからその幽霊が荒涼とした海岸の松林を吹抜《ふきぬ》ける東風のような声で語るのを聞いた。幽霊は言った。

「われは不可視の非実在なり。われは親和力を持ち霊妙なり。われは電気にして、磁気にして、霊魂なり。われは霊妙なる吐息を発し、犬を殺す者なり。人間よ、われを選ばんとするか」

私はしゃべろうとしたが、のどに言葉がひっかかってしまったみたいで、それを吐き出せないでいるうちに、幽霊は部屋をすっと横切って、反対側の暗闇に消えてしまった。それでもなお、長い憂鬱なため息が部屋中に震えていた。

私はもう一度目をドアの方へ向けた。すると驚いたことに、小柄な老婆がよたよたと廊下を歩き広間に入って来るのが見えた。彼女は何度か行きつ戻りつし、それから床に描かれたあの円周の上にしゃがみ込むと、顔をあらわにしたが、その悪意むき出しの恐ろしさを私は決して忘れないだろう。そのぞっとするような顔には、あらゆる邪悪な感情がその痕跡を残したかのようだった。

「はっはっは」と彼女は、きたない鳥の爪のような干からびた手を差し出しながら叫んだ。

「わしが何者かわかるかね。わしは鬼婆《おにばば》さ。わしはかぎたばこ色の絹を身にまとっている。わしの呪いは人々にくだる。ウォールター様はわしがお好きだった。わしをお前のものとするかね、人間よ」

私はぞっとして首を振ろうとした。それを見ると、彼女は杖で私をなぐろうとしたが、気味の悪い叫びをあげながら消えていってしまった。

この時までには、私の目は開いたドアの方へ自然と向けられ、私は背が高く堂々とした男が歩いてくるのを見てもほとんど驚かなかった。彼の顔はひどく青ざめていたが、黒髪が額をおおい、また巻き毛になって背中にまで垂れ下がっていた。あごには短い先のとがったあごひげを生やしていた。彼は首のまわりに大きな白いひだえりの付いた、見たところ黄色のしゅすらしい服をゆったりと身につけていた。ゆっくりとした堂々たる歩きぶりで部屋を横切った。それから振り向くと、甘く優雅な歌うような声で私に話しかけた。

「われは騎士なり」と彼は言った。「われは突き刺し、突き刺さるる。これぞわが剣なる鋼の音を響かせ、これぞわが胸の血のしみ。われはうつろなうめき声を発するを得。われは多くの保守派の名家の寵愛《ちょうあい》をかたじけのうせり。そもそもわれは領主館の亡霊なりき。われは一人で、もしくは金切《かなき》り声の乙女たちと連れ立ちて出没致す」

彼は、私の返事を待っているかのように、礼儀正しく頭を下げたが、私は前と同様のどが詰まったような気がしてしゃべることができなかった。すると、深くおじぎをして消えていった。

彼が消えるか消えないかのうちに、強烈な恐怖感が私を襲い、私は輪郭《りんかく》のぼやけた、大きさの定かならぬ、身の毛のよだつようなものの存在に気づいた。それは、一瞬部屋全体に広がるように見えたかと思うと、次の瞬間には見えなくなってしまうのだが、しかしいつでも背後にその存在をはっきり意識させた。この幽霊がしゃべるときの声は震えていて突発的だった。幽霊は言った。

「わしは足音を残し、血のしみをしたたらす者。わしは廊下を踏み鳴らして歩く。チャールズ・ディケンズもわしのことを書いておる。わしは奇怪な不愉快な音を立てる。わしは手紙をひったくり、人々の手首を見えない手で握る。わしは陽気だ。わしはぞっとする笑い声を轟かせる。ひとつ聞かせて進ぜよう」私はお断りというように手をあげたが、後の祭りで、耳ざわりな爆笑が部屋中に響き渡るのを止めることはできなかった。私が手を下ろせないでいるうちに、幽霊は消えていた。

また頭をドアの方へ向けると、ちょうど一人の男が急ぎ足でこっそりと部屋に入ってくるのが見えた。彼は陽に焼けた、体格のいい男で、耳には耳飾りを着け、首のまわりにはゆるくバルセロナ・ハンカチを巻いていた。頭は胸の上にうなだれ、顔全体に耐えがたい良心の呵責に苦しめられている表情が現われていた。彼は、檻に入れられたトラのように、素早く行きつ戻りつしたが、その間に私は、彼の片手に抜き身のナイフが光り、もう一方の手には一枚の羊皮紙のようなものが握られているのに気づいた。彼がしゃべるときの声は太く朗々としていた。彼が言った。「俺は人殺し、俺はごろつきだ。歩くときにゃ、かがんで歩く。音を立てずに歩くためだ。カリブ海についちゃ幾らか知ってるぜ。消えた宝捜しができる。海図をもってるぜ。身体強壮で足も丈夫だ。広大な屋敷も出歩ける」彼は懇願するように私の方を見たが、私は合図できないでいるうちに、次に戸口に現われた身の毛のよだつような光景に全身がこわばってしまった。

それはとても背が高い人間の姿だった。実際、それを人間と呼べるかどうか疑わしいというのも、やせこけた骨は腐った肉を通して突き出し、顔色も鉛色をしていたのであるから。死者の体を巻く白布がその体のまわりに巻きつけられ、頭をおおう頭巾ともなっていた。そして、その頭巾の下からは、気味悪く落ちくぼんだ二つの悪魔のような目が、赤く熱した石炭のように燃え上がり、きらめいていた。下あごは胸の上に垂れ下がり、そこからしなびたしわのよった舌と二列の黒いぎざぎざの牙がのぞいていた。この恐ろしい幽霊が半円周のところまで進んでくると、私は身震いし、あとずさりした。

「俺はアメリカの亡霊だ」とその幽霊は、うつろなつぶやきとなって足元の地面の下から聞こえて来るような声で言った。「他の奴らは全部偽物だ。俺はエドガー・アラン・ポーが描いた通りにこの世に出て来た。俺は思いがけなく現われて、身の毛をよだたせる。俺は下等で不景気な幽霊だ。俺の血と骨とを見てくれ。俺は気味悪く、吐き気を催させる。

人工的な手なんか借りちゃいないぞ。きょうかたびらと棺のふたと化学電池で出没する。夜には髪が白くなる」そいつは懇願するかのように、骨ばった両腕を私に差し伸べてきたが、私は首を振った。すると、そいつは、下品な、吐き気を催すような、不快なにおいを残して消えていった。私は恐怖と嫌悪感ですっかり打ちのめされ、椅子の中に身を沈め、もしこれで忌《い》まわしい行列の最後ということならば、甘んじて一生幽霊なしで我慢する気になっただろう。

着物を引きずるかすかな音が、私にまだ最後ではないことを知らせた。見上げると、廊下から白い人影が明るいところへ現われて来るのが見えた。それが戸口を踏み越えたとき、私にはそれが昔の衣裳をまとった若い美人の姿であることがわかった。彼女の両手は胸の前に組み合わされ、彼女の青ざめた誇らしげな顔には情熱と苦悩の跡が現われていた。彼女は、秋の葉のさらさらいう音のような、穏やかな音を立てて部屋を横切り、それから愛らしい、言いようのないほど悲しげなまな差しを私に向けて、こう言った。

「私はもの悲しく感傷的なの。迫害された美女です。私は棄《す》てられ、裏切られました。私は夜になると悲鳴をあげ、廊下をすうっと歩いて行きます。私の祖先はやんごとなき人、たいていは貴族です。私の趣味は審美的です。もう二つか三つの鎖かたびらとつづれ織がどっさりあれば、このような古いオーク材の家具でかまいませんわ。私を選んで下さらないかしら」

言い終わると、彼女の声は美しい抑揚《よくよう》でだんだんと消えていき、彼女は嘆願するかのように両手を差し出した。私はいつも女性には弱いほうである。おまけに、これに比べたら、ジョロックスの幽霊が何だっていうんだ。これほど上品な幽霊が他にいるだろうか。いますぐ決めないと、すぐ前の化け物みたいなのがまたやって来て、私の神経がいかれてしまうおそれがあるじゃないか。彼女は私の心の動きがわかったかのように、天使のようなほほえみを浮かべた。そのほほえみでふんぎりがついた。「彼女がいい」と私は叫んだ。「この幽霊を選ぶ」そして熱狂のあまり彼女の方へ一歩進むと、私は私を取り囲んでいた魔法の円を越してしまった。

「アージェンタイン、泥棒よ」

私はこの言葉が私の耳に何度となく語りかけられるのを、いやむしろ金切り声で叫ばれるのをぼんやりと意識したが、その意味を把握《はあく》することはできなかった。頭の中の激しい鼓動がそのリズムに重なり合い、私は「泥棒よ、泥棒よ、泥棒よ」という子守唄に合わせて目を閉じた。しかし激しく揺さぶられて、私は再び目を開けた。すると、肌着姿で、怒《ど》髪天《はってん》を衝《つ》く妻の姿が見えたので、驚いて私の散乱した記憶を呼び集めた。昨夜の炉の灰の山の中に頭を突っ込み、小型のガラス容器を手にして、床にあおむけに横になっている自分に気づいた。

私はよろめきながら立ち上がったが、ひどく体が弱っていてめまいがする感じだったので、椅子に尻餅をつかざるを得なかった。マティルダの叫び声に刺激され、頭が冴えてくるにつれて、私は徐々に昨夜の出来事を思い出し始めた。超自然的な訪問客たちが相次いで進み出てきたドアがあった。円周のまわりに象形文字が書かれた、チョークの円があった。アブラハム氏のご愛用を賜った葉巻き入れとブランディのびんがあった。だが、幻視者ご本人は――いったいどこに。それに、外側にロープの下がっているこの開いた窓は何だ。ああ、ゴアズソープ屋敷の誇りはいまいずこ。未来のドッド家代々の楽しみになるはずだった栄光の銀皿はいずこ。それに、何故妻は、手を握り合わせ、単調な同じ言葉を繰り返しながら、夜明けの灰色の光の中で立ち尽くしているのか。私のもうろうとした頭が、こういったさまざまな事柄を受け入れて、その関連を理解するまでには、たいへんゆっくりした時間を必要としたのだった。

　読者にお断わりしておくが、私は以来アブラハム氏に会っていない。また私は、復元された家紋が刻まれている純銀の皿にその後お目にかかったことがない。一番つらいことには、私はもすそを引いた着物の、憂愁を帯びた幽霊を二度と見かけることはなかったし、また今後見かけることもないと思う。実際、この一夜の経験で、私は超自然的なものへの熱中からすっかり醒《さ》めてしまい、妻が長いこと心に望んでいたロンドン郊外の月並みな十九世紀的建物に住むことに甘んじたのだった。

　出来事の真相については幾つもの推測が可能である。幽霊問屋アブラハム氏とは他ならぬジェミー・ウイルソン、別名ノッティンガムのノビ師であるというのが、スコットランド・ヤードのほぼ確実な見解である。そして確かに、この注目すべき押込み強盗の人相書きは、私の訪問客の外見と非常によく一致する。すでに述《の》べた小さなかばんは、翌日、隣の畑で拾われ、中にはよりすぐった各種のかなてこと回し錐が入っていることがわかった。堀の両側の泥の中に深く残った足跡は、開いた窓から落とされた貴金属の入った袋が、下にいる共犯者によって受け取られたことを示していた。明らかに、二人組の悪党が仕事を捜し回っているうちに、ジャック・ブロケットの無分別《むふんべつ》な問い合わせを耳にして、さっそくこのよだれの出そうなチャンスを利用したのだろう。

さて、私の目の前を横切った影だけの客たちや私が楽しんだ珍しい奇怪な幻影はといえば、わがノッティンガムの友人がオカルト術を使いこなせる能力の持ち主だったと考えたらよいのだろうか。長いこと私はその点について疑問を抱いていたのだが、ついには、問題を解決しようとして、有名な精神分析医に、私のガラス容器に残っていたいわゆるルコプトリュクスのエキスを二、三滴送って相談したのだった。以下彼から受け取った手紙を書き添えることにするが、学者の重厚な言葉によって私のささやかな物語を締めくくる機会をもてたことをたいへんうれしく思っている。

拝復　貴下の極めて珍しき話に小生大いに関心を引かれました。お送り下さったびんにはクロラールの強い溶液が入っており、貴下の飲まれたとおっしゃる量は少なくとも純粋含水化合物八十グレーンに相当いたします。これは部分的無意識状態を催さしめ、徐々に完全な昏睡状態に移行せしめる量であります。クロラール麻酔の効いた半無意識状態においては、偶発的かつ奇怪な幻影が現われることは珍しくはありません。特に麻酔薬を服用し慣れていない方々の場合は、なおさらそうであります。貴下のご書簡によりますれば、貴下のお心には幽霊文学が充満し、幽霊が帯びるといわれているさまざまな形態を分類し心に思い描くことに長い間病的関心をもっておった由《よし》。さらには、何かその種のものをご覧になりたいと思われ、神経が異常な緊張状態にまで興奮していたということを思い出して頂きたい。かような事情の下におきましては、かかる結果が生ずるのは全く驚くに足らぬことであり、麻酔剤に精通しておる者の目からすれば、もし貴下がかかる状態に陥《おちい》らなかったとしたら、その方がまさに驚くべきことであったと思われる次第であります。

敬　具

医学博士T・E・ステューブ

アランデル街

ブリクストン、エルムズ荘

アージェンタイン・ドッド殿

"Selecting a Ghost : The Ghosts of Goresthorpe Grange"
〈ロンドン・ソサエティ〉一八八三年十二月号初出

辻馬車屋の話——ロンドンの四輪辻馬車屋の奇妙な経験

私たちは四輪辻馬車に乗らなければならなかった、というのもその日は空がやや荒れ模様に見えたからだ。ことにファニーの百日ぜきが治ったばかりの時に、休暇の初めから雨にぬれるのはまずいだろう、ということで私たちの意見が一致した。私たちはあまり休暇はとれないので、とれる時には特別の計画をたて、大いに楽しむことにしていた。この時にはハマスミスからアレクサンドラ・パレスまで、堂々と四輪辻馬車で乗りつけることになった。家内、家内の妹、トミー、ファニー、ジャックが乗り込んだので、馬車の中はほとんどすし詰め状態で、私は自分の座るとこを捜す始末だった。だが、似たような事情でちょうど詩人クーパーの民謡《みんよう》に登場するジョン・ギルピンがしたように、自分だけは貸し馬に乗ってどじを踏むなんてことはせず、私は防水コートを着て御者《ぎょしゃ》の隣りに陣取った。

御者は如才《じょさい》ない感じの年季の入った老人で、顔はよく日焼けし、白いほおひげを生やしていた。およそロンドンの御者は人類の中でも一番如才ない人種だと私はつねづね思っているのだが、この男はその御者の中でも一番如才ない男だと思った。私たちがとぼとぼ馬車に揺られてゆく間、私はなんとか彼に話をさせようと水を向けた。私はいつもおしゃべりが好きなのだ。しかし彼の舌は少々さびついてしまっていた。で、グリーン・アンカー亭に来た時、コップ一杯のジンでなめらかにすると、以後彼は早口によどみなく話した。彼の話のなにがしかは紙に書き留める価値がある。

「二輪辻馬車のほうがもうかるですって？」私の質問に答えて、彼が言った。「ええ、もちろんそりゃそうでさ。でも地位ってものを考えてくだせえよ。四輪辻馬車っていやあ体《てい》裁《さい》のいい乗物だし、その御者だって体裁のいい男でしょうが。がらがら音を立てちゃ水をはね返す二輪辻馬車じゃ、そんなこと言えませんぜ。まあ、あっしが思うに、どんな商売でも、地位に比べたら、金なんか問題じゃねえすよ」

「確かにそうだな！」私は答えた。

「それにあっしはいくらか小銭貯めとりやすし、いまさら商売変えする年でもありませんしね。四輪辻馬車で仕事始めたんだから、終わりもそうしたいですよ。信じて貰えねえかもしれやせんが、あっしは四十七年間通りを流しておりやすから」

「そりゃ、随分《ずいぶん》になるなあ」私が言った。

「そう、あっしらの商売にしちゃ、長い方でさ。だって、こんなにじゃかすか精力使い果たす商売なんかこの世にゃありやせん。雨が降ったり、寒かったり、夜遅かったり、時間なんかまっちゃいられんでしょう。あっしほど続いている御者はほとんどおりやせんね」

「きっと君は、その間に随分と世間を見てきたんだろう」私が言った。「これほど生きた人間を見る機会に恵まれた商売なんて、ざらにはあるまいからね」

「世間ね！」馬に軽くむちを食らわせながら、彼はぶつぶつ言った。「そいつは飽きがくるほど見てきやした。『生きた人間』と旦那おっしゃったけど、『死んだ』と言った方が当たってるでしょうな」

「死んだだって！」私が叫んだ。

「そう、死人でさあ。いや、全くね、もしあっしがこの商売についてから見てきたことを字に書いたら、あっしの言ってることを信じようなんてもんはロンドン中にいませんね。御者仲間の何人かを別としたらね。一度死人を客として一晩の半分近くも馬車走らせたことがありやす。おや、旦那、ぎょっとなさることたありやせんよ。この馬車じゃないんで——大丈夫、これの前の馬車でもねえから」

「どうしてそんなことになったんだね？」彼が請け合ってくれたにもかかわらず、マチルダがこの話を聞いていなかったことにほっとしながら、私は言った。

「へえ、今じゃもう古い話でさあ」口の端に小さな黒タバコをくわえて、御者がいった。

「もう二十何年か前になりやすかね。だって、ああいう話は簡単にゃ忘れられませんや。夜も大部《たいぶ》更《ふ》けとりやしたが、あっしはいい客はないかとそりゃもうがむしゃらに働いておりやした。その日は稼ぎが悪かったんでね。劇場はみんなはねちゃったし、あっしは一時近くまでストランド通りをあちこち流しておりやしたが、もうけといやあたった十八ペンスの客が一人っ切りで。もうあきらめて帰ろうかと思いやしたが、ほんのもう一回りしてお客さんにひょっこり出っくわさないかどうか見てみるのも悪かあないと思いつきやした。ほどなくあっしはオックスフォード街までの紳士を一人乗せやしたね。それから帰ろうと、セント・ジョンズ・ウッドを馬車で抜けとった時です。その時にゃもう一時半近くで、雨が降り出して。あっしも疲れた馬の野郎をせき立てて、できるだけ早く馬車を走らせたんで。あっしも馬の野郎も食事に戻りたかったですから。と、その時、女が横町からあっしを大声で呼ぶじゃありませんか。振り返ると道の一番暗いところに貴婦人が二人立ってやして――本物の貴婦人で、旦那。だって真っ暗でもないかぎり、あっしはちゃんと見分けがつくんでね。一人のほうは年がいってて、太りぎみでしてね。もう一人のほうは若くって、顔をヴェールで隠してやした。二人の間に夜会服姿の男がいて、二人してそいつを抱えてて、そいつは街灯によっかかっとりやした。やっこさん、完全にふらふらに見えやしたね。だって頭は胸元まで垂れてるし、二人が支えてなきゃぶっ倒れていたでしょうから。『御者さん』と、太りぎみのご婦人が大層震えた声でいいやした。『とても困っているので、助けていただけないかしら』ってね。そのご婦人はちゃんとそう言ったんで。

『承知しやした、奥様』運が向いてきたと思って、こちらそういいますよ。『で、そこのお嬢様と奥様のため、あっしはどうすりゃいいんで？』と、あっしは、若いほうのご婦人を慰めようと、そちらにも声をかけやした。というのも、そのご婦人のほうはヴェールの下で哀れっぽくすすり泣いてやしたからね。

『実を言いますとね』と、太りぎみのご婦人が言うんですよ。『この紳士は私の娘の夫です。二人は結婚したばかりで、私どもはこの近くの友人宅を訪ねるところなのです。ところが婿がこの通り酩酊《めいてい》して帰ってまいりましてね。それで娘と私はこの人を送り返してくれる辻馬車が通らないものかと、この人を連れ出しました。私どもには特別な理由がありまして、お友だちの方々にこの人のこんな姿を見せるわけにはまいりませんの。それにまだその人たちはこのことを知りません。もしあなたがこの人を家まで送り届けて、そこで降ろしてくだされば、私ども二人はそれはもう大助かりなのですけれど』

　あっしはこの話を少々変だと思いやしたが、それでも承知しやした。すると、承知したと言うか言わないうちに、年のいったほうがドアを引き開けて、こっちが手も貸さないうちに二人してその男を両側から支えて馬車に押し込んだんで。

『どこへやりやしょう？』私は聞きやした。

『クラパムのオレンジ・グローブ四十七番地です』と、年のいったほうのご婦人が言いやした。『名前はホフマンといいます。きっと使用人が起きて来ます』

『運賃のほうはどうしやす？』着いた時に運賃のことでめんどうがあっちゃいけねえと思

って、あっしはそう言いましたよ。

『ここにあります』と、若いほうのご婦人が言って、あっしの手の中に一ポンド金貨とおぼしきものをすべり込ませ、同時にありがとうって感じで手まで握ってくれたもんで、あっしはもうこのご婦人をお助けするためなら、どこまでも馬車を走らせようって感じでやした。

まあ、そんなわけであっしは道端に立った二人を後にして、また馬車を走らせたわけで。馬の奴はばて気味でしたが、とうとうオレンジ・グローブ四十七番地への道はわかりやした。でかい家でしてね。それにあんな時刻じゃ旦那もお察しの通り、しんと静まり返ってやした。ベルを鳴らすと、やっと使用人が降りて来て――男の使用人でしてね。

『ここのご主人様をお連れしたんですが』あっしが言いやした。

『誰をお連れしたって？』と、そいつが聞くんですよ。

『へい、ホフマン様で――あんたのご主人様ですよ。旦那はお加減がまるでよろしくないんで、まだ馬車の中におられます。ここは四十七番地でしょ？』

『そう、ここは確かに四十七番地だが、でもご主人様はリッチー大尉と申され、ずっとインドにおられる。君は家を間違えたんだろう』

『でも、そう聞いて来たんですがね』あっしは言いやした。『でも、今時分じゃ旦那の酔いも覚めていなさるだろうから、聞いてみやしょう。一時間前は死んだみてえに酔ってなすって』

　あっしたちは二人して馬車のところまで行ってドアを開けたんで。その旦那は座席からすべり落ちちまってて、床の上に横になってやした。

『さあ、ねえ、旦那』あっしは大声で言いやした。『起きて、わしらに旦那の住所教えてくだせえよ』

　その旦那の返事はなかったんです。

　あっしはもう一度ゆすってみやした。『旦那、しっかりしてくだせえよ』あっしはどなりましたね。『旦那の名前と、それにお住いをおっしゃってくださいよ』

　でもその旦那の返事はなかったんで。それに息する音まで聞こえませんでね。それであっしは何かぞくっときちまって。手を下にして顔をさわってみやした。その顔は鉛みてえに冷たかった。『兄弟、こいつ死んでるぜ』あっしが言いやした。

　その使用人がマッチをすり、二人してあっしの客をちらっと見やした。若くって色男でしたが、顔には苦悶《くもん》の表情が出てて、あごがだらんと垂れてやした。その男は明らかに死んでるだけじゃなく、死んで大分経《た》ってたんですよ。

『どうしよう？』その制服着た使用人の野郎が言いやしたよ。そいつ自分が死んだみたいに顔が真っ青になっちまって。髪も恐怖で逆立《さかだ》ってましたね。

『俺は一番近くの警察署まで馬車走らせる』あっしが言いやした。で、あっしはそうしたんで。舗道の上に震えてる野郎はほったらかしておきやした。警察で客を引き渡しやしたが、それ以来その客を見たことないすよ」

「その事件のことをそれ以上は聞かなかったのかい？」私がたずねた。

「聞いたの聞かねえのって！　調べやら、検死やら、あれやこれやで、いつになったら終わるのかと思いやしたね。医者はその男が辻馬車に押し込まれる前に死んでいたにちがいない、と証明しやした。検死の直前に、その男の首の片側に小さな青いあざが四つ、もう片側に一つ付いているのがわかり、検死陪審員《ばいしんいん》たちは、女の手だったらそのあざにぴったり合っただろう、と言ってましたっけ。そういうわけで故意《こい》の殺害の評決が下ったんで。でもねえ、旦那、あんまり殺しの手際がうまいんで、女たちの手懸《てがか》りもなけりゃ仏さんの手懸りもなしでさあ。だって仏さんの身元を明かすようなものは、ポケットに一つもなかったんでさ。警察もこの事件じゃほとほと手を焼いてやした。いつも思うんですが、幸運といや、あの時あっしが運賃をもらっといたことで。だって先払いしてもらってなきゃ、まずだめでしたものね」

　御者の爺《じい》さんは話がここまで来ると喉がからからになりだした。おかげで大きな居酒屋に近づくと、馬車の速度が著しく落ちる始末。こちらはすっかり気がねしてしまい、もう一杯ジンを提供すると爺さんありがたくもお受取り下さった。ご婦人がたにもワインが少々入り、私も御者台の上の友の範《はん》に習い、かくしてわれら皆気分さわやかにまた出発した。

「警察とはあっしも随分おつき合い致しやしたね」古つわ者がまた昔話をやり出した。「警察のおかげであっしが乗っけた一番のお客を取られてしまいやしたよ。警察がもうしばらくの間その客のささやかな仕事をやらせといてくれさえすりゃ、あっしは一財産こさえてたんですがねえ」

ここで御者は、自分の話が他人の興味を引くとわかっている人の常套手段として、ぼんやりあたりを見回し、天気がどうのこうのといいだした。

「ねえ、君の客と警察がどうしたのかね？」私がたずねた。

「大して話すほどのことでもねえんですがね」話を元に戻すと、彼は言った。「ある朝、あっしがヴォークスホール橋を渡って馬車を流しておりやすと、めがねをかけた小柄なせむしの老人に声をかけられやした。その老人は橋のミドルセクス州側に立ち、手にはでかい革の鞄を下げてやしてね。『どこでも好きな所へやってくれ』って言うんでやすよ。『ただ余り早く走らんように。わしゃ年寄りだから、揺れると粉々になるでな』その老人は飛び乗ると窓を締め、中に閉じこもりやした。あっしは三時間近くもその爺さん乗っけてだく足で馬車を走らせたというわけで。するととうとうもうこれで充分だと爺さん知らせてくれやしてね。馬車を止めると、手にでかい鞄を持ってぴょんと外に飛び出しやした。『なあ、御者さんよ』運賃払った後で、その爺さんが言ったんで。

『へい、旦那』帽子に手をかけて、あっしが言いやしたね。

『お前さんはどうやら模範的馬車屋さんらしい。お前さんの同業者の中には客の首をへし折るような運転をする奴もおるが、お前さんは違うな。医者はこうした穏やかな運動をわしに勧めとるんじゃよ。それにお前さんも他人を乗せるよりわしを乗せたほうがよかろうが。明日もわしを同じ場所でちゃんと拾うてくれ』

さて、話をはしょりやすと、あっしは毎朝同じ場所でこの黒い鞄を下げた小男を見つけたもんでして、しかもほとんど四カ月近く一日も欠かさずこの男は三時間馬車に乗っては、降りる時にまともにちゃんと運賃を払いやした。おかげであっしは新しい住居に引っ越し、新しい馬具を一式買うことまでできたんですよ。暑い日だてえのに、両窓閉めた四輪辻馬車に乗ってあちこち回れと医者が勧めたなんて話を、こちとらも鵜《う》呑《の》みにしたとはいいやせん。けどね、世の中には知り過ぎちゃまずいこともあるわけで。ですからあっしも時にゃ少々妙だなと思いやしたが、わざわざそいつのささやかな仕事が何か見てやろうなんて決して思いやせんでした。ある日あっしはそいつを降ろすいつもの場所まで馬車を走らせておりやした――その頃にゃもう、決まりきった区域を回る習慣がついとりやしたから――と、その時、あっしはお巡《まわ》りが一人待ち受けているのが目につきやした。ネタはすっかり上がってるぞって感じの、ふんぞり返った顔をしてやしたね。馬車が止まると、例の鞄を持った小男はちょうどそのお巡りの腕ん中に飛び込んじまったわけで。

『ジョン・マロン、お前を逮捕する』って、そのお巡りが言いやした。

『罪状は何かね？』ご当人はかぶみたいな涼しい顔で応じやす。

『イングランド銀行紙幣《しへい》偽造罪《ぎぞうざい》だ』お巡りが言いやす。

『やれやれ、じゃ万事休すだ！』と、そいつは叫んで、めがね、かつら、ほおひげを引っぱがすと、何ってこった、そこにいたのは旦那も会ってみたいと思いなさるようなしゃれた若い衆でさあ。

『さよなら、御者君』そいつは引っぱられていく時にそう叫びましたね。それがそいつの見おさめでさあ。お巡り二人にはさまれて、後ろには例の鞄を持ったお巡りがもう一人ついて、行っちまいましたっけ」

「どうしてそいつは辻馬車なんかに乗ったんだろう？」興味しんしんで私はたずねた。

「ねえ、いいですか、そいつは例の鞄の中にニセ札こさえる道具一式みな詰め込んでたんですよ。もし一日につき何時間も自分の下宿先に閉じこもりでもすりゃ、うっかり窓か鍵穴からのぞかれることがあるのはもちろん、すぐに他人に怪しまれることになりやしょうね。それに、いいですか、もしあいつが自力で家を一軒借り切って、しかも他に使用人も誰もいないとなりゃ、これだって変に思われやすよ。そこであいつはニセ札造りの仕事をするのにもってこいなのは、閉めきった馬車の中でやることだ、と決めたわけで。あっしだってあいつの考えは正しかったと思いやすよ。ですがあいつ、警察に知れちまってたんですね。それで目をつけられたわけで。あのいまいましい荷馬車め！　もう少しのところであっしの車輪にぶつかるとこでしたぜ。

　まあねえ、いろんな時にあっしの四輪辻馬車に乗せた泥棒だの、夜盗だの、殺人犯といった連中までも皆旦那にしゃべっちまったら、旦那はあっしがニューゲート監獄歴報に載ってる罪人はすべて乗せたと思いなさるでやしょう。でも本当の話、ニューゲート監獄でちゃんとお務めをした男てえのは、あっしが今お話した若い衆ただ一人だったんですぜ。他の罪人を全部ひっくるめたより悪い奴だったと思った野郎もいましたよ、もし奴があっしの考えてるような奴ならですがね。手遅れにならねえうちに警察に言って捕まえさせときゃよかったと、たびたび気が重くなるんすよ。だってあっしはとんでもねえ災難を防げたかもしれねえんですから。

　十年ほど昔のことでやした――というのも、あっしは年月日《ねんがっぴ》を憶えるのがどうも苦手なもんでね――あっしは赤い口ひげを生やして、がっしりした体格の船乗りみたいな奴をひろいやした。奴は波止場までやってくれといったんすよ。さっきお話した野郎があっしの馬車を勝手に仕事場に使いやがったもんで、あっしはそれからちっちゃな鏡を馬車の前部に入れさせやしてね、ほら、ここで――旦那のちっちゃな坊やがちょうど今、鼻をぺしゃんこに押しつけてるその鏡ですよ――これからはそんな悪だくみを防いでやろうと思ってね。それに好きな時はいつでも車内で何が起こっているかわかるように、と入れさせたんで。さて、この船乗りの野郎にはどっかうさん臭いところがありやしてね。で、あっしは野郎が何をしてるか見てやったんで。野郎はひざに大きな石炭のかたまりを持って座ってやして、その石炭をしげしげと見てやした。さあ、こいつは奇妙なこったぞと思ったんで、あっしはずっと野郎を見張ってやしたね。だって、旦那にもおわかりでしょうが、馬車の窓はそんなにでかくはない、ですからのぞかれやすいってよりはのぞきやすいんで。さあ、野郎がばねか何かを引くと、この石炭の横側がぽんとはね上がったんでさあ。見ると、これが実は中が空っぽの箱なんで、いいですか、石炭に見えるように色を塗り、でこぼこにしてあったんすよ。ともかくあっしにはその石炭に似せた箱のことがさっぱりわかりやせんでした。そして本当にそのことをすっかり忘れかけた時ですよ。ブレーメルハーフェンの港での爆発のニュースが出たんで。すると石炭もどきの爆弾のうわさが人の口にのぼり始めやした。その時になってあっしは、たぶんその事件を仕組んだのはあっしが運んだあの男だ、とわかりやした。それであっしは警察に通報しやしたが、そんなことをしても警察は何もできやせんでしたね。旦那は石炭もどきの爆弾をご存知でしょ？　ねえ、いいですか、ある野郎が自分の持ち船にその船の値打《ねうち》以上の保険金をかけるとしやす。それからそいつは下船して、石炭のかけらにそっくりの箱をこせえる。そして中にダイナマイトやらその種の他のけしからん爆発物をぎっしり詰める。そいつは、波止場で船が石炭庫を石炭で一杯にしている時、石炭の中にその箱を落としてやる。それからやがて、その箱はシャベルで炉の中にほうり込まれて、その時はもちろん船全体が天まで吹っ飛ぶってわけでさあ。人の話じゃ、たくさんの船がそんな風にして海底に沈んじまったってことで」

「君は本当にいろいろ奇妙な経験をしたんだね」私が言った。

「あれっ、おやまあ！」と、御者は言った。「馬車走らせて大して間もねえのに、ここはアレクサンドリーですぜ。今までの話と同じくらい奇妙で、しかも本当の――いいですか、福音書と同じくらい嘘はねえですぜ――話なら、他にいくらでもありやしたのに。もし奥様がさわやかな空気をお吸いになりたいってお顔をなすったら、あっしんところへそう言ってよこしておくんなさい――コパー街九十四番地まで――そうすりゃ、あっしは奥様乗っけて田舎《いなか》を一回り致しやす。そいでもし旦那が御者台のあっしの隣りにいらっしゃるなら、あっしは旦那を驚かす話をたんとして差し上げやす。でも旦那のちっちゃな坊ちゃまが気違いみてえに旦那に向かって何かわめいていらっしゃる。奥様も馬車を降りたがっておいでだし、別の人はパラソルで窓をたたいてらっしゃる。旦那、お気をつけてお降りなすって！　そう、それで結構！　九十四番地をお忘れなく！　さようなら、奥様！　さようなら、旦那！」こうして四輪辻馬車は重たげにがらがらと走り去り、やがて、宮殿へと通じる道に群がる行楽客の群の中に、その馬車も話好きな御者も見えなくなってしまった。

“The Cabman’s Story”〈カッセルズ・サタデイ・ジャーナル〉一八八四年五月十七日号初出

ハンプシャー州の淋しい家

サウサンプトンの居酒屋《パブ》「デッティンゲンの戦い」の元主人のジョン・ランターという男は、人が友人として望むような人物ではなかったし、ましてや、彼を敵に回して面白がるなどという人はいなかった。背が高く、がっちりとした身体つきで、陰気な、気むずかしい気性の持ち主だったが、すでに通り過ぎて行った五十二年という歳月も、この男の性格を穏やかにするとか、激情を和《やわ》らげるのには、ほとんど何の効果もなかった。彼に終《しゅう》生《せい》ついて回った不幸が、おそらく彼の不機嫌に幾らかは関係していたろう。しかしながら、この不幸そのものも、ジョン自身の凶暴で、強情な気質がたたって引き起こされるのが常だったのである。少年の頃、両親と言い争ってそのまま家を出てしまった。苦労してある程度の出世をしたところで、可愛い顔と恋におち、気の小さな凡庸な女と所帯を持った。だが、この女は彼の手助けというよりは、むしろ足手纏《あしでまと》いとなった。結婚の成果は一人息子だった。しかし、ある時ジョン・ランターは少年のほんの些細な過ちを責めて、こっ酷く殴った。少年は逃げ出し船の給仕となったが、「クィーン・オヴ・ザ・ウエスト号」の遭難で水死したという知らせが入った。この頃から、居酒屋の主人の運は急速に傾《かたむ》き出した。不機嫌そうに、むっつりとしているため、客の怒りをかい、客足が遠のき始め、しまいには店を人手に渡さねばならぬ羽目に陥った。店を手放した時の僅かな収入で、ジョンはポーツマス・サウサンプトン街道のサウサンプトン寄り約三マイルほどの所に、一軒の小さな家を買い、妻と二人きりの、陰気で、厭世的《えんせいてき》な生活を始めたのだった。

剝き出しの煉瓦《れんが》の外壁、軒が深く覆い被さるような、大きな草ぶき屋根、その下からは、菱形の窓が通る人々を顰《しか》めっ面で睨《にら》みつけているように見える、その淋しい田舎家については、何かと奇妙な噂話が語られた。街道脇の宿屋では荷馬車の御者たちが、道に隣接する小さな庭をひがな一日ぶらぶらと歩き回る陰気な顔付きのごましお頭の男のことや、半開きの扉から時折自分たちのほうをじっと窺っている、忍の一字を刻んだ蒼白の顔のことやらを語り合った。さらに、怒声、拳固で殴りつける鈍い音、苦痛に呻《うめ》く女の叫び、といったもっと陰鬱《いんうつ》な話題も、時に彼らの口に上った。日が暮れてから、その不吉な家へと続く木の門に差し掛かるようなときには、たとえ馬がどんなに疲れていようとも、御者たちは馬に鞭をくれて、無理にでも速足で通り過ぎるのであった。

ある素晴しい秋の夕暮れのことだった。ジョン・ランターは、例の木の門に両肘をついて寄り掛かり、黙想《もくそう》に耽《ふけ》りながら、黒い陶製のパイプを吹かしていた。心の中で、将来の自分のあるべき姿について、あれこれと考えを巡らせていたのである。この先も、今のままの暮らし振りを続けるべきか、あるいは、手元にあるだけの僅かな金を元手にして、自らの運を開くために、何か冒険に乗り出してみるべきか。今の自分の生活は、控え目ではあるにしろ、無難なものだ。新たに起こした企《くわだ》てで、すべてを失ってしまう可能性だってある。しかし、一方、依然《いぜん》として自分には青年期の活力がそのまま残っており、どんな新しい仕事に着手することだって、まだまだできそうだとも感じていた。十五年前に出て行った倅《せがれ》がもし生きていたなら、今頃は自分の力になってくれていたかもしれない。今よりは幸福だった頃に味わった満足感に対する漠然《ばくぜん》とした憧れが、彼の心をみたし、落ち着かない気分にさせていた。そうしたことを、相変わらずくよくよと考え続けながら、彼がふと顔を上げると、夕陽を背景に、長い灰色の外套を着た一人の男の姿が眼に入った。その男は、サウサンプトンの方向から、街道を大またで歩いてやって来た。

どんな種類の通行人がジョン・ランターの家の前を歩いたところで、何も驚くことはない。だが、今度の奴ばかりは、彼の関心をひきつけること尋常ならざるものがあった。それは、背が高く筋骨逞《きんこつたくま》しい青年で、黄色の口ひげを蓄えており、炎天下にさらされたためか顔は日に焼けていた。帽子は柔らかいフェルト製で、縁が前に垂れた奇妙な代物《しろもの》だった。元居酒屋主人の視線を一心に青年に集中させる原因となったのは、この帽子だったのかもしれないし、あるいはまた、あの灰色の外套だったのかもしれない。この見知らぬ男の肩には幅広の皮紐が掛かっていて、その先には大きな黒い鞄が下げてあったが、それはちょうど競馬《けいば》のノミ屋がレース場で身に着けるような代物だった。実際、最初の印象では、ジョン・ランターはこの旅人を賭事《かけごと》仲間の一人と踏んだのだった。

青年は、門の付近までやって来ると、歩を緩《ゆる》め、ためらいがちにあたりを見回していたが、やがて立ち止まり、奇妙なきんきん声でジョンに呼び掛けた。

「もし、兄貴。明朝ポーツマスに着きたいんですが、どうやら一晩中歩き詰めでないと無理のようですかね？」

「どうやらそのようだ」ジョンは、そのよそ者の口調と発音を真似て、ぶっきら棒に答えた。「あんた、これでは、まだ歩き出したうちには入らんよ」

「へえ、そりゃお手上げだな」旅人は苛立たしげに言った。「サウサンプトンで宿屋にだって泊まれたけども、そんな気はなかったしね。大体、あんなかび臭い田舎で、故郷最初の一夜を過ごすだなんて！」

「なんで宿屋にゃ泊まる気がないのかね？」ジョン・ランターが尋ねた。

よそ者は、ジョンに向かって、鋭い眼の片方を閉じてウインクした。

「宿屋の亭主と盗人《ぬすっと》といやあ、兄弟分みたいなもんだからね」彼は言った。「とにかく、カリフォルニアあたりじゃ紙一重だし、察するに、どうも人間の性質というやつは、世界中どこへ行っても、変わらんようですからね。値打もんを持っているような時には、宿屋は敬遠するんですよ」

「ほう。と言うと、あんたは値打もんを持ってるわけだな」人間嫌いの老人は心の中でそう言うと、険しい表情をできるだけ緩めて、横目でちらと黒い皮鞄を盗み見た。

「あのね、こういうわけなんですよ」青年が打ち明けた。「僕は一山当てに出掛けてたんです。まずネヴァダへ、次にカリフォルニアへと移って、掘り当てたんです。かなり豊かな鉱脈に当たったんですよ。どうやら一財産築けたと思ったところで、メアリー・ローズ号に乗って、シスコからサウサンプトンまで、急いで帰って来たというわけでして。船は今日の三時に入港したけど、例の税関のペテン師どものお陰で、ようやく上陸できたのは五時。船を降りると、昔の知り合いがいるポーツマスへと向かったわけなんですが、ご覧の通り、出発前の距離の見積もりが甘かった次第でしてね。そのうえ、この鞄ときたら、こんなもの引きずって、賭け金目当ての歩行レースでもしたひにゃ、とてもじゃないが、見込みはないって代物ですんでね」

「ポーツマスでは、あんたの友達が待っているのかね？」ジョン・ランターはきいた。

若者は、鞄を下に降ろすと、門に寄り掛かって身体を支えねばならなかったくらい、威勢よく笑った。

「そこんところが、お笑いなんで」若者は大声をあげて言った。「僕がアメリカを発《た》ったことを、やつら、知らないんでしてね」

「それが、お笑いなのかい」

「そう、お笑いさ。あのね、皆が朝食のテーブルに着いている——場合によっては、昼食のテーブルでもいいけど——そこのところに、僕が戸を押し開けて入っていく。そこで、ここにあるこの鞄を持ち上げて、口を開けてやる。と、ズン、ジャラジャラと、テーブルの上に、ありったけこぼれ落ちるという寸法ですよ」そこで青年は再び、この自分の思い付きに、景気のいい笑い声を立てた。

「何がありったけなのかね？」

「そりゃあ、勿論、ピカピカの金貨——ドル金貨ですよ」

「それじゃ、あんたは全財産を金貨で持ち歩いているということかね」驚いて、ランターがきいた。

「全財産だって！　いや、親方、全財産とまではいかないですよ。あらかた手形《てがた》と株券に替えて、しっかり保管してあるんでして。ここにあるのは八百ドルだけで、ほら、今話したちょっとしたお笑いのために取って置いたものですよ。さて、それにしても、今夜ポーツマスまで行くのは、どうも無理のようだから、結局、宿屋に頼むしかなさそうだなあ」

「それはせんほうがいい」年上の男は、大真面目で言った。「ここらあたりの宿屋の連中は荒くれ者でな。朝になると、出航の日同然のすかんぴんになった水夫どもも大勢おる。誰か正直者を見つけて、一夜の宿を乞《こ》うことだ。それが一番いい」

「はて、ということは、僕はここらあたりで、すっかり迷子になってしまったということらしいな」と、金鉱掘りは言った。「そこで、おたくの言う安全な寝床《ねどこ》とやらへ辿り着ける手懸りでも与えてくれると、有難《ありがた》いんですけどもね」

「なに、そのことなら、わしらのところに一つ余分のベッドがあるから、あんたがその気なら、わしらは嬉《よろこ》んで一晩お泊めするよ」ジョン・ランターは言った。「わしらは、妻もわしも、しがない身分の人間だが、暖炉と暖かい夕飯でよけりゃ、どちらも喜んであんたに提供するよ」

「そりゃまあほんとにご親切なことで」そう答えて、旅人は、主人に付き添われ、小さな砂利道《じゃりみち》を住《すま》いのほうへ歩いていった。夜陰は、あたりの景色《けしき》を覆いつつ、ゆっくりと広がり、近隣の森では、フクロウがもの寂し気に鳴いていた。

三十年前は別嬪《べっぴん》だったランター夫人も、今では、白髪頭《しらがあたま》の憂鬱な女だった。顔はやつれ、物腰はおどおどとしていた。そわそわと、ぎこちない態度で、彼女はそのよそ者を迎え、ついで、粗末な台所の梁《はり》に下がった大きな脇腹肉から切り取った薄切りベーコンを料理し始めた。若者は、椅子の脚の間に鞄をまず置き、その上から腰を下ろすと、パイプを取り出して火を着けた。同時に、ランターも自分のパイプに煙草《たばこ》を詰め直しながら、その間絶えず、濃い眉毛の下から、自分の連れの様子をこっそりと窺っていた。

「お前さん、外套を脱いだらよかろうに」くだけた調子で、ジョンが言った。

「いや、失礼でなかったら、着たままでいたいんですがね」相手は、答えて言った。「この外套は、決して脱がないことにしてるんでしてね」

「好きなようにすることだ」パイプを吹かしながら、ジョンは言った。「こう暖炉の火が燃えていたんでは、きっとあんたが暑かろうと思ったんだが、そう言えば、カリフォルニアは暑い所だと言うから、多分、あんたには、イングランドはうすら寒いのかな？」

相手は答えなかった。それで、黙って腰を下ろしたまま、二人の男は、フライパンの上で、じゅうじゅう、ぱちぱち焼けるベーコンを眺めていた。

「乗って来たのは、どんな船なのかね？」ようやく、主人のほうが口を開いた。

「メアリー・ローズ号というのは、三本マストのスクーナー船でしてね、獣皮とか、他のいろいろな貨物を積んでやって来たんですよ。余り見栄《みば》えは良くないけれど、外洋航行船としては捨てたものじゃない。それが、途中ホーン岬沖《みさきおき》で暴風に巻き込まれたんですよ。どんな船にしたって、とても無事じゃ済まないような、物凄い奴でしたよ。三日間、二重に縮帆《しゅくはん》した中檣帆《トップスル》一枚きりで航行したけど、それでもまだ帆《ほ》は張り過ぎてたくらいでしたからね。奥さん、お邪魔ですか？」

「いえ、いえ」慌てて、ランター夫人は言った。見知らぬその男は、喋《しゃべ》っている間、じっと彼女を見つめていたのだった。

「船長や、航海士連中は、一体、僕がどうなっちまったかと思うでしょうよ」男はお喋りを続けた。「あんまり急いでたもので、連中には誰にも、一言もいわずに降りてきてしまったんですよ。だけど、携帯品は船内に残してあるから、僕が連中をこれっきり見限ってしまったわけじゃないということは、連中にもわかるでしょうがね」

「船を降りてから誰かと話しはしたかね？」ランターは無造作《むぞうさ》に尋ねた。

「いいえ」

「ポーツマスまで行くつもりなら、なぜ、あんたは荷物を持っていかないのかね？」

「ねえ、おたくは長い航海を終えて陸《おか》に上がった経験がないんでしょう。でなけりゃ、そんな質問はしませんからね。なんて言っても、両足を伸ばすこと、伸ばしっ放しにすること以上の楽しみはありませんよ。日が落ちなかったら、あのままいつまでだって歩き続けたんだけどなあ」

「寝心地のいいベッドで、もっとゆったりできるさね」ランターは言った。「そら、もう夕食の用意が整ったから、一つ頂くとしようじゃないか。このジョッキはビールで、そっちのビンにはウイスキーが入っているから、わしらかまわんから、勝手に手酌《てじゃく》でやってくれよ」

三人はテーブルを囲んで座り、上等な食事を楽しんだ。若い客人の愛想のいい顔と、陽気な会話に感化されて、この家の主婦の表情からはやつれが消え、一、二度、おどおどしつつも、彼女は、自分から話に加わろうとさえした。最終巡回を終えての帰途、村の郵便配達は、この家の窓にあかあかと灯《ひ》が点《とも》っているのを見、静かな夜の大気に乗って響き渡る愉快な笑い声を聞いたので、びっくりして立ち止まったものだった。

もし、誰か厳しい観察家が、テーブルを囲んで座る三人のこの小さな団欒《だんらん》を眺めていたとしたら、客が纏っている長い灰色の外套に関して、ジョン・ランターが非常に活発な好奇心を示したことに気づいたかも知れない。ジョンは時々その外套にじっと目を注ぐばかりでなく、口実を設けて、二度ほど相手の椅子に接近し、その度ごとに偶然を装っては、外套の脇に沿うて手を滑らせてみるのだった。若者も夫人も、しかしながら、元居酒屋主人によって行われたこの奇態《きたい》な振舞いには、いささかの注意も払っていない様子であった。

食事が済むと、二人の男は再び椅子を暖炉の傍に引き寄せ、年老いた女は皿を片付けた。旅人の話の中では、生涯の大半を過ごしてきたカリフォルニアやあの大共和国で見聞きした驚異や摩訶《まか》不思議のことが、主として語られた。男は鉱山《やま》で掘り当てた幸運のことについても語ったが、運よく発見できた者なら誰にでも掘り起こすことが許されている金の鉱脈のことへと、彼の話が及ぶうちに、耳をそばだてて聞き入っていたランターの眼は、再びぎらぎらと輝いた。

「そこまで出掛けて行くには、金《かね》はどれくらいかかるものかね？」

「なに、百ポンドかそこいらあれば、楽々出発できますよ」

「大した金額ではないようだな」

「捨える金が転がっているというのに、イングランドでおとなしくしているなんて、僕には理解しかねるな」鉱夫は言った。「さてと、それでは、失敬させてもらいますよ。寝ぐらに早く引っ込んで、一番鶏《いちばんどり》と一緒に起きたい性分の人間でしてね。奥さんに部屋までご案内願えれば、恐縮です」

「もう一杯ウイスキーはどうかね？　なに、結構とな？　ほう、それではおやすみ。リジー、お部屋へご案内しろ、この、その――」

「グッドオールです」若者は言った。

「僕はいつだってぐっすりですよ」灰色の外套を着た男は言った。そして頭を下げると、手に鞄を持って、重々しく床を踏みつけながら、木の階段を昇って行った。彼の先に立った老女は、灯をかざしてよたよた歩いた。

　彼が行ってしまうと、ジョン・ランターは両手をズボンのポケットに突っ込み、両足をすっかり伸ばし、眉に皺《しわ》を寄せ、唇を突き出して、陰気な目付きで暖炉の火を睨んだ。とても多くの、余りに多くの考えが、彼の脳裏をよぎって行ったため、妻が再び台所に戻った音も耳に入らず、彼女に話し掛けられても、返事をしなかったほどだった。客が引き上げたのは十時半だったが、十二時になってもまだジョン・ランターは先程同様の思案顔で、燻《くすぶ》る灰の山を見つめて背を屈《かが》めていた。彼がようやくわれに返った様子を見せたのは、寝ないのですかと、妻が彼に尋ねた時だった。

「いや」普段の彼にはない、打ち解けた調子で答えた。「今夜は、もうしばらく一緒に起きていよう」

「わかりましたわ、ジョン」哀れな女は、嬉しそうに微笑を浮かべた。彼が妻の同座を求めたなんて、何年ぶりのことだったろう。

「あれはもう確かに、二階に上がったかね？」

「えっ、誰？　ああ、グッドオールさん？　ええ、あの予備のお部屋にご案内しておきましたわ」

「もう眠ってしまったろうか？」

「そう思いますけど。上がってから、そろそろ一時間半近くになりますから」

「ドアに鍵はかかるのかね？」

　ジョン・ランターはしばらくの間、黙り込んだ。

「いいえ、でも、何ておかしな質問をなさるのでしょう」

「リジー」ようやく口を開いた彼は、火《ひ》掻《か》き棒を取り上げ、そわそわしてそれを振り回した。「あの男が今夜ここにやって来たことを知っている者など、この世に一人だっておらん。たとえ、あの男が二度とわしらのところから出て行かなくとも、奴がどうなったのかは、誰もわからんだろうし、まあ、探そうなどという気を起こす者もおらんだろう」

彼の妻は何も言わなかったが、まさに唇まで蒼白になった。

「リジー、奴はあの鞄の中に八百ドル持っておる。イギリスの金で、百五十ポンド以上だ。だが、奴の持ってるのはそれだけではない。奴のあの灰色の外套の裏地には、金塊が幾つも縫い込んであるのだ。外套を脱ぎたがらなかったのは、そういうわけだ。わしには膨らみが見えたし、首尾よく手で触れもした。なあ、お前、あれだけの金があれば、奴がそれを掘り当てたその同じ国まで、わしら二人して出掛けていくのに充分なのだぞ」

「後生ですから、ジョン」と叫ぶと、妻は彼の足元に身を投げ、両腕で彼の膝を抱き締めた。「あたしのために——あたしたちの坊やのためにも——生きてたら、あの青年とそう変わらない年頃よ——ああ、こんなこと、これ以上考えないでください。あたしたちは年を取りました。だから、金があろうと、貧しかろうと、まもなく、この世を去らなくてはならないんです。血で汚した身体でなんて——行かないでください。ああ、あの人に手を出さないで! あたしたちは悪い人間でしたわ。だけど、これほどの極悪人だったことはありませんでしたわ」

しかしジョン・ランターは妻の頭越しに、暖炉の火をじっと見つめ続けており、断固とした険しい形相は、一瞬たりとも緩まなかった。顔を上げて彼の眼を覗き込んだとき、そこには、彼女がこれまで見たことのないような、奇妙な、新しい表情が現われているように思えた——悪意のこもった無気味な、ぎらぎらとした猛獣の眼の輝きだった。

「わしらにとって、二度とはないチャンスだ」ジョンは言った。「これほどのチャンス到来を喜ばない人間が、どこにおる？　それにだ、リジー、問題はわしが死ぬか、あいつが死ぬか、なのだ。わしらがポートシーにおった頃、カズンズ先生がわしを診《み》て言ったことを憶えておろう。わしには卒中の気があって、それが、失望とか苦難とか悲しみなんぞがきっかけで発病する恐れがあるとな。このみじめな暮らしで、三つとも存分にわしは味わっとるのだ。そこで、今もしあの金があれば、わしらは人生の再出発ができるのだぞ。そして万事がうまく行くのだ。おい、いいか、わしはどうしてもやるぞ」そして彼は、その大きな褐色の手で、火掻き棒を握り締めた。

「いけないわ、ジョン——およしなさい」

「すると決めたからやるんだ。膝から手を放せ」

　しがみつく妻を押し退けようとしたとき、彼女がすでに気を失っているのに気づいた。彼は妻を抱き上げると、部屋の片側へと運び、そこに降ろした。それから元の場所に戻り、火掻き棒を取り、片手に持って具合を調べた。これでは軽過ぎることに突如気づいたらしく、食器部屋に入り、暗闇を手探りしたあげく、小さな斧を手に戻ってきた。これを前後に振り動かしているうちに、夕食前に妻がベーコンを切るのに使ったナイフが、ふと目に止まった。ナイフの刃《は》に沿って、指を滑らせてみた。鋭利な刃は剃刀《かみそり》のようだった。「このほうが手頃だし、確実だ」と呟《つぶや》くと、食器棚のところへ行き、大きなグラスに生《なま》のウイスキーを注いで飲み下した。ついで、ブーツを脱ぎ捨て、古めかしい階段を静かに昇り始めた。

台所から踊り場までが十二段、踊り場から客の寝室までさらに八段の階段が続いていた。ジョン・ランターは、三十分近くも費《ついや》して、初めの十二段を昇った。木造部分が老朽化《ろうきゅうか》しており、建物にガタがきていたから、この男の重い体重を受けて、それは一段ごとにきしんだ。まず、右足を軽く踏板《ふみいた》の上に置き、全体重が乗るまで、徐々に少しずつ圧力を加えていく。続いて、慎重に左足を引き上げ、踏板の上に立つと、息を殺して、階上で物音がしないかと耳を澄ました。しかし、静寂《せいじゃく》を破るものは何もなかった。ただ、背後の台所からの、時計の振り子の鈍い響きと、灌木《かんぼく》の間で鳴く一羽のフクロウの陰気な声とが聞こえるばかりであった。鈍く覚束無《おぼつかな》い光の中を、忍び足でのろのろと——動くかと思えば、立ち止まり、また身体を屈める、といった具合ながら、確実に頂上に近づきつつ小さな階段を上がっていく、このぼんやりとした暗い人影には、何か空恐ろし気なものがあった。

踊り場まで達したとき、若い鉱夫のいる部屋の扉が見えた。ジョン・ランターは呆気にとられた。扉は半開きになっており、その狭い隙間から一条の細い金色の光が流れ出していたのだった。ランプがまだ燃えていたのである。旅人がまだ起きているということなのだろうか。ジョンは一心に耳を傾けた。しかし、部屋に人が動く気配は全くない。長い間、彼は耳をそばだてていたが、全くの静寂そのものであった。

「もし眼をさましているのなら」彼は考えた。「これまでのうちに、寝返りを打つとか、衣ずれの音くらいさせるはずだ」

そこで、彼はこっそりと残りの八段の階段を昇り始め、ついに、寝室の扉の前に達した。部屋の内側は、相変わらず森閑《しんかん》としていた。夜間に、灯をつけっ放しにしておくというのは、きっとあの男が異国で身に着けてきた習慣の一つなのだろう。熟睡する質だと、先に自分で言っていたではないか。早速に片付けてしまわないと、妻が正気に戻って騒ぎ出すのではないかと、ランターは心配になった。右手にナイフを握り締め、左手で、静かに扉を押し、隙間を少し広げると、顔を差し入れた。と、その瞬間、彼のこめかみに何か冷たいものが押し付けられたのだった。それは連発拳銃の銃口であった。

「お入りよ、ジョン・ランター」客は、冷静な声で言った。「だがまず、あんたの武器を捨てるんだ。さもないと、こっちも発砲せざるを得んのでね。僕の言う通りにしたほうがいいぜ」

実のところ、彼の頭は扉の隙に挟みつけられた格好で、身を引こうにも、押し入ろうにも、困難な状態だった。彼は憤怒と落胆の低い唸《うな》り声を発し、ナイフは音を立てて床の上に落ちた。

「害するつもりなんかなかったんだ」部屋に入ると、彼はむすっと言った。

「この二、三時間、ずっとあんたを待っていたのさ」灰色外套の男は言った。右手には、いつでも使用できるように、撃鉄を起こしたままの拳銃が握られていた。彼の服装は、さっき二階へ上がって行ったときと、そっくりそのままだったし、あの不吉な鞄は、皺一つ無いベッドの上に置かれていた。「あんたがやって来ることは、わかっていたんだよ」

「ど、どうしてだ？」ジョンはどもった。

「僕にはあんたのことがわかっているからさ。あの門のところで、僕の前に立ったあんたの眼に、殺しの色が見えたからさ。金塊を確認しようとして、あんたが僕の外套に触わるのを見たからさ。そんなわけで、眠らずに、あんたを待っていたのさ」

「わしを警察に突き出す証拠などなかろうが」不機嫌そうにジョン・ランターが言った。

「証拠など要《い》らんね。今この場で、あんたを撃つことだってできるし、法は僕の正当防衛を認めてくれるだろうさ。そのベッドの上の鞄を見てごらんよ。金が入っていると、僕はあんたに言ったね。僕が何のためにその金をイングランドまで持ってきたと思うんだい？　あんたにやるためさ――そう、あんたにね。そして、僕の着ているこの外套も、五百ポンドの価値がある。これもあんたのものだったのさ。ああ、ようやくわかってきたね。自分の犯した過ちに気づき始めたね」

ジョン・ランターはよろめいて壁に身をもたせかけ、顔の片側が引き吊った。

「ジャック！」彼は喘《あえ》ぎながら言った。「ジャックか！」

「そう、ジャック・ランター。あんたの倅。それが僕の正体さ」若者は袖《そで》を捲《まく》って、前腕の刺青《いれずみ》を露《あらわ》わにした。「僕が子供の頃、ヘアリー・ピートがこのJ・Rの刺青を彫ってくれたのを憶えていないかい？　やっと僕の正体がわかったね。一財産作って僕は戻ってきた。あんたが僕と一緒にこの金を使ってくれたらいいと、本気で考えたのさ。『デッティンゲンの戦い』を訪ねたところ、ここの居所を教えてくれた。そして、あんたに門のところで会ったとき、母さんとあんたを試してやろう、あんたが相変わらずの人間なのかどうか、見てやろうと考えたのさ。僕はあんたを幸せにするために戻ってきた。ところが、あんたは僕を殺そうとした。僕はあんたを懲《こ》らしめるつもりはないけど、出て行くつもりだよ。そして、あんたはもう、僕にも、僕の金にも、二度とお目に掛かることはないはずさ」

若者がこうして喋っている間にも、彼の父親の顔は、続けざまに痙攣《けいれん》し、何度も恐ろしく歪んだ。そして、この終わりの文句を耳にすると、両手を頭上に挙げながら、一歩足を踏み出し、かすれた叫び声を発して床の上に倒れた。両眼はどんよりと曇《くも》り、深く荒い息づかいをし、紫色の唇は泡を吹いていた。医学の知識などさしてなくとも、彼が臨終《りんじゅう》間際なのは見て取れた。息子は父親の上に屈み込み、シャツの襟を緩めてやった。

「最後に一つだけききたい」真面目な口調で彼は早口に言った。「母さんはこの計画を手伝ったのかい？」

ジョン・ランターは質問の意味が理解できたようだった。というのは、彼が首を横に振ったからである。そして、この唯一《ただひと》つの正しき行いとともに、彼の邪悪な魂は罪に満ちたこの世から逃れ去ったのだった。例の医師の警告の通りとなったわけである。長い間ぎりぎりのところで持ちこたえていた卒中が、急激な感情の高まりによって一気に誘発されたのだ。息子はうやうやしく父を抱え上げてベッドに運び、なしうる限りの死者に対する務めを施してやった。

「多分、こうなるのが一番よかったのかも知れない」悲《かな》し気《げ》にこう言うと、彼は部屋を後にし、階下に降りて母親を探し、悲痛な苦しみを味わっている彼女を慰めた。

＊　＊　＊

息子ジョン・ランターはアメリカへ戻り、そのエネルギーと才能を発揮して、たちまち彼の国で最も富裕な人間の一人となった。いまや彼はすでにその地に居を定め、もう故国へは帰らぬつもりである。彼の御殿のような住いには、白髪の不安げな顔の老女が暮らしているが、家人は彼女の望むことは何かに意を用い、敬意を表してくれる。この女性とは、老ランター夫人である。時がたって新しい人間関係に親しむうちに、ハンプシャーの淋しい田舎家を灰色外套の男が訪れた、あの恐ろしい晩のことを、母親がいつか忘れてくれるようにと、息子は願っているのである。

“The Lonely Hampshire Cottage”
〈カッセルズ・サタデイ・ジャーナル〉一八八五年五月二日号初出

エヴァンジェリン号の運命

I

妻と私は、最近の写実的でセンセーショナルな物語などをたまたま眼にすると、声を立てて笑ってしまうことがよくあるが、それというのは、どれほど風変わりで刺激的にできていようとも、私たち自身の若い頃の実際の経験と比べるなら、そうした物語も退屈な代物だという結論に必ず落ち着いてしまうからなのである。

実際、その時の状況を書くようにと、妻が私を促《うなが》したことは一度ならずあった。しかし、エヴァンジェリン号のことを記憶していたり、その行方不明の本当の経緯を知りたがっている人が、果たして、イギリスに何人いることかと考えると、今さらそんな話題を蒸し返す値打はほとんどあるまいと、私には思われたのだった。しかしながら、ここオーストラリアですら、新聞雑誌の記事でエヴァンジェリン号に触れたものが、今でも時々見つかるから、あの不思議な話をまだ忘れ去ってはいない人々がいることは、明らかである。そこで、この楽しいクリスマスの季節に、真実を報告しておこう、という気になったわけである。

エヴァンジェリン号の運命といえば、新聞記事や、この事件について公表された多数の手紙から明らかなように、当時イギリス全土に極めて熱烈活発な興味を掻き立てたものだった。その一例として、また、事実を簡潔に提示しておくためにも、事件後に私たちが集めたたくさんの切り抜き——余りに数が多くて、妻は小さなスクラップブックをすっかり一杯にしてしまった——から二、三選んでこれから語る物語の前置きにしたいと思う。最初に挙げる記事は、一八七三年、九月二十四日号の『インヴァネス・ガゼット』紙からのものである。

「ヘブリデス諸島の痛ましい事故——人命が失われた恐れもある悲しい事件が、ハリスの北西約四十マイル、フラナン群島の南約二十マイルの小さな無人島、アードヴォーにて発生した。著名なスコールフィールド・デイヴィス銀行頭取《とうどり》の子息、スコールフィールド氏二世所有のヨット、エヴァンジェリン号は、前記孤島に停泊していたが、乗組員の水夫二名を含む乗客たちは海岸に二張りのテントを設置、二、三日の間野営していた模様である。

スコールフィールド氏らが同島に滞在する気になったのは、おそらく奇岩を配した景勝の魅力と、ひと気のない孤島生活への好奇心からであろう。エヴァンジェリン号には、スコールフィールド氏の他に、氏の婚約者と思われるルーシー・フォレスター嬢なる若い婦人、及び婦人の父君、ロンドン近郊テディントンのフォレスター大佐が同乗していた。非常に暖かな陽気であったため、夜間、二紳士は浜に留まって、一つのテントで眠り、もう一張りのテントは二人の船員が使用した。しかし、若い婦人のほうは、ボートを漕《こ》いでヨットに戻り、船室で眠り、翌朝、同じ方法で戻ってくるといった習慣になっていた。同島滞在三日目の明け方、テントの外を眺めやったフォレスター大佐は、繋留《けいりゅう》器《き》具《ぐ》が壊れ、ヨットが沖へと急速に流されていくのを目撃、驚きと恐怖を覚えた。直《ただ》ちに急を告げたところ、スコールフィールド氏が水夫一人を伴い、泳いでヨットを追おうと試みた。しかし折からの強風のためと、一枚の帆の畳み具合が悪く、充分風を受ける格好になっていたため、ヨットはまっしぐらに前進し、追い着くことは不可能であった。視界から消える寸前、不幸な若い婦人を乗せたヨットは、西南西の方角に漂流しつつあったという。さらに不幸なことには、島に残された人たちが通りかかった漁船に連絡を取り、この悲しい事故を報告できるまで、三日も経過したのである。その前後から天気は大荒れで、消えたヨットが無事である見込みは少ない。しかしわれわれの聞くところでは、ヨットを発見した船には一千ポンド、さらに、フォレスター嬢を無事連れ帰った船には五千ポンドの賞金を、スコールフィールド銀行より支払うという申し出があったそうである。しかし報奨金など別にしても、わが勇敢なる漁民諸氏がその騎士道精神に導かれて、最高の美貌の持ち主と伝え聞くこの若き婦人を救出するために、力の及ぶ限りあらゆる手段を尽くしてくれるであろうと、われわれは確信している。ただ一つ、われわれのささやかな慰めは、エヴァンジェリン号には水、食糧とも充分に積み込まれていたということである」

右の記事が出たのは、ヨットの行方不明から四日目である。二十五日には、アイルランド北部より、次の電文が発信された。

「ポートラッシュ発。当地の漁師、ジョン・マリンズの報告によれば、二十一日の朝、行方不明のエヴァンジェリン号と外観が一致するヨットを目撃したとのこと。目撃者の船は、当時マリン岬の北方五十マイルほどの地点にて、霧《きり》深く荒れ模様のため一時停船中。ヨットは、漁船の右舷方向、二百ヤード以内を通過したが、折からの濃霧のため、報告者もヨットの出現を断言できるまでには至らない。ヨットは、縮帆した主帆《しゅはん》及び船首三角帆だけを揚《あ》げて、西の方角に進行しており、一人の男が舵を操っていた。はっきりと、船上に女性の姿が認められ、報告者の考えでは、報告者本人に対し、その女性が声を掛けてきたとされるが、風の音が凄《すさま》じかったゆえ、本人も確信は持てなかった」

　エヴァンジェリン号の運命に関して現われた疑問や懸念を表明している記事の抜粋が、私の手元にまだ沢山あるが、必要とする以上は一行も引用しないつもりである。次に挙げるのは、最高の楽天家たちの未練たっぷりな最後の希望さえ打ち消した、セントラル・ニューズ通信社の電文である。これは十月三日の新聞で広く報道された。

「十月二日午後七時二十五分、ゴールウェイ発。漁船グレンマリット号がいま入港したが、曳航してきた難破船の残骸から、不運なエヴァンジェリン号と、船内にいた若い婦人の運命とに関しては、もはや疑問の余地はない。運ばれてきた破片は、第一部斜檣《しゃしょう》、船首像、及び船名を刻んだ船首の一部から成《な》る。その様子から推測すれば、北西岸の危険な暗礁のどれかに吹き当てられ、大破した後、これらの破片が、おそらく他の残骸とともに、沖へ流れ出したのであろう。破片には綱の一部が結び付けられていたが、これが切れたことが惨事の第一の原因と思われる。それはマニラ麻の丈夫な太綱で、切り口は滑らか――非常に鋭い岩角に擦《す》れたか、ナイフの使用を暗示するほどの鮮《あざや》かさ――である。さらに多くの漂流物の発見と、若い婦人の運命の確認のため、今夕、数隻の船が沿岸を往復して捜索を行った」

　その日から今日に至るまで、エヴァンジェリン号の運命についても、乗船していたルーシー・フォレスター嬢の運命についても、一つとして新事実は出ていない。右に引いた三つの抜粋が、この二者のいずれに関しても、これまで集められた情報のすべてを代表しているが、これら三つの記事の中にさえ、当時のジャーナリズムが不信を呈《てい》した幾つかの陳述が含まれている。例えば、アードヴォー島が無人島で、ヨットに乗り込んだ人間はフォレスター嬢以外にあり得ないはずなのに、どうして漁師ジョン・マリンズは船上に男を見たなどと言い得たのか。彼が船を見誤ったか、あるいは、男の姿は錯覚か、のどちらかであることは明白だった。もう一つ、『スコッツマン』紙の社説で指摘されたことだが、綱が岩かナイフで切断されたという推測が、理に適わぬことも明白である。というのは、アードヴォー島の周囲には岩礁はなく、一様な砂底なのだし、その美貌のみならず堅固な精神においても人並みすぐれた女性と知られているフォレスター嬢が、父親、恋人、さらに生命そのものを、自分と結び着けている綱を、わざと断ち切るなどと考えるのは理に合わない。「こうした事柄について見解を表明する者は」と『スコッツマン』紙は結んで言う。「オーギュスト・デュパンが確立した、証拠分析に関する単純な規則を留意するがよかろう。『あり得ぬことを消去せよ』ポーの不滅の物語の一つでデュパンは言う。『そうして残ったものは、いかに起こりそうに見えなくとも、真実でなければならない』さて、岩が綱を切ったということは不可能であり、その若い婦人がそれを切ったことも不可能であり、ましてや、誰か他の者がこれを切ったということは、二重に不可能なのであるから、結論は当然、繊維に何らかの欠陥があったため、もしくは、すでに以前受けた可能性のある何らかの傷によって、その綱は自然に切れたということになる。こうして、様々な臆測が飛び交っているこの事件も、たちまち、平凡な事故の範疇《はんちゅう》に収まってしまう。このような事故というのは、いかに嘆かわしくとも、予測もできなければ、回避することもできないものなのである」

もう一つ別の説があったので、私自身の個人的な物語に入る前に、少し触れておこう。それは、二人の水夫のうちのどちらかが、スコールフィールド氏、ないしフォレスター大佐に対して恨みを持っていたので、復讐のために綱を切ったのだ、という意見である。しかし、これは全く問題外である。二人とも立派な信用できる人物で、スコールフィールド家に長年仕えてきた者たちだから。私が、スクラップブックを前に置いて椅子に座り、こんな古い新聞の記事や臆断の類を写し取っているのは、もっぱら私の無精のなすわざだ、と妻が言う。確かに、これは私の物語を語るには最も安易な方法であるが、ここらで、切り抜きは断固として斥《しりぞ》け、私自身の言葉で、できうる限り正確に真相を諸君に語らねばなるまい。

＊　＊　＊

私の名はジョン・ヴィンセント・ギブズ。かつて西インド方面駐留部隊長を務めていたナサニエル・ギブズの息子である。父はたいへん美男子であったが、デメラーラ島の立派な砂糖農場の跡とり娘、ルブランシュの愛をかち得ることになった。この結婚によって父は大層裕福になり、軍務を退《しりぞ》くと農場経営者の生活に入った。私は両親の結婚後一年たたぬうちに生まれた。しかし母は産後の床から、二度と起き上がることがなかった。妻を失った父はすっかり悲嘆《ひたん》に暮れ、自らも思い煩《わずら》い、数カ月後には彼女の後を追って不帰の客となった。

こんなわけで、私は親というものを知らない。そして両親のしつけを受けず、その上多分、熱帯生まれということと相俟《あいま》って、私はかなり強情で、無鉄砲な人間になってしまった。

成年に達するとすぐに、私は土地を売却し、得た金で国債《こくさい》を買い、生涯を通して年収千五百ポンドを確保できるようにした。そのあとヨーロッパにやって来ると、長いこと奇妙なボヘミアン暮らしをしながら、あちこちの大学を飛び歩き、自分の関心をそそる学問を、次々と衝動的に研究した。化学と哲学を専攻するために一年間ハイデルベルクへ行き、それからロンドンに戻ると、初めて社交界へ飛び込んだ。私は当時二十四歳で、黒い髪、黒い瞳、顔も浅黒く、広く知識を生噛《なまかじ》りにしていたが、どれ一つ暁通《ぎょうつう》しているものはなかった。

ルーシー・フォレスターに私が初めて会ったのは、ロンドンで過ごしたちょうどこの時期のことである。一体どんな風に描いたら、彼女の美しさをほんの僅かなりともわかってもらえるだろうか。私の眼にこれほど美しく映った女性はかつてなく、また、あり得ようはずがないのだった。彼女の顔、声、姿、すべての身のこなしと立居振舞いが、一つの類《たぐい》まれな、調和の取れた全体の一部を成していた。まさに、出会いのその晩に彼女に恋をし、日一日と、私はこの愛を強め、育み続け、ついに、私の全身全霊をこの愛に打ち込むに至ったのだ、と言っておけばよかろう。

最初、私の求愛は順調に進展した。初老の軍人である彼女の父親とも知り合い、ちょくちょく自宅を訪問した。フォレスター嬢の性格の基調が、父親への強い献身的な愛情にあるということに、私はすぐに気づき、彼に精一杯の敬意と配慮を尽くすことにより、彼女の好意を勝ち取ろうと努めた。彼女の関心を様々な話題にうまく引きつけることもできて、私たちはとても親しくなった。とうとう、思い切って私は彼女に愛を打ち明け、わが身を焦がす熱情を語った。私の口調は猛烈な勢いで、熱狂的だったようだ。というのは、彼女は怯えて、私からしりごみしたからだ。

しかしまた別の日に、再びこの問題を私が口にしたときは、首尾は上々だった。私もあなたを愛していると、彼女は私に打ち明けてくれたが、同時に毅然とした態度で付け加えたことには、自分は父の一人っ子であり、父の晩年を慰めるのに身を尽くすことが自分の務めだから、この義務の遂行に支障が出る時は、自分の個人的な感情を優先させるつもりは絶対にないというのである。そんなことは問題でなかった。あなたはあたしにとって愛しい方です、という彼女の告白が、私をすっかり有頂天にしたのである。あとは安んじて待つのみであった。

これまでのところ、大佐は私の求愛に好意的であった。世間の噂が、私の財産を誇張して言い触らしたために、彼が私を過大評価していたことは、疑いないようだ。ある日の会話の中で、私は大佐に自分の財源について喋った。私の言葉に耳を傾ける彼の顔色が変わったのを、私は見た。そして、その瞬間から彼の態度が一変してしまったのである。たまたま同じ頃、富裕な銀行家の息子スコールフィールドが、オクスフォードを出て戻って来たが、ルーシーに会ってからは、目立って彼女に心遣《こころづか》いを見せるようになった。フォレスター大佐は、直ちに、あらゆる方策を尽くして、彼の求愛に油を注いだ。そして私のほうは、もう来訪を中止してくれるほうがいいという内容の、短い手紙を大佐から受け取ったのだった。

ルーシーが父親の金銭欲に動かされることはあるまいという希望が私にはまだあった。何日もの間、彼女が普段訪れる場所に通い、私は彼女に話し掛ける機会を探した。ようやく、セント・ジェームジズ・パークで、一人きりの彼女に出会った。彼女は私の顔を真《ま》っ直《す》ぐに見据えたが、その瞳には、大きな優しさと悲しみの表情が宿っていた。しかし、一言も口を利《き》かず、彼女は通り過ぎようとした。私は、身体中の血が一度に頭に昇ったようになり、彼女の手首を摑んで、引き留めた。

「それでは、君は僕のことを見棄ててしまったのかい？」私は叫んだ。「もう僕には何の希望もないよ」

「静かに、ジャック！」彼女は言った。私が興奮して、大声をあげたからだ。「事情を告げて、あなたに警告しておいたでしょう。父の希望なのだから、どんな犠牲《ぎせい》を払っても、あたしは言う通りにしなくてはいけないの。さあ行かせて。あたしを捕まえているこの手を、もう放してちょうだい」

「希望はないのかい？」

「あなたはすぐにあたしを忘れるわ」彼女は言った。「もう二度と、あたしのことを考えてはいけないわ」

「ああ、君は父親と同じひどい女だ」と、私は興奮して叫んだ。「君の眼を見ればわかる。金《かね》だ――汚らわしい金なんだ」言い放った後、すぐに暴言を悔いたが、彼女は厳《おごそ》かな足どりで、すでに行き過ぎていて、私はたった一人きりだった。

私は公園のベンチに腰を下ろし、頬杖をついた。身体が麻痺したようにぼうっとしていた。この十分間で、私にとっては、この世と、この世の何から何までが、すっかり変貌してしまったのだった。座っている私の傍《かたわ》らを、人々が通り過ぎていった――笑い、冗談を飛ばし、世間話をする人たち。まるで生者たちを眺めやる死者のごとく、自分が人々を眺めているように思われた。私には、彼らのちっぽけな目的やちっぽけな楽しみ、そして彼らのちっぽけな苦悩などには、何の共感もなかった。「全人類に俺は背を向けてやるのだ」ベンチから立ち上がりながら、私は口走った。「女は不実で、男は愚か。そして、何もかも卑劣で汚らわしいものばかり」向こう見ずで、愚かだった私は、同じような多くの男たちがそうなったように、初恋が仇《あだ》になって、不幸にも、冷笑家に転じてしまったのだった。

何カ月にもわたって、私は旅を続け、新鮮な景色に触れ、新しい経験を味わうことで、あの美しい、不実な顔の記憶を払拭《ふっしょく》しようとした。ヴェネチアに滞在中、私は彼女がスコールフィールドと婚約したという噂を耳にした。「あの男は大金持ちですよ」その旅行者は言った——ヨーロッパ・ホテルでの食事の時であった。「彼女にとっては素晴しい縁組です」彼女にとってだと！

私はイギリスに戻ると、古い仲間に会いそうな場所は避けながら、あちこち、落ち着きなくさ迷い歩き、孤独で陰気な暮らしをしていた。私の考え方や感じ方が人々のものと異なるその違いの幅の大きさだけ、私の身体をも他人から切り離してしまおう、という考えが最初に思い浮かんだのは、ちょうどこの頃のことだった。私の気質には、どうやら生まれつき、多少病的なところがあったらしく、失望は私を完全な厭世家にしてしまっていた。親も友人も親類もない私にとっては、ルーシーがすべてだったのに、その彼女も消えた今となっては、人の顔などは見ることさえ厭わしいのだった。荒野の孤独は都会の孤独に比べたらまだましだろう、と私は考えた。どこか未開の土地で大自然と向かい合い、自分がかつて身を投じたことのある学問を何の中断妨害もなく、今一度追求してみるのもよかろう。

この決心が次第に固まり始めたとき、あのアードヴォーという島のことが思い浮かんだ。この島の名を初めて私が知ったのは、奇妙なことに、フォレスター家で私とスコールフィールドが顔を合わせた数少ない機会の一つに、当のスコールフィールドの口からであった。洋上に孤立したその島の寂しい位置や美しさについて、彼が話すのを私は聞いた。彼の父親はスカイ島に土地を持っていたから、夏には、そこを拠点に、彼はよくヨットで帆走《はんそう》旅行に出たものだが、そうした折に一度この島を訪ねたことがあったのだそうだ。彼の話によれば、年間を通して島に足を踏み入れる者が一人もいないことも珍しくないそうである。それというのも、ここには羊が食《は》む草もなければ、漁師たちを引き付ける何ものもないからなのだった。ここは私にとって、まさにうってつけの場所だと、私は思った。

この新しい思いつきにすっかり夢中になった私は、スカイ島へ、スカイからさらにウイストへと出かけた。ウイストでマクダーミッドという男の漁船を雇《やと》い、その男と彼の息子と一緒に、アードヴォーへと船を走らせた。それはまさしく、私が想像していた通りの場所だった。起伏が多く荒涼としていて、砂地の中に黒い背の高い岩が幾つも立っていた。

マクダーミッドの言によれば、ここはかつて密輸品の集散地として悪名高く、密輸品は一旦ここに貯蔵された後、折を見計っては、スコットランド岸に輸送されていたのだそうだ。密輸業者たちが使用していた洞窟の幾つかに、マクダーミッドは私を案内してくれたが、特に見せてくれたそのうちの一つを私自身の将来の住《す》み処《か》にしようと、直ちに決心したのだった。そこに近づくには、迷宮のような岩だらけの隘路を通るのだが、これが侵入者に対する効果的な防御の役を果たしていた。一方、洞窟の中は広々としていて天井の岩の隙間から入ってくる光で明るかったが、雨天の折には被《おお》いを当てれば塞ぐことができそうだった。

　その漁師が私に語ったところによると、自分は父親からこの洞窟の所在を教えてもらったが、ごくまれにこの島を訪れる人々が、誰でも知っているというようなものではない、とのことだった。真水《まみず》は豊富で、魚はいくらでも漁《と》り放題だった。

　この実地検分に充分満足したので、自分の途方もない厭世的な隠遁《いんとん》の企てを実現させようという意志を漲《みなぎ》らせて、私はスコットランドまで戻った。

　持って行きたいと考えていた肝心な品物のほとんどは、グラスゴーで購入した。これらの物品のなかには、北極あたりで使用されている寝袋、数学及び天文学用の器具数種、化学と物理学に関する多様で幅広い最近の研究書類、二連式の猟銃、釣具、ランプ、蠟燭、油が含まれていた。続いて、オーバンとストーナウェイにおいて、馬鈴薯《じゃがいも》二袋と小麦粉一袋、そして多量の缶詰め肉と小型ストーヴを購入した。こういった品はすべて、マクダーミッドの船に積んで島へと運び込んだわけだが、すでに、漁師とその息子の二人には、この件について他言せぬよう、固く口留めしてあった――因《ちな》みに、私の知る限りでは、彼らのどちらもこの約束をまだ破ってはいないようである。さらに、ペンとインクと紙も充分に用意して、机と椅子とともに運ばせた。

　これらの物品を残らず洞穴《ほらあな》の内に詰め込むと、私に何か必要が生じた時のために、毎月一日――悪天候なら、回復し次第、私を訪ねて来てくれるように、マクダーミッドに頼んだ。言いつけ通りにすると彼は約束し、これまでの尽力に対する充分な支払いを受け取ると、私を一人残して、彼は島を離れた。

　マクダーミッドの船の茶色の帆が、水平線の下に徐々に沈んで行き、ついにそれも消え、ただだっ広く、連綿と続く水の広がりだけが眼の前に残されたとき、私は奇妙な感動を覚えたものだった。あの船は私を人類に結び付けている最後の絆《きずな》なのだ。船が消え去ると洞窟に戻り、今や、どんな光景にも、物音にも、私の耳目が煩わされることはないのだ、と知ったとき、やり切れぬ想いで過ごしたこの数カ月の間味わうことのなかった充足感を、初めて、手に入れることができそうな気がした。ストーヴの中で火は勢いよく燃えていた。島には薪が豊富にあったし、長い煙突を、天井の隙を通すように据えつけて、煙が外に排出されるようにしておいたのである。馬鈴薯を茹でて、たっぷりとした食事を済まし、日の暮れまで読書と書きものをしてから、寝袋に潜り込みぐっすりと眠った。

読者を退屈させる恐れがあるので、島での私の暮らし振りについて語ることは控えたい。もっとも、私の家事振りに関する取るに足らない詳細が、わが最愛の妻の興味を何よりもそそるらしく、十年経ったいまなお、この件についての彼女の質問の種は尽きることがない。さて、私が幸福であったとは言い難い。しかし覚悟していたほど不幸にもならなかった。実を言うと、時折底なしの鬱状態に落ち込み、何日間もその状態が続き、火をおこしたり食事を作ったりする気力もないくらいになった。こういった場合には、くたくたに疲れ果ててしまうまで、当てどなく丘陵《きゅうりょう》の間や岸辺をさ迷い歩いた。このような鬱の発作が治まると、平静とは言えないまでも、無感覚状態がしばらく続くのだった。しかし時々は、自分の風変わりな世捨人の暮らし振りを見て、私は頰を弛めることすらできたし、この島が他人の領有地だと思い込んでいたものだから、領主は私の存在に気づくだろうか、もし気づいたら私に屈辱的な追い立てを食らわすだろうか、あるいは、この小さな洞窟の賃貸料を私に請求するのだろうか、などと、推測を巡らせたりもしていたのである。

Ⅱ

三カ月が過ぎた頃（ということも、あの親切な漁師の定期的な来島のお陰でわかったことだが）、私の人生の方向を一変させ、終《しまい》には、こうして物語を書くに至らしめた、あの大事件が起きたのだった。

その日は一日中外に出て私の小さな王国の検分に当たっていたが、四時頃、穴に戻り、リカードの『政治経済学の諸原理』の勉強に取り掛かった。この頃私はこの本に関する批評的分析をものそうと思っていたのだ。三時間ほど勉強をすると、弱まった日射しが（九月だった）筆を置く時間が来たことを告げていた。と突然、私は人声を耳にして、激しい驚きに見舞われた。人の足跡を見つけたロビンソン・クルーソーだって、こんなには驚かなかったろう。何か思いも寄らぬ事情に迫られて、予定日より早くやって来たマクダーミッドが私を呼んでいるのではないかと、最初思ったが、一瞬考えてみると、私が耳にした声は、あの漁師の武骨なゲール語訛《なま》りとはかなり違ったものだということに気づいた。ペンを片手に腰掛け、疑惑にひたって耳を澄ましていると、海岸のほうで大きな笑い声が湧き上がった。私の静かな生活への侵犯に対する理不尽な憤りが、この時私を捕え、勢いよく洞窟を飛び出すと、侵入者たちの正体を確かめるために岩の向こうをじっと眺めやった。

足元に望まれる入江に、二十五トンかそこらの、小ぎれいな小型のヨットが停泊していた。浜辺では、若者と老人の二人のヨット乗りが、一人の水夫の手を借りて、懸命にキャンバス地のテントを張ろうとしており、崩れやすい砂地に木釘を打ち込んだり、それに綱を括《くく》り付けたり、せわしなく働いていた。岸とヨットの間には、一人の男が漕ぐボートが浮き、座席には一人の婦人が腰掛けていた。ボートが岸に着くと、ヨット乗りの若いほうが走り寄り、婦人の手を取って降ろした。彼女が浜にすっくと立った瞬間、見紛うべくもなかった。この世の何よりも深く愛した女性を、この予想外の場所で再び目にしたときに私が襲われた疾風怒濤《しっぷうどとう》のような感動を、十年の歳月が過ぎた今でも私は再び味わっている。

最初は、この出来事があまりに突飛《とっぴ》で全く不可解に思えたから、彼女と父親と恋人が(いまや二人の男の正体も私にはわかっていた)、私がこの島にいることを聞きつけて、私に侮辱を加えるつもりでやって来たのではないか、と推測するのがせいぜいであった。しかし、これは私の混乱した頭に浮かんだ妄想にすぎなかった。一行ののんきな雰囲気からは、そんなことはあり得ないことが明白にわかった。もう一度考え直してみて、結局これは大して驚くべき偶然の一致でもない、と納得がいった。おそらくスコールフィールドは、この若い婦人とその父親を連れて、スカイの富裕な友人を訪問しようとしていたところなのだ。もしそうなら、初めてこの島のことをスコールフィールドが口にしたとき、私は憶えているが、ルーシーは強い好奇心と興味を示していたのだから、事のついでに彼らがこの島に立ち寄ったとしても、至極当然と言えないだろうか。いまや、こうなるのが全く当然の事の成り行きのように私には思えたので、こうした事態発生の可能性に、なぜもっと以前から思い到らなかったものか、そのほうが不思議でならなかった。

テントはすぐに立った。二人の水夫用に、もう一つ小さなテントを張り終えると、最初に立ったテントの中に入って、彼らは夕食を取った。一行がしばらく野営を楽しむつもりでいるらしいことは、明らかだった。

暗くなってから、忍び足で海岸へと下って行き、私はできるだけ彼らに接近した。ややあって、スコールフィールドが海の歌を歌い、続いて、説得されたのか彼女も歌った——もの悲しい民謡だった——それは、ロンドンにいた頃私のお気に入りの歌だった。ひげも剃らず髪はぼうぼうの私が、野獣のように岩間にしゃがんでいる姿を見たなら、彼女は一体何と思うことだろう。私は胸が一杯で、これ以上そこにいることに耐え切れなかった。私は自分の寂しい洞穴へと帰ったが、私の心の古傷は、また新たにぱっくりと口を開けていた。

十時頃、私は彼女が、月の光の中を、一人で岸辺に降りて行くのを見た。彼女はヨットまでボートを漕いで行くと、その船尾にボートを括り付けた。そういえば、水の上にいると気が楽になるのだと言って、いつも彼女は自慢していたものだっけ。この時、彼女はまだ結婚してはいないのだ、という確信を握り、訳のわからない歓喜と希望が、私の胸の中に湧き上がった。

翌朝、見ていると、彼女はボートを漕いで戻ってきた。そして、一行はテントの中で一緒に食事を取り、その後は島を探険したり、浜で見つかる珍しい貝殻を拾ったりして、一日を過ごしていたが、彼らは私のいるほうへはやって来なかった。実際私の洞窟を取り囲む岩山は、急傾斜の細い迷路を知らぬ者には、ほとんど近寄り難いものだったのである。彼女が砂浜をぶらぶらとさ迷い歩くのを私が眺めていると、一度だけ私の砦のすぐ下を彼女は通過した。顔は青白いように思われた。最後に会った時に比べて表情は厳しくなったようだった。それ以外には、しかし、何の変わりもなかった。白のレースと金ボタンをあしらった青いヨット服は、ぴったりと見事に彼女の身体に合っていた。つまらぬ些細な事が記憶に残るというのも奇妙なものだ。

普段は洞窟の内に貯めて置く真水の貯えが底を突きそうになったことに気づき、小川まで水汲《みずく》みに出る必要が生じたのは、彼らの来島第二日目の夕刻のことだった。水場は百ヤードほど離れていて彼らのテントから遠からぬところにあったが、宵闇がすでに降りていたので見つかる危険はないように私には思えた。そこで片手にバケツを持って私は出掛けた。バケツを一杯にして戻りかけたとき、二人の男の話し声と足音を身近かに耳にしたので、ハリエニシダの藪陰《やぶかげ》にとっさに屈み込んだ。とその瞬間、私の片腕が届きそうなところに彼らは足を止めたのだった。

「君に手を貸せだって！」彼らの一人が言うのを聞いた。それがフォレスター老人であることを、すぐに私は確認した。「いいかね。君は自分でやらなくてはいかん。君は辛棒強くやらねばいかんし、毅然としてなくてはいかん。わしがその件を切り出すと、もう一人の男とは口もきくな、というわしの言いつけは守った、と、あの娘《こ》は言うのじゃ。わしがそれ以上のことを要求すると、娘に対して父親が要求できる権利の限度を超えておると、これはあの娘自身が言った言葉のままだよ」

「僕にはどうしようもないんです」相手の男は、駄々《だだ》をこねるような口調で言った。「あなたはいつでも希望を持たせるようなことを言うけれど、それがものになることは決してないんだ。彼女は僕に親切だし、友好的です。でもそこまで。クラブの連中は、僕と彼女が婚約しているものと思っています。皆そう考えています」

「今にそうなるさ、君、今にそうなるとも」フォレスターは答えた。「あの娘には、時間を与えてやってくれ」

「彼女の頭の中を駆け巡っているのは、あの黒んぼのギブズのやつなんです」スコールフィールドが言った。「あいつは死んだか、発狂してしまったんですよ。いつも僕が言っていた通りに。とにかく、あの男はこの世から消えてしまったんだ。なのに、そんなことを言っても、ぜんぜん彼女には通じないようなのです」

「ばかな！」老人が答えた。「姿が消えれば、頭から消えたも同然、遅かれ、早かれな。スカイに行けば、またとない機会が訪れようから、できるだけ利用することだよ。わしのほうとしても、できる限り圧力を掛けることを約束するよ。差し当たっては、わしらはテントに戻らねばいけない。そうしないと、わしらが道に迷ったものとあの娘が思いおるだろうから」こう言うと彼らは立ち去り、足音が次第に遠ざかって消えた。

彼らが行ってしまうと、私は夢うつつのように立ち上がり、のろのろと、バケツを運んで戻った。それから、椅子に腰を下ろして、頬杖をついたが、私の心は相争《あいあらそ》う感情に引き裂かれていた。じゃあ、彼女は私に対して誠実だったのだ。私の恋敵《こいがたき》と婚約などしていないんだ。だが、彼女の父親の前々からの圧力は生きている。きっと彼女にとってそれは、以前通りの神聖な重みを持っているのだろう。以前に増して私と彼女との間が近くなったわけじゃない。それにしても、私が立ち聞きしたあの密議は何たることだ——欲ばりの父親と心のさもしい求婚者の間に取り交わされた、あの陰謀は。うまいこと丸め込んで私のことを諦めさせようと、一方からは頭ごなしに怒鳴られ、他方からは甘い言葉で誘われる彼女を、このまま放っておいてよいのか？　手を束《つか》ねていてよいのか？　絶対にいかん！　彼女に訴えよう。少なくとももう一度彼女に機会を与えて、父親と私のどちらを取るか、判断してもらおう。一番高い値で買ってくれる相手に娘を売ろうとするあの男よりは、優しく彼女を愛している私のほうに、彼女を要求する正当な権利はあるに違いない、と私は思った。

そして次の瞬間、頭に浮かんだのは、二人の間に第三者の介入を許さぬようにして、誰からも邪魔されずに、私が自分の言い分を訴えられるように、彼女を彼らのもとから連れ去ってやろう、という考えだった。それはおそらく、私のような血気にはやる性格の男にしか思い付かぬ計画だった。一度彼女がこの島を去ってしまえば、二度と好機は訪れるはずのないことは解っていた。実行の方法は一つしかなかった。そして、私の決意も固まっていた。

一晩中、私は洞内を歩き回り、計画の細部に到るまでを、何度も熟考した。すぐにでも実行に移したかったのだが、空が雲に覆われ、その晩はことに暗かった。時間の経つのがこれほど遅かったこともかつてなかった。ようやく最初の冷たい灰色の光が水平線を染め、ゆっくりと広がり始めた。私は折りたたみナイフと洞内にあるだけの金を、ポケットに突っ込んだ。それから忍び足で浜へと下り、睡眠中の一行から少し離れた地点に降り立つと、ヨットに向かって泳ぎ出した。昨夜ルーシーがヨットに乗り込む際に使ったはしごが、そのまま垂らしてあったので、それを伝って船によじ登った。彼女の眼をさまさぬように静かに歩きながら、帆の一枚を風を孕《はら》むに足るだけの幅に広げ、ついで舳先《へさき》から身を乗り出し、太いもやい綱を切った。一分かそこら、ヨットはあてもなく漂《ただよ》っていたが、そのうちいくらか前進を始め、操舵《そうだ》に応えるようになると、ゆっくりと岸を遠ざかり、大西洋へと向かった。

私を誤解しないで欲しい。私は、彼女の意向を力尽くで変えさせようとか、父親との約束を無理矢理に破らせようとかいうような意図は、毛頭持っていなかった。そのようなことをするほど、私は卑劣な人間ではなかった。私の唯一の目的は、これを最後の機会として、彼女に直接訴えかけ、自分の言い分を申し立てることだった。彼女の求婚者の言葉を根拠に、彼女がいまだに自分を愛してくれている、ということを知ってのことであって、もしそうでなかったなら、あのもやい綱より先に、自分の右手を喜んで切ったろう。事実は右の通りだったから、もし私が彼女を説得できて、私の妻になってくれるとなれば、そのときは南へ向かい、アイルランドまで下るか、ないしは、オーバンまで戻り、アードヴォー島の囚われ人たちが脱出できるより先に、特別結婚許可証を受けて一緒になれるだろう。他方、もし彼女が私と少しでも係わりを持つことを拒むなら、私は誠意を持って、エヴァンジェリン号を元の繋留地点に戻そう、そして、たとえどんな結果が生じようと、その後の事態を潔く《いさぎよ》直視しよう、と考えた。私が彼女を、こんな危険な状況に陥《おとし》れたといって、私を非難した人たちもいる。しかし、判断を下す前に、自分が私の立場にあったら、と考えてほしい。人生に幸福を呼び込み得る唯一の好機に出会い、しかも、その好機を生かすも殺すも迅速《じんそく》な行動にかかっていたのだ。また、野蛮な生活のお陰で、文明世界のしきたりへの配慮が、幾分は鈍っていた、ということもあるかもしれない。

ヨットがゆっくりと沖を目指して出て行ったとき、浜で大きな叫び声が聞こえ、フォレスターとスコールフィールドが、二人の水夫と一緒に、取り乱して、走り回っているのが見えた。私は、彼らに姿を見られないように注意した。そうこうするうち、スコールフィールドと水夫の一人が水に飛び込んだが、少し泳いだだけで、望みなしと諦めてしまった。というのも、追風《おいかぜ》が相当強く、ほんの小さく広げた帆布だけでも、私たちのヨットは五ノット以上は充分出ていたはずだから。この間、フォレスター嬢の眠りは少しも妨げられることはなかった。それに、船が航行を始めたことを彼女に気づかせるものは、何もないのだった。船の揺れが、停泊中とほとんど変わらなかったからである。

III

ヨットが繋留されていたのが島の南端で、追風だったので、大西洋に向けて船はまっしぐらに進んでいった。私はまだ、帆をそれ以上広げずにおいた。置いてきぼりにした連中に、広げた帆を目撃されてはまずかったからであった。目下のところ、ヨットの漂流は偶発事故だったという印象を、彼らに持たせておきたかったわけである。そうすれば、何らかの手段を講じて彼らが本土と連絡を取っても、捜査の出発点で手懸りを失うだろうから。しかし、三時間後には島影ははるか彼方の水平線下に没しようとしていたから、私は主帆と船首三角帆とを揚げた。

私が夢中になって帆の揚げ綱をぐいぐいと引っ張っている最中に、すっかり身仕度《みじたく》を整えたフォレスター嬢が、船室のはしごを昇ってデッキの上に出てきた。自分が洋上を航行中で、しかも見知らぬ同伴者と一緒だと気づいたとき、彼女の美しい顔に現われた驚愕《きょうがく》の表情を、私は決して忘れることはないだろう。最初は、驚きと恐怖の入り混じった眼差《まなざ》しで、彼女はじっと私を見詰めた。黒い髪とひげを長々と伸ばし、服もぼろぼろの私は、確かに、あまり人に安堵感《あんどかん》を与えるような姿ではなかった。

　しかし、私が口を開いて呼び掛けた瞬間、彼女は私だということに気づき、状況が呑み込めたようだった。

「まあ、ギブズさん！」彼女は叫んだ。「ジャック、あなたは何をなさったの？　アードヴォーからあたしを連れ出したりして。ああ、島に帰してちょうだい。あたしのかわいそうな父はどうなるの？」

「あの人は大丈夫さ」わたしは言った。「あの人は君に対して、それほどの思《おも》い遣《や》りがあるわけではないから、今しばらくの間は君がいなくたって大丈夫、そう気にせずにやっていけるだろう」

　彼女はしばらくの間押し黙り、デッキ昇降口の手摺《てすり》に寄り掛かって、気持を落ち着けようと努めていた。

「あたしにはよくわからないわ」やっと彼女が口を開いた。「一体どうやって、あなたはここにやって来れたの？　それに、なぜこの船は航行中なの？　ジャック、あなたの目的は何なの？　あなたは何をするつもりでいるの？」

「僕のただ一つの目的とは、こういうことなんだ」私はおずおずと言いながら、次第に彼女に近づいて行った。「誰にも邪魔されず、君だけに話を聞いてもらえるような機会が欲しかったんだよ。僕の一生の幸福がこれに掛かっているんだ。だから、僕はこうして君を連れ出したのさ。僕が君に頼みたいのは、ただ一つか二つの質問に答えてくれ、ということだけなんだ。そうしてくれれば、あとは、君の言う通りにするよ。答えてくれるかい？」

「ええ、答えますわ」彼女は言った。

眼を伏せたままにして、彼女は、私から見詰められるのを避けているようだった。

「君は、あのスコールフィールドという男を愛しているの？」

「いいえ」きっぱりと、彼女は言った。

「彼とはいつか結婚するつもりなの？」

「いいえ」再び彼女は答えた。

「それなら、ルーシー」と私は言った。「思い切って、本当の事を聞かせてくれ。お願いだから。君の答え次第で、僕ら二人の幸せが決まるんだ。君は今でも僕を愛しているかい？」

彼女は、口は噤《つぐ》んだきりだったが、伏せていた顔を上げた。そして、その瞳の中に、私は彼女の答えを読み取ったのだった。私の胸は、歓喜に満ち溢《あふ》れた。

「それなら、ねえ」私は、彼女の手を取って叫んだ。「君が僕を、そして僕が君を愛しているのなら、一体、僕らを引き裂くなんて、誰にできるだろう？　誰も僕らを離ればなれにすることなんて、できるものか」

彼女は黙ったきりだったが、私の腕から逃れようとはしなかった。

「君のお父さんにだって、できはしないんだ」私は言った。「君を自由にできる権利も権力もないんだ。君だってよくわかっているだろう。もしスコールフィールド以上の金持ちが明日にでも現われれば、君自身の気持など少しも考えずに、その男に対してにっこり微笑《ほほえ》めと君に命じるだろう。このまま、父親に忠義立てして、心の底で嫌悪している相手に、卑《いや》しい損得勘定だけで、身を委《まか》せたりしてはいけないんだ」

「あなたのおっしゃる通りよ、ジャック。わかりました」至極穏やかだが、非常に確固たる口調で、彼女は答えた。「セント・ジェームジズ・パークでは、あんな別れ方をしちゃって、ごめんなさい。あの後、何度もひどい後悔の念に駆られました。でも、とにかく、父があたしに誠意を示してくれるなら、あたしも父には誠意を尽くしたかったの。だけど、父はそんな人ではありませんでした。あたしがスコールフィールドさんを嫌いだとわかっていながら、父はしきりに、あの人とあたしを一緒に会わそうと画策しました。今度のヨット旅行もそうなの。あたしは初めから嫌だったのに。ジャック」と、彼女は私のほうに向き直って続けた。「あなたはどんな時でも、あたしに誠意を示してくれました。もし今でも、あなたがあたしを愛していてくださるなら、今この瞬間から、あたしはあなたのものです──全部、永遠にあなたのものです。あたしはもうあの人たちの思うようには決してなりません」

私の何カ月にもわたる、つらい苦悩の日々は、この幸福な一瞬で報われたのであった。あの最後の悲しい別れ以来、それぞれの胸に去来した思いや感情について、その後何時間も何時間も二人で語り合った。ヨットは荒立つ波の間を、当てどなく漂流し、私たちの頭上では、帆が柱に当たってパタパタとはためいていた。続いて私は、自分が岸から泳ぎ出て、エヴァンジェリン号のもやい綱を切った顛末《てんまつ》を彼女に語った。

「でも、ジャック」彼女は言った。「あなたは海賊よ。ヨットを盗んだ罪で訴えられるわ」

「もう、何でも彼らの好きなようにするがいいさ」私は挑むような口調で言った。「僕はヨットを盗んで君を得たんだから」

「でも、これからあなたはどうなさるつもりなの？」彼女は問うた。

「アイルランドの北部に向かうつもりなんだ」私は言った。「そこで、僕らが特別結婚許可証を手に入れ、君のお父さんを公然と無視できるようになるまで、誰か気立ての良い女性に頼んで、君の面倒を見てもらうよ。エヴァンジェリン号は、アードヴォーかスカイ島へ送り帰すつもりさ。おや、どうやらひと荒れしそうな様子だぞ。こわくはないね？」

「こわくなんかないわ、あなたと一緒なら」落ち着いて、彼女は答えた。

　見通しは確かに安穏《あんのん》としていられるものではなかった。東の水平線全体に、高い黒い積乱雲がびっしりと並び、うす気味悪い色を呈し、暴風雨の前兆をあらわしていた。すでに最初の前触れの突風が、ひょうと吹き降りてきて、船縁《ふなべり》が海水面に接するまで、私たちの小船を傾けた。風に逆らいジグザグに間切《まぎ》って、スコットランド岸へと戻ることは不可能だったから、無事でいられる可能性を、烈風にのって航行することに賭ける以外になかった。私は中檣帆と先斜檣三角帆を畳み込み、大檣帆を縮帆した。次に、波をかぶった時のために、固定されていない物はすべて紐で縛り付けた。ルーシーが船室に降りてくれることを私は望んだけれど、彼女は私の傍らから離れようとはせず、そのままデッキに残った。次第に時が経つにつれて、時折吹く疾風《はやて》は烈風に、烈風はさらに嵐へと変わった。荒涼として真っ暗な夜が訪れたが、私たちはなおも疾走を続け、大西洋の中へと突き進んで行った。エヴァンジェリン号は、波に応じてコルクのように浮き上がるので、ほとんど、いや全くと言ってよいくらい水をかぶることはなかった。一、二度、流れる巨大な堤のような雲間《くもま》から、月が一瞬顔を覗かせたことがあった。この束の間の月明かりの下に、遥か水平線まで、黒い激浪《げきろう》を連ねた巨大な荒野が出現するのだった。ルーシーが舵を握っている隙に、私はどうにか食料と水を船室から持ち出すことができたので、彼女と二人で分け合って食べた。私がどんなに説得しても、ルーシーは一瞬たりとも、私の傍から離れようとはしないのだった。

夜明けとともに、風はますます勢いを増していくように見えた。大波の高さは、ほとんどが、私たちの船のマストの先端を、遥かに超えてしまうほどになった。縮帆した帆を掛けた船はよろめきつつ進み、大波に高々と持ち上げられ、前後に巨大な谷を見下ろしたかと思うと今度は波間深く落ち込み、立ちはだかる緑の壁は、もはや乗り越え切れぬかと思えるほどだった。推測航法で割り出してみると、船が風に吹き流されて、アイルランド北岸への進路からすっかり外れてしまったことを知った。こんな悪天候の折に、未知の危険な海岸を目指して航行するなどは、気違い沙汰《ざた》であったろう。しかし、私はさらに二ポイント（二二度三〇分）南へ進路を向け、マリン岬を通過してしまった場合でも、西海岸を離れてあまり遠くまで吹き流されぬようにした。午前中ルーシーは一隻の漁船を見たような気がした。しかし私たちは二人とも確信は持てなかった。霧が非常に濃くなっていたためである。これがあのマリンズという漁師の船であったに違いない。私たちの側からよりは、向こう側からのほうが、おそらく見通しはよく効いたものと思われる。

二日めは、一日中南西方向に舵を取り続けた。霧は次第に濃密になり、船尾から船首の先端が見えないほど深く立ち込めてしまった。この小船が外洋航行船として実に見事な代物であることは、すでに実証済みだった。それで、私たちは二人とも船の力をすっかり信頼して、現在の境遇を黙って受け入れようという気になっていたし、とりわけ、折から風波が衰えつつあったことも手伝って、自分たちが置かれた危険な状況のことを、もはや二人ともくよくよと考えなかった。天候の好転というこの嬉しい事態を、二人で互いに祝福し合っていた時のことだった。全く予想外の恐ろしい大惨事が、私たちに襲いかかったのである。

きっと、夕方七時頃のことだったに違いない。船室に降りて、戸棚を引っ掻き回しながら、私が何か食べ物を探していると、デッキにいたルーシーが驚きの悲鳴をあげた。私は直ちにデッキに飛び出した。彼女は舵柄《かじづか》の脇に立ち、じっと霧の中を見据えていた。

「ジャック」彼女は叫んだ。「声がするわ。近くに人がいるのよ」

「声だって！」私は言った。「そんなはずない。陸地に近づいたのなら、岸に砕ける波の音が聞こえるはずだよ」

「しーっ！」片手を差し上げて、彼女は大声をあげた。「ほら、聞いて！」

私たちは、どんな物音も聞き逃すまいと、耳をそばだてて、じっと立っていた。と突然、みるみるうちに右舷《うげん》前方の霧の中から現われ出てきたのは、長い一列のローマ数字で、その上方には、巨大な女性像が浮かんでいた。思案や身仕度の暇などはなかった。ぼうっと、私たちの上に覆いかぶさるように、黒い影が迫《せ》り上がってきて、帆の風を奪い、ついで、霧の中から飛び出した大きな船は、まるで野獣が獲物に襲いかかるように、私たちに襲いかかってきた。怪物がのし掛かってくるのを見て、私は本能的に舵柄にぶら下げてあった救命帯を取り、放るようにしてルーシーの頭からかぶせ、彼女の手首を摑むと、もろともに、ざんぶと海中へ飛び込んだ。

その後に何が起きたのか、語るのは難しい。こうした場合においては、時間の観念は完全に喪失してしまうものである。何分間であったか、何時間であったか、とにかくその間、ルーシーの傍を泳ぎながら、あらゆる手を尽くして、私は彼女を励まし、救命帯を全面的に信頼して、無理に泳ごうとせず、ただ浮くに任せるように仕向けた。彼女らしい健気さで、文字通り忠実に私に従った。波頭まで持ち上げられる度ごとに、私たちのヨットを破壊した船の影でも見えないものかと、私はあたりを見回したが無駄だった。私たちは声を合わせて叫び、助けを求めた。しかし風が吠《ほ》えるばかりで、返事は戻ってこなかった。私は泳ぎは達者ではあったが、着ている服がかせとなって、私の力は徐々に衰《おとろ》えていった。それでもなお、私はルーシーの傍を離れずにいたが、彼女は私が弱ってきたことに気づいた。

「ねえ、いいかい。どんなことが起ころうとも、君は救命具に縋《すが》り付いているんだよ」私が言った。

　彼女は優しい顔を私に向けた。

「もしあなたがあたしから離れたら、あたしも救命具を外します」

　再び、大きなうねりの頂点に出たので、私は周囲を見渡した。何も見えなかった。だが、しっ！　何だ、あれは？　鈍い、軋むような音が耳に入った。波の跳ねる音とは明らかに違う。それは、オールが受けに擦れる音だ。助けてくれ、と私たちは最後の弱々しい叫び声を上げた。優しい大声が返ってきた。そして、次に私たちが思い出せるのは、再びわれに返って、暖かな心地良い寝台に寝かされ、人々の優しい心配気な顔が、私たちのぐるりを取り巻いている、という光景であった。私たち二人とも、ボートに助け揚げられたときには、気を失ってしまっていたのだった。

その船は五百トンもある大きなノルウェイの帆船《はんせん》で、フレイヤ丸と言い、五日前にベルゲンを出航し、オーストラリアのアデレードを目指していたのだった。大西洋から拾い上げた二人の不運な人間に対して、トルビオルン船長と乗組員たちが示してくれたような親切が、この世にあり得るだろうか。デッキの見張りが私たちのヨットを発見したが、時すでに遅く、衝突は避けられなかった。直ちにボートが降ろされたが、すでに捜索をすっかり諦めて、親船に帰ろうとしていたところ、ようやくあの最後の叫び声が彼らの耳に届いたのだった。

同船にはトルビオルン船長夫人も乗り込んでおり、私の愛する人の世話を、手早くやってくれた。私たちは快適な航海を楽しみ、順調にアデレードに到着した。この地において、トルビオルン夫人及びフレイヤ丸の航海士たち全員の前で、私たちは正式に結婚した。
結婚後私は都会を離れ、田舎に大きな農場を買った。以来私は幸せで裕福な生活を続けている。送金者がわからぬようにして、ある金額を然るべくスコールフィールド銀行宛に支払ったが、それはエヴァンジェリン号の値段に相当するものである。

オーストラリア到着後初めてイギリスから届いた便りの中に、フォレスター大佐の死去を伝えるものがあった。グラスゴーのあるホテルで、大理石の階段から落ち、頭蓋骨《ずがいこつ》を骨折したとのことである。ルーシーはひどく悲嘆にくれたが、新しい仲間たちと毎日の仕事のお陰で、その悲しみも次第に克服されていった。

その時以来、私たちのどちらにとっても、自分たちを故国に繋ぎ止めるものは何もない。それに、私たちが故国に帰ろうと言い出したこともない。それでも、イギリスの新聞雑誌の類は読むので、エヴァンジェリン号及び船上の若い婦人の悲しい運命にたまたま言及した記事を見つけては、しばしば私たちは楽しませてもらってきたわけである。したがって、いる少数の人たちにとっては、今や昔話となってしまった事件のことを多少記憶に残している真実を語ったこの短い物語は、興味深く思われるかも知れない。また、事の次第を初めて知る人たちも、実人生の中の不思議な一章を聞きたいと思われるかも知れない。

“The Fate of the Evangeline”〈ボーイズ・オウン・ペイパー〉一八八五年クリスマス号初出

真夜中の客

I

アラン島の西に、めったに人も訪れず、まして観光客などにはまったく知られていないウッファという小さな島がある。二つの島の間には幅二マイル半の海峡があり、そこには北から流れこんでくる危険な潮の流れがある。風のない穏やかな日でさえ、海峡の水面には波紋が走り、渦が巻き、さざ波が立ち、下から隠れた力が働いていることを物語っている。だが、西から風が吹いて大西洋の大きな波が入り江に押し寄せ、反対側からぐるりと島をひとめぐりしてきた潮の流れとぶつかり合うと、それは沸き立つごとき凄まじい波の乱舞となり、老練の船乗りでさえこんなのは見たことがないと言う。そんな時に海峡にいあわせた船があれば、神のご加護を祈るほかない！

私の父はウッファ島の三分の一を所有し、私はそこで生まれ育った。うちの畑、いや小作地は小さなものだった。石投げのうまい者がカラキュイル（というのが私の家があった所の地名だ）の浜に立って石を投げると、三回ちがった方角へ投げればうちの耕作地の三方の境界線にとどいてしまうくらいだ。幅も長さもほとんど同じ畑だった。トウモロコシとじゃがいもを作っていたこの狭い畑の後ろに家が立っていた――陰鬱な灰色の石造りの建物で、赤い瓦の牛小屋が支え壁のように片側にぴったりくっついていた。その後ろには、ゆるやかに起伏した不毛の荒れ地が広がり、島の中心に位置する二つの岩だらけの低い山、ベグ・ナ・サカーとベグ・ナ・フェイルまでつづく。うちには牛二頭、羊八匹から十匹のための牧草地もあり、船も一艘《そう》あって、下のカラヴォーの浜につないであった。漁で獲物がない時、天候が悪くて鰊《にしん》一匹といえども岸に近寄らない時は、畑仕事に精を出した。概して言えば、ウッファ島の百姓は本土の者たちと同じように、小銭を蓄えるくらいの余裕はもっていたのだ。

　うち――カラキュイルのマクドナルド家――のほかに、島にはもう二家族が暮らしていた。アーデンのギッブズ家とコリーメインズのフラートン家だ。三つの家族の間には上下の差はなかった。このうちの一つが本家で、そこから分家したという伝えはないからだ。三家族とも代々受け継いできた畑を耕し、ハミルトン公に小作料を払い、ほどよい収入を得ていた。父は私をグラスゴー大学へやってくれたので、私は医学の勉強をはじめたが、冬学期を二度終えたところで、資金不足からか気まぐれからか、私は島へ呼びもどされた。こうして、一八六五年には、もっと学びたいという気持をおこさせるに充分なだけの教育を受けた私はこの小さな島に閉じこめられ、陰気で厳しい父だけを相手に生活することになった。母はもう何年も前に亡《な》くなっていたし、私には兄弟も姉妹もなかったからだ。

島には私とだいたい同じ年格好の若者が二人いた——ジョーディー・ギッブズとジョック・ギッブズだ。だが、彼らは荒っぽく無作法な連中で、気がいいことはたしかだが、漁や畑仕事のほかには何一つ知らなかった。それより私には、コリーメインズのフラートン老人のかわいい娘ミニー・フラートンといっしょにいるほうが楽しかった。小さい時からいっしょに遊んだ仲だったので、ミニーが胸もふくらみ、溌剌《はつらつ》とした顔の少女となり、私が肩のいかつい、脚の長い青年に成長した時に、二人の間に友情以上のほのかなものが芽《め》生《ば》えるのも当然のことだった。彼女の兄はアードロッサンでトウモロコシ商をしていて、かなり羽《は》振《ぶ》りもよいといわれていたので、私とミニーのとり合わせは申し分のないものだった。ところが、どういうわけか、私の父は二人の関係に大反対で、ぜったいに彼女に会ってはいけないと私に言いつけた。かっとなりやすい、礼儀をわきまえない若者だった私は父の命令を笑いとばし、ミニーに会いつづけた。が、それが父の耳に入るとかならず激しい言い争いとなり、殴り合いにもなりかねないほどだった。これから話す出来事があった年の春、彼岸どきの強い風が吹きはじめる少し前にも、私たちはそんな言い争いをした。

顔を真っ赤にし、大きい骨張った手を興奮して震わせた老人を残して、私は意気揚々《いきようよう》といつもの逢引《あいび》きの場所へ出かけた。今にして思えば、もっと従順であればよかったと後悔するが、その時の私に、これからどんなに暗い影が私たちの上にふりかかろうとしていたか、わかろうはずもない。

その日のことはよく憶えている。棒切れを振りおろして無茶苦茶にアザミをなぎ倒しながら、狭い道を大またに歩いた。さまざまな苦々しい思いが私の胸中を走った。うちの敷地の片側は、海面から真っ直ぐに切り立つ二百フィートの高さのコンベラ崖になっていた。この崖の上は緑の草におおわれ、そこからは四方のすばらしい眺めを一望のもとに見わたせた。私はその草の上に寝ころび、ウイナーズの砂浜に砕けて散る大波を眺め、直下にあるコンベラ洞窟に波が入ってたてるゴボゴボいう音に耳をかたむけた。そこは島の西側で、寝ころんだ私の目の前にはアイルランド海が広がり、そのむこう、水平線のかなたにはアイルランドの北岸がかすんだ長い線になって見えた。ここちよい風が北西から吹き、下は濃い茶色、上が淡い緑色をした大西洋の大波が楽しげに次から次へと押し寄せては崖の下で砕け、鈍い唸り声をあげていた。時おり、のろい波が次の波に追いつかれ、二ついっしょにやってきて砕け、私のいる崖の上まで飛沫《しぶき》を散らした。あたりの空気は海の香に満ち、肌をチクチク刺すような感じだった。はるか北の空には厚い雲があり、アラン島のゴートフェル山の頂上は無気味なほどくっきりと見えた。沖に見える船はたった一艘で、クライド湾の中に避難しようと躍起《やっき》になって息を切らして進んでいた。もう一艘、帆を調整した帆船が海岸近くに止まっていた。この帆船はいったいどこへ行くんだろうと考えているところへ、軽い飛びはねるような足音がきこえ、ミニー・フラートンが、急いで登ってきたために頬を真っ赤にし、茶色の髪を後ろになびかせて、私のそばに立った。

「アーチー、心配事でもあるのか？」と彼女は女性の鋭い直観を働かせてきいた。「とっつぁんがまたおらのこと言ったんだろ？　そうだろ？」

父の口から出るといら立たしくきこえる方言も、ミニーの口にかかるとかわいらしく、甘美にきこえた。緑の小塚に腰をおろし、私は彼女の手をとって朝のうちに父と口論したことを話した。

私は言った。「僕たちの仲を裂こうとしてるんだ。いっくら脅かされたって、僕はぜったいくじけやしないぞ。目にもの見せてやる」

「アーチー、おらにゃそんな値打はねえ」とミニーは嘆息まじりに言った。「おらあ家にいる女子《おなご》で、ちゃんとどしだ言葉を喋れて、いずれは学者さまにもなるおめえみたいな男の人にはつまんねえ女子だ」

「ミニー、君はどんな男にももったいないくらい誠実で、やさしいよ」と私は答えたが、心のどこかでは彼女の言うことに一片の真実があると考えていた。

「だども、もうじきおら、誰にも迷惑かけねえようになるだ」ミニーは真剣な顔付きで私の顔を見つめながら言った。「ゆんべ神様からのお召《め》しがあっただ。幽霊を見ただよ、アーチー」

「幽霊だって！」私は大声をあげた。

「そんだ。で、ありゃ、おらへの神様のお召しだと思うだ。おらの従兄《いとこ》のスティーヴィーが死んだ時も、あいつ、おんなじようなの見ただよ」

「もっとくわしく話しておくれよ、ミニー」私は彼女が真剣なのにびっくりしてこう言った。

「そんなに話すこともねえけんど――ゆんべの十二時ごろ、いんや、一時ごろだ。おらあ眠れねえで、あれこれ考えごとしながら窓んとこ見てただ。そしたら急に、ガラスのむこうから顔がのぞいてんのに気がついただ――おっそろしい顔だったで、アーチー。ありゃ、島のもんの顔じゃねえ。どういう顔かってきがれても、おら、説明できねえ。とにがく、おっかながっただ。部屋ん中をあっちこっち見まわして、一分くれえもそんなしてだかな。そいつの目が光ってたのが見えたし――人間の顔だったからな――鼻の先はガラスにぴったりくっつけられでたから、しろーくなってただ。おらあ、身体中の血がつめたーくなったみてえで、声も出ながった。それがら、現われだ時とおんなじに、急に消えてなくなっただ」

「誰だろう？」私は大声をあげた。

「幽霊か、生霊《いきりょう》だろ」と、ミニーは確信をこめて言った。

「トミー・ギッブズじゃなかったかい？」私はきいた。

「いんや、ちがう。ありゃトミーじゃねえ。色が黒くて、いかつくて、気むずかしげんな顔だった」

「そうか」私は笑いながら言った。「誰だか知らないが、僕んとこにも顔を見せてくれるといいんだがな。どっちみち、奴が誰で、どこから来たか、じきにわかるさ。もうこの話はやめよう。さもないと、また今晩君がこわい思いをすることになるから。そうでなくって、いやな夜になりそうだからな」

「きのどぐに、船乗りたちにゃいやな晩だ」と、ミニーは悲しげに言って、北から風に運ばれてぞくぞくとやってくる黒い雲とウイナーズの砂浜に砕ける波の白い線を見やった。「あそこの帆船、どごへ行くだろな？　ラムラッシュかブロディック湾に入らんと、てえへんなことになるにな」

　ミニーは私も気になっていた帆船を見ていた。帆船はまだ海岸から少し離れたところにじっとしていた。前檣帆をたたみ、上檣帆を縮めてあるところを見ると、天候が悪くなるのを予測しているようだ。

「ここは君には寒すぎるよ！」太陽が雲の後ろに隠れ、冷たい北風がさっと吹きこんできたので、私はそう大声で言った。私たちはカラキュイルの近くまでいっしょに歩いてゆき、そこで別れて、ミニーはうちから一マイルほど離れたコリーメインズへ通じる小径《こみち》を歩いていった。いっしょにいるところを父に見られていなければよいがと思ったが、父はカンカンになって私を戸口で迎えた。激しい怒りに顔を青黒くし、手にはライフルをもっていた。すでに書いたかどうか忘れたが、あの年であれほど逞しい老人を私は他には知らない。

「とうとうけえりやがったか！」私にむかってライフルを振りながら、父はどなった。「大馬鹿野郎の――」その先どんな言葉がつづくかよく承知していた私は、先をつづけさせなかった。

「言葉遣いをつつしんでもらいたいもんだ」

「なんだと、なまいぎな！」とどなって、私を殴ろうとするかのように腕を上げた。「ここにゃ入れねえ。今来たどこへ、とっとともどりやがれ！」

かっとなった私は、「てめえなんか、くたばっちまえ！」と言い返した。すると父がライフルの尻で突いてきたので、私はもっていた棒でよけた。一瞬、私の心は悪魔のようになり、悪口雑言《あっこうぞうごん》が喉元にこみ上げてきた。が、懸命にこらえてひと言も口に出さず、くるりと踵《きびす》を返してコリーメインズへ行き、一日中フラートン家ですごした。長い間、ケチケチためこむ守銭奴《しゅせんど》だった父が、ますます狂人めいてきたように私には思えた。それも、危険な狂人にだ。

悲しみと不満に満ち満ちていた私は、残念ながらフラートン家では愛想のよい客ではなかった。おそらく、飲んだウイスキーも適量をこえたにちがいない。一度、椅子につまずいて倒れたのを憶えている。その時ミニーはびっくりして顔を上げ、涙にあふれた目を光らせていた。フラートン老人は小さく忍び笑いをし、それを隠すために咳払いをした。その時間なら、夜の九時半までフラートン家にいたが、それは島ではとても遅い時刻だった。その時間なら、父はもう寝ているだろうし、窓から自分の部屋に入ればその晩は騒ぎもおこさずにすむ、と思ったのだ。

その時刻になると風は凄まじいいきおいで吹きつけ、カラキュイルへ通じている曲《まが》りくねった道に出ると、風にむかって身体を折り、肩をつき出すようにして歩かなければならなかった。大声で歌い、風の唸りにか細い自分の声までつけ足したところを見ると、私はまだかなり酔っていたのだろう。ちょうどうちの小作地の囲いにたどりついたところである小さな出来事があり、私は急に素面《しらふ》になった。

白は自然の中ではめったに見かけない色だ。この島のように、紙一枚でさえ貴重なところでは白い色はすぐに注意を引きつける。私が歩いていた小道を何か白い物が横切り、ハリエニシダの茂みに引っかかってパタパタしていた。拾い上げてみると、驚いたことに、それは麻のハンカチで、しかも香水の匂いがした。こんな小さな島では、みんなが誰がどんな服や小物をもっているかをほぼ完全に知っている。だが、ウッファ島に香水！　これはとても考えられないことだった。それでは、いったいこのハンカチは誰のものなのだ？　ことによると、ミニーが言ったことは当たっているのか？　この島によそ者が入りこんだのか？　私は見つけたハンカチを手に、ミニーがゆうべ見た顔について考えながら、深く物思いに沈んで歩いていった。

窓から自分の部屋に入り、蠟燭をつけて、そのハンカチをもう一度しらべた。きれいな新しいハンカチで、隅に赤い絹糸でA・Wと頭文字が刺繍《ししゅう》してあった。大きさから言って、男ものだということはわかったが、それ以外には誰のものかを物語るものは何もなかった。これはあまりにも不思議な出来事だったので、私はしばらくベッドの端に腰をおろして、そのハンカチについてあれこれ考えてみたが、いっこうに謎は解けそうにもなかった。父に話そうかとさえ思ったが、隣りの部屋からはしわがれ声の鼾《いびき》がきこえていたのでぐっすり眠っていることがわかった。眠っているならかえってそのほうがいい。またあれこれ言われたくもないし、起こせばかならず言いあいになるのはわかっていたからだ。今から思えば、老いた父にはもう余命幾許《いくばく》もなかったのだ。その短い時間を二人の間の諍《いさか》いで台無しにしないですんだことは、今の私にとってせめてもの慰めだ。

一時的にはっきりした頭がまたぼんやりしてきたので、私は服も脱がずにベッドに横になり、深い眠りにおちた。かれこれ四時間ほども寝ただろうか、私はハッと目をさました。どうして目をさましたのか、今もってわからない。あたりは静まりかえっていた。が、私の全神経は異常なほど緊張していた。部屋の中に誰かいるのか？　暗かったが、私は肘をついて身体を起こし、周囲を見まわした。何も見あたらなかったが、まだ、あのぞっとするような感じがつきまとっていた。その時、雲が飛んで月が顔を出し、冷たい光が部屋の中にさしこんだ。私はとっさに目を上げた。と、なんということだ！　窓から顔がのぞいていた——不吉で凶悪な顔。銀色の光を背に、くっきりと鮮やかに浮き上がった顔がちょうど前の晩、ミニーが見た時と同じように、じっと目を光らせて私を見ていた。一瞬、私は怯えた子供のように心臓をドキドキさせて震えていたが、次の瞬間、窓ガラスも窓枠もすっ飛び、私は背の高い逞しい男の胴体に腕を巻きつけて砂利道の上をころげまわっていた。私とその男は二匹の犬のようにとっ組み合った。二人いっしょに倒れた時、私は男が片手をわきのポケットへすべりこませるのを本能的に感じとった。私は遮二無二《しゃにむに》その手首を押さえつけた。男は懸命に私の腕をふりほどこうとしたが、私の力のほうが強かった。組み合ったまま、私たちは息をはずませ、唸り声をあげつつ、よろけながら立ち上がった。

「畜生、手をはなせ！」男は言った。

「じゃ、ピストルから手をはなすんだ」と、私は息をハアハアいわせながら言った。

私たちは月の光の中でにらみ合った。それから男は笑い、指を開いた。重い、光る物――それはまさしく拳銃だった――が砂利の上に落ちて音をたてた。私はそれを足で踏みつけ、男の手をはなした。

「さあ、こんどはどうする？」男はまた笑って言った。「第二ラウンドをはじめるか、それとも、これで格闘は終わりにするか？　この島の奴らはずいぶんと手厚いもてなしをしてくれる連中じゃねえか。よそからやってきた者を歓迎したいばっかりに、戸口から出るのもまだるっこしいと見えて、地獄の花火みてえに窓からとび出てくるなんてな」

「ポケットにピストルなんか入れやがって、なんだって、夜中にひとの家のまわりをうろつくんだ？」私は厳しい語調できいた。

「拳銃が必要だと思ったんだよ」男は答えた。「お前みたいな荒っぽい若僧がふらついてるとこだ。やあやあ！　もう一人お出ましか」

ふり向くと、父がすぐ後ろに来ていた。玄関をまわって出てきたのだ。灰色の毛のナイトガウンと白髪まじりの灰色の髪が風にあおられていた。父はひどく興奮しているようだった。手には、その朝私を脅かすのに使った二連発式のライフルをもっていた。ライフルを肩の位置まで上げた。私が手で銃身をそらさなければ、私かその男の脳味噌を撃ちぬいたにちがいない。

「ちょっと待てよ、父さん」と、私は言った。「こいつの話をきいてみようじゃないか。

おい、お前」私は男のほうを向いてつづけた。「いっしょに家の中に入って、説明してもらおうじゃないか。だが、いいか、忘れるんじゃないぞ、こっちは二人だ。言葉に気をつけろよ」

「おい、威勢のいい若僧、そう言うなりにはならねえぞ」と、男は唸るように言った。「六連発拳銃はとられたが、まだポケットにゃデリンジャー・ピストルがある。とにかく、二丁もたなきゃだめだってことをコロラドで知ったんだよ。お前たちの小屋に入って話をつけようじゃないか。びしょぬれで、腹ぺこなんだ」

父はまだライフルをいじくりながらぶつぶつ言っていたが、私が男を家の中へ連れてゆくのを止めはしなかった。マッチをすって台所のランプに火をともした。捕えられた男はランプの上にかがみこんでタバコに火をつけた。男の顔がすっかり炎に照らし出された時、父と私はじっくりと見た。年のころは四十ほどで、驚くほどの男前。スペイン人風で、髪とひげは漆黒、陽に焼けた顔をしていた。目はきらきらと輝き、じっと見すえたその視線があまりにも鋭いので、横から見たら目の玉がいくらか飛び出ているのではないかと錯覚してしまうほどだった。その目にはいささか無鉄砲で残忍な色が見え、筋肉質の逞しい身体つきと快活な動作とを合わせ考えると、過去にかなり冒険をしてきた男であるような印象を与えた。ビロードの上着に外国仕立ての灰色っぽいズボンと、優美ななりをしていた。父と私がゆっくり時間をかけて眺めるのをいっこうにいやがりもせず、調理台の上に腰かけて、足をぶらぶらさせながらタバコを吸っては、煙を小さな青い輪にして遊んでいた。この身形《みなり》を見て父は安心したようだった。いや、ことによると父を安心させたのは服ではなく、タバコを口元へもってゆくたびに男の左手の指で光った指輪だったかもしれない。

「アーチーのこたあ、気にかけねえでくだせえ、旦那」と、父はへり下った声で言った。

「こいつぁ、いつだってろくなこたあしねえガキで、手ばっかりはやぐて、脳味噌より筋肉のほうがよげいにあるだ。急なさわぎで、おらもめんくらっただ。だども、おめえさまを撃とうとしたのは、旦那、ありゃおらの不覚だ。どうやら、おめえさまあ島へのお客さまだ。それども、船が難破しただか――難破でねえな？」父の心の内に欲ぶかの悪魔が首をもたげ、きらつく目から外をのぞき、長い筋っぽい手を震わせながらのばしはじめた。

「船で来た」と、男は無愛想に答えた。「岸について、ここが最初の家だ。あのたいへんな歓迎ぶりはぜったい忘れんぞ。この、お前の跡取り息子の奴、もう少しで俺の背骨を折るところだったぞ」

「あたりまえだ！」私はいきり立って口をはさんだ。「なんだって、こそこそ窓からのぞいたりしないで、ちゃんと男らしく表の戸をノックしなかったんだ？」

「黙ってろ、アーチー」父は哀願するように言った。一方、男はまるで私がひどく和解的なことでも言ったかのように、にこにこして私のほうを見た。

「お前の言うことも、もっともだな」と男は言った――男はある時は外国人らしく舌のまわらない話し方をし、ある時はアメリカ風の抑揚をつけ、またある時は非常にまともできれいな英語を話し、いろいろな訛りが奇妙に入りまじっていた。「俺がお前の立場だったら、やっぱりああしただろうな。きのう、岸の近くに帆船がうろうろしてたのに気がついたか？」

私はうなずいた。

「あれは俺のだ」と、男はつづけた。「俺は船の持ち主で、船長で、その他もろもろぜんぶ一人でやる。自分の金だ、好きなように使うさ。俺は船でいろんなところへ行くのが好きだし、いろいろ新しい経験をするのも好きだ。かまわんだろ。先月、地中海にいたんだが、年がら年中、青い空といい天気でうんざりした。キオスってとこはいまいましい天国みたいな所さ。俺はちょいと新鮮な空気と自由がほしくてここまでやってきたんだ。西のほうの島をみんなまわってここへ近づいた時、なんだか気に入った。で、前檣帆をたたんで、ゆうべ、様子を見るために岸に上がったんだ。最初に立ち寄ったのはこの家じゃない、もっと西の別の家だ。とにかく、俺の見たとこじゃ念願どおりの場所――ほんとに静かなところだってことがわかった。それで船に引き返して、きのう船の連中にいろいろ指図して、そうして今ここにいるってわけだ。どうだい、二、三週間泊めてもらえるだろうな？　俺はそんなに手はかかんねえ。泊まり賃は払う。そうだな、宿泊、食事代こみで週十ドルじゃどうだ？　二週分、前払いだ」

男は手をポケットにつっこみ、四枚のナポレオン金貨を取り出し、調理台の上に置いて父のほうへ押してよこした。父はすかさず金貨をわしづかみにした。

「あんな手荒いことをしてすみませんでした」と、私はぎこちない口調で言った。「半分ねぼけてたもんで」

「もういいさ、若いの、もういいから！」男は心からそう言って手を差し出し、私と握手した。「ぶん殴られるのにはなれてる。じゃ、話はこれでついたな？」

「旦那、好きなだけいてくだせえ」と、父はまだ四枚の金貨をいじくりながら言った。「アーチーとおらで、なるたけおめえさまが気持よくいられるようにするでな。おめえさまが思ってるほど寂しいとこじゃねえだ。ラムラッシュから船が着きゃ、新聞もくるし、ニュースもきけるだ」

これをきいた男は、およそ嬉しさとは反対の表情を見せた。そして、「まさか、ここまで新聞がくるっていうんじゃないだろ？」ときいてきた。

「いや、くるども。『スコッツマン』と、それに『グラスゴー・ヘラルド』が。ま、とにがく、あすの朝、アーチーとおらとでおめえさんの船に荷物をとりに行くべか？」

「船はもう今ごろ五十マイルくらい行っちまっただろうさ」男は言った。「風に乗ってマルセイユへ向かった。ひと月かそこらしたらまた来るように、船の者に言っておいた。荷物だが、俺はいつも身軽に旅をすることにしてる。財布さえ詰まってりゃ、あとは何もいらねえだろ。くくった荷物が一つ窓の下にある。それだけだ。あ、それはそうと、俺の名前はディグビイ――チャールズ・ディグビイっていうんだ」

「あんたの名前の頭文字はA・Wかと思ったけど」と、私が言った。

男は何かに刺されでもしたかのように、とつぜん調理台から飛びおりた。一瞬、顔色が灰色に変わった。

「おい、そりゃどういうことだ？」と言った。

「これはあんたのじゃないかと思ったんだ」と言って、私は見つけたハンカチをわたした。

「ああ、これか！」無理につくった笑いを浮かべて、男は言った。「お前が何を言ってるのかわからなかったんだ。それか。ウイッティングデイル、俺の船の二等航海士のハンカチだ。奴に会うまであずかっておこう。それじゃ、何か食う物をもらうとするかな。腹ぺこで死にそうだ」

食料貯蔵室から粗末なものをかき集めて男の前に出した。男はがつがつ食べ、強い水割りウイスキーをがぶ飲みした。食べ終わると、父は男をたった一つ余分にある寝室に案内した。男は部屋が気に入り、こうして三人ともその晩は寝ることにした。自分の部屋にもどり、風がますます強くなっているのに気づいた。こわれた窓から、長い海草が風に飛ばされてゆくのが月の光に照らされて見えた。大きなコウモリが部屋の中に入ってきた――島ではこれは不吉なこととされていた。が、私は縁起をかつがなかったので、勝手に自分で出口を見つけて出てゆくにまかせ、何もしなかった。

Ⅲ

翌朝、雲はほとんどなかったが、強い風はまだ吹き荒れていた。客が早くに起きたので、私たちは連れだって浜へ行った。大波がまるで牛の群のように折り重なり合いながら押し寄せ、轟音とともに砕けて、目の前でカラキュイル浜の小石をブドウ弾のように飛び散らし、あたりが飛沫で満たされるのは、一見の価値のある眺めだった。

私たちは並んでこの光景を見ていた。ふと振り返ると、父がいそいでこちらへやってくるのが見えた。父は夜明けとともに起きていた。私たちが気づくと、父は手を振って何か叫んだが風に飛ばされて、声は私たちのところまでとどかなかった。が、何か重大なことを言いたそうだったので、私たちは父のところへ駆けていった。

「帆船が難破しただ。みんな溺れ死んだだ！」私たちが駆け寄ると父は叫んだ。

「なんだって！」客が大声をあげた。

非常に大きな喜びがたったひと言にこめられたのをきいたことがあるとすれば、まさしくこの時の男の言葉がそれだった。

「みーんな溺れちまって、助かったもんはひどりもおらん！」父はくり返した。「こっち来て、おめえさん、自分で見でみろ」

　私たちは父のあとについてコンベラを過ぎ、反対側の平らな砂浜まで行った。その浜には一面に残骸が散らばっていた。壊れた舷檣や手摺りの一部、キャビンのはめ板。時折檣もあった。帆柱が一本、浜近くで波に揺られ、時々まるで巨人の投げ槍のように空めがけて放り上げられ、それからすぐに沈んで、大きくえぐられた水の谷間に姿を消した。ディグビイはいちばん近くにあった木の切れ端に駆け寄り、その上に身をかがめて一心に調べていた。

　しばらくして、「なんてことだ！」と声をあげ、ほっと息を吸いこんだ。「おっさんの言うとおりだ。こいつはプロセルピヌ号だ。乗組員はみんなやられちまった。ひどいじゃねえか！」

　こういうディグビイの顔は深刻そのものだったが、その目はきらきら光り、喜びに満ちていた。私はこの男をひどく嫌悪し、信用がおけないと思いはじめた。

「誰か、浜に打ち上げられたとは思えないかい？」と彼はきいた。

「ねえ、まっだくねえだ。それに、荷物もだめだ」と、父はほんとうに悲しそうな声で言った。「おめえさんはこのあたりのこたあ知らねえだ。このウイナーズ浜の沖にゃ、底の方におっかねえ逆海流が流れてるだ。そいつがホーリー島のまわりをぐるっとめぐってるだ。畜生、難破するんなら、なして東のほうで難破しで、拾えるもんは正直もんに拾わしてやらねえだがな？　あげな、アラン島のやづらにうまいごとやられるのはしゃくだべ。空の樽ぐれえなら浮いてこごに打ち上げられるげんど、私物箱はだめだ。死体もだ」

「かわいそうなことしたな！」ディグビイが言った。

「ま、いずれにしろ――人間、いつかはみんな死ななきゃならないんだ。ここで今死んでも同じことだ。船はなくしたが、ありがてえことに、船ならまた買える。連中には気の毒なことをした――ほんとに悲しい。だからラマークに言ったんだ。低気圧で、おまけに風下にいやな海岸があるのに、あんまり長いことぐずぐずしすぎたって。自業自得さ。奴は俺の船の一等航海士だったんだが、詮索《せんさく》好きで、欲が深くて、おせっかいやきな奴だった」

「死んだ人間の悪口はやめろ」と、私が言った。

「偉そうな口をたたくなあ、若僧！」男は言い返した。「朝めし前に五千ポンドなくしてみろ、そんなきれいごとは言っちゃいられんだろうさ。だが、ま――とり返しがつかんことは仕方がない。『ままよ、どうともなれれ！』ってフランス人が言うだろ。ひでえこったが、またこれからってこともある」

　父とディグビイは難破船の残骸がうち上げられた浜にとどまったが、私は、窓に現われたのは幽霊ではないことを知らせてミニーを安心させてやるために、コリーメインズへ歩いていった。すべて話したあとで彼女が言ったことは、私の意見と同じで、おそらく乗組員は男が知られて困るようなことまで知っていたにちがいないというのだった。さとられないように、私はそれとなく男を監視することになった。

彼女は言った。「だどもアーチー、あんのおっそろしいピストルをもってでるうちは、その男をおこらしたり、気に入らねえようなことするでねえど。やさしく、手やわらがくせねばなんねえど。その男にたてついちゃなんねえ」

私は笑って、よくよく慎重にすると約束すると、彼女も少し安心したようだ。フラートンのおやじは木の切れっ端をひろえるかもしれないと思って私といっしょに歩いてきた。が、彼とうちの父の二人は何日も浜を歩きまわったが、これといってめぼしいものは見つけられなかった。ウイナーズ浜沖の潮の流れは非常に速く、おそらく何もかも流されてぐるりとめぐり、アラン島のラムラッシュ湾へ行ってしまったにちがいなかった。

客は驚くほどはやく島の生活に慣れ、家のまわりでいろいろ手伝ってくれるようになった。二週間とたたないうちに、彼は私に劣らず島についてよく知るようになった。あの難破にまつわるいやな思い出が胸にわだかまっていなければ、きっと彼を好きになっただろう。彼は南方型の性格で、時々ひどくうち沈んでいることもあるが、だいたいは明朗で、いつでも無意識のうちに大きな身振りをしたり、唄を歌ったりしていた。これは私たち北国の人間たちには見られない点だ。沈んでいる時の彼もまた、いっしょにいて飽きない相手だった。いろいろな人間とその風俗習慣についての鋭い観察を巧みな口ぶりで語り、また、それまでに彼がした数知れない、不思議な冒険についても語った。あれほど話の上手な人間にはめったに会ったことがない。夜になると、男はタバコをふかしながら、とりとめもなく話しつづけた。そして、父と私はすっかり呪文にかけられたように、台所の火のそばに釘付けになったものだ。たった一つたずさえてやってきた荷物の中味はタバコだけだったのではないかと思えるほど、男はたてつづけにタバコを吸った。男はこうした夜の話をだいたい父にむかってした。その中で、おそらく無意識のうちにではあろうが、男が父の弱みをもてあそんでいるように私には思えた。人がだまされたり、大金を儲《もう》けたりする抜け目のない手口、利口なやり方、その他似たような話がよく男の口をついて出たし、また、きくほうも熱心で、楽しんだ。ある晩、男はビスケー湾近くの百姓たちの話をした。雄牛の角にカンテラを結びつけ、嵐の晩に牛を陸のかなり奥へと連れていって、跳ね上がらせたり、後ろ足で立たせたりする。すると、海に出ている船はそれを別の船の明かりとまちがえて猛烈ないきおいでその方向へ走り、しまいには岩のごつごつした海岸に座礁してしまうというのだ。父はこの話をきいて、おかしさに身体を震わせ、しわがれた声で笑いながら部屋を出ていった。そこで私は男に注意した。

「あんな話を年寄りにするもんじゃない」

「おい、若旦那」と、男はことさら静かに言った。「お前さんはまだ世の中をぜんぜん見ちゃいない。きっと、ご立派な思想とか、こまやかな思いやりとやらを身につけてるんだろう。そういう考えを独善的に信じこんでいる。その年ごろで頭のいい奴はみんなそうだ。

俺も昔は善悪をきちんとわきまえてたさ。だがな、そんなものはぜんぶすっ飛んでなくなった。そういうものは、ま、一種の上塗りのニスみたいなもので、世間の荒っぽい摩擦《まさつ》にあやぁすぐにすれて、なくなってしまうもんさ。俺もはじめは魂という奴をまるまるもってた。だがな、今じゃ、俺の身体についているよりたくさんの深い切り傷や縫い目や傷痕が、俺の魂にゃついちまった。しょうのないことさ。お前にも、いずれわかるだろうが」と言って、彼は上着を引っぱり上げて胸を見せた。

「こりゃ、すげえや！」私は言った。「どうしてこんなにたくさんの傷を？」

「こいつはピストルの弾丸《たま》」と言いながら、鎖骨の下の深い青っぽいくぼみを指した。

「一八四八年にベルリンで、バリケードの後ろにいた時にやられたんだ。もう少しで鎖骨下動脈に命中するとこだった、とランゲンバックが言ってた。それから、こいつは」と、喉の上にある奇妙な二個の楕円形の傷を指しながらつづけた。「カスター将軍の下で、ロッキー山脈の東の大草原で戦った時、スー族の酋長《しゅうちょう》に嚙みつかれた。やつらには足に矢もぶちこまれた。これは船の上で、騒ぎを起こすのが好きなインド人水夫にやられた奴だ。あとはほんのかすり傷――カリフォルニアの予防接種のあとさ。これだけ何度も危《あやう》いところを生命《いのち》びろいしてきたんだ、俺がすぐに飛び道具に手を出したがるわけがわかったろう」

小さなセーム皮の袋が強そうな紐につるされて彼の首のまわりにかかっていたので、私はそれを指してきいた。「これは何？　お守りみたいだけど」

　男はひどくあわてて、手早く上着のボタンをかけた。そしてぶっきらぼうに言った。

「何でもない。俺はカトリック信者なんだ。これは修道士の肩衣《かたぎぬ》っていう奴だ」それから、もうその夜は彼はひとことも口をきかなかった。翌日も無口で、私を避けているようだった。この小さな出来事は私にいろいろ考える材料を与えた。その後間もなく、彼を上から見る機会があった時、その紐が首のまわりにないのに気づき、私はなおのこと考えるようになった。どうやら、私に何だときかれてから、それをはずしたようだった。そんなに秘密にし、用心しなければならないとは、いったい袋の中味は何なのだ！　それを知ってさえいたら、あんなことは口が裂けてもきかなかっただろうに。

　この客にはもう一つ妙な点があった。彼はよく自分の将来の計画についていろいろ話しては私たちを楽しませてくれたが、不思議なことに、金のことはいっさい心配しないでいいようだった。そして、莫大《ばくだい》な額の金が必要な計画を、ごく気軽に無造作に話した。質素に暮らす私たちにとっては気が遠くなるような金額を平気で口にする男の話をきく時、父の目は輝いた。話をきけば今まで冒険をつづける放浪者でしかなかったような男が、そんな多額の金をもっているのは、私たちには不思議でならなかった。父は、おそらくアメリカの金鉱で幸運をつかんだにちがいないと思っていた。が、私はそのころでさえすでに、この男について自分なりの考えをもっていた——まだ混乱していて、前後辻褄《つじつま》が合わないところはあったが、それでも私の臆測はほぼ正しかった。

それからじきに、私の疑惑はより確かなものとなった。前にも言ったとおり、ミニーとわたしはコンベラ崖の上を逢引きの場所にしていた。私たちは、一日のうちの二、三時間をかならずここですごした。ディグビイと雑談してから間もないある朝のこと、私たちは崖の上の小さな隠れ場所に座っていた。風をよけるためと、父の目を避けるために二人で選んだ場所だ。カラキュイル浜を歩いてくるディグビイにミニーが気づいた。彼は崖の下までぶらぶらやってきた。そこは大きな丸石がごろごろしていて、潮が引いたあとは滑りやすかった。が、彼は引き返すどころか、ぬるぬるした大きな緑色の石の上を歩きはじめ、水たまりをよけながら、とうとう崖の真下まで来て立ち止まった。私たちはちょうど真上から彼を見おろす格好になった。目の前は大海原《おおうなばら》、左右は岩だらけ、そして後ろは絶壁と、これほど人目を避けた場所はないと思ったのだろう。たとえ上を見たとしても、崖の上からのぞいている二つの顔には気づかなかっただろう。彼はきょろきょろとあたりを見まわしてからポケットに手をすべりこませた。そして、数日前に私が見た皮の小袋をとり出し、中から小さなものをとり出して手のひらの上にのせ、長いこと、まるでいとおしむように眺めていた。私たちのところからはすべてがよく見えた。それからまたそれを袋の中にしまい、袋をポケットのいちばん奥に押しこむと、来た時よりはるかに楽しげに引き返していった。

ミニーと私は顔を見合わせた。彼女は微笑していた。が、私は真顔だった。

「見たかい？」と私はきいた。

「あれ？　んだ、見ただ」

「あれ、何だと思う？」

「ちっこいガラスだろ」と、私は意気ごんで叫んだ。「ガラスはあんなふうに光りゃしない。ダイヤだ。僕が見たところがまちがってなけりゃ、あれはたいへんな値打のもんだ。今まで見たダイヤをぜんぶまとめて一つにしたくらいの大きさだった。莫大な金額だ」

ダイヤなど見たこともないし、その値打についても何も知らない貧しい素朴《そぼく》なミニーにとっては、ダイヤといっても何の意味ももたなかった。彼女はあれこれ喋りつづけたが、彼女の言葉は私の耳にほとんど入ってこなかった。私の注意をひこうとして、ミニーはいろいろとささやかな手管を使ったが無駄だった。私の心はその時目にしたもののことでいっぱいだった。どちらを向いても――砕ける波の輝きも、雲母《うんも》におおわれた岩の光も、何もかも、たった今見た宝石のきらめくカット面に見えた。私の心は混乱し、気がふさいできたので、とうとうミニーを一人でコリーメインズへ帰し、自分も家へもどった。父とディグビイはちょうど昼食を食べはじめるところだった。ディグビイは陽気に声をかけてきた。

「おい、来いよ」そう大声で言って、椅子を押してよこした。「どこへ行ったんだろうって話してたところだ。おい！　色男め。このあいだ見たかわいい娘といっしょだったんだろ？　最後の一ドルだって賭けるさ」

「ひとのことに口出しするな」と、私は怒って言った。

「そんなに怒ることはないだろう」とディグビイは言った。「若い連中はがまんが肝心だ。いいか、お前はとくに気が短いぞ。俺が発つこと、きいたか？」

「残念だな」私は素直に言った。「いつ発つんだい？」

「来週。だが心配するな、また来るさ。こんないい生活させてもらったんだ、そう簡単には忘れられんさ。上等の汽船を買うんだ——二百五十トンくらいのをな——で、二、三カ月したらここに来るから、そしたら乗せてやるぞ」

「そんないい船じゃ、高いだろう？」と私はきいた。

「四万ドルだな」と、彼は軽く言った。

「楽しみのためにそんな大金をポイと投げ出すなんて、あんた金持ちなんだな」と私は言った。

「金持ちだと！」ディグビイはおうむ返しに言った。一瞬、南方系の熱い血が彼の顔に広がるかに見えた。「おい、金持ちも金持ち、限りがないくらいだ——が、これはちょっと大袈裟《おおげさ》だな。かなり暮らしが楽なことはたしかだ。いや、じきにそうなると言っておくかな」

「どうやって金儲けしたんだい？」私はきいた。この質問はとっさに口から出てしまったので、考えるひまがなかった。が、言ってしまってからすぐに、まずいことを言ってしまったと思った。ディグビイは黙りこみ、私の質問に答えなかった。父が助け舟を出した。

「だまれ、アーチー坊主。このお方にそんなこときいちゃなんねえだ！」だが、もしゃもしゃの眉毛の下で光る熱っぽい灰色の目から、父も同じことを知りたがっていることがうかがえた。

　それからの二、三日というもの、私はあのダイヤのことと、客についての私の意見とを父に話そうとして、何度も口ごもった。だが、その必要もなくなった。というのは、父が自分で事実を発見し、それが私の見たものを補足し、曖昧《あいまい》だった部分をすべて解明してくれたからだ。ある日、客が散歩に出ていた時のことだ。台所に入ると、父が火のそばに腰かけて苦労しながら、一つ一つ言葉を読み上げ、太い人指し指で一行ずつたどって必死に新聞を読んでいるところだった。私が入ってゆくと、とっさに新聞を丸めた。まるで本能的に隠そうとするかのようだった。が、それからまた膝の上に広げて、私にそばに来るように手招きした。

「おめえ、あのディグビイという奴、どう思うだ？」と父はきいた。父の様子から、ひどく興奮しているのがわかった。

「ろくな奴じゃない」と、私は答えた。

「おい、ここへ来い。来い！」父は言った。「おめえはてえへんな学者だ。声を出してこいつをおらに読んでくれ――読んで、おらがまちげえねく読んだがどうか、言ってぐれ。たった四日めえの『グラスゴー・ヘラルド』だ。ロッホ・ランザの漁船がけさもってきただ。ここからはじめろ――『パリ通信』ほれ、ここだ。『ド・ロシュヴィエイユ公爵夫人が……』読んできがしてくれ」

私は言われたとおりに読みはじめた。それは『グラスゴー・ヘラルド』のフランス特派員からの記事で、こんな内容だった。「ド・ロシュヴィエイユ公爵夫人がその有名な宝石を失くしたダイヤモンド盗難事件について、さらに詳しい事実が明らかとなった。盗まれたダイヤは八十三・五カラットの純粋ブリリアントカットのもので、フランス国内では第三番目、そしてヨーロッパでは第十七番目に大きいものとされている。同ダイヤはビュシー将軍の下インドで戦い、それをヨーロッパへもち帰った曽祖伯父《そうそはくふ》から公爵夫人が、受け継いだものである。当時でさえ、大変な値打ものとされていたが、現在では値がつけられないほどの価値をもつ。すでに報道されたとおり、同ダイヤは二カ月前のある夜、公爵夫人の宝石箱の中から盗まれたが、警察のあらゆる努力にもかかわらず、犯人についてはまったく手懸りがつかめないままであった。警察はこの事件については沈黙しているが、事件の直前に城《シャトー》を訪れているアメリカに帰化したロレーヌ生まれのアシーユ・ヴォルフなる人物が犯人ではないか、との疑惑を深めているもようである。この男は放浪癖のある風変わりな人物で、盗難事件の直後にとつぜん姿を消したのは、単なる偶然の一致と言えないこともない。この男は目も髪の毛も黒く、一見芸術家風で、情熱的な顔立ちをしており、態度は無愛想。この男を捕えた者には多額の報酬が与えられる」

読み終わり、父と私はしばらくの間黙って顔を見合わせていた。それから父が後ろの方を指さして言った。「奴だべ」

「ああ、あいつにちがいない」と、私はハンカチの頭文字を思い浮かべながら言った。

また二人は黙りこんだ。父は炉から一本薪をとり、それを手の中でいじくりまわした。そして言った。「てえへんな宝石にちげえねえ。今もってねえだべな。フランスにおいてきただべ」

「いや、もってるよ」と、私は言ってしまった。どうしようもない間抜けみたいに。いや、たしかに私は間抜けだった。

「どうしてそれがわがるだ？」父は貪るような目つきですばやく私を見上げてきいた。

「見たんだよ」

父の手の中で薪がふたつに割れた。が、それ以上何も言わなかった。それから間もなくディグビイが帰ってきた。三人は夕食を共にしたが、父も私も新聞がとどいたことは言わなかった。

Ⅳ

一人称で書かれた物語を読んで面白いと思うのは、語り手が当然のことのように、自分のことを完璧でまったく非の打ちどころのない人物として描くことだ。まわりの人間たちはいろいろな野望や弱さや悪をもっている。ところが語り手だけは冷静かつ潔白で、もつれて錯綜《さくそう》した物語のあいだ中《じゅう》、まるで色のない糸のように何にも影響されず、終始一貫してそこにいる。私はそんな過《あやま》ちは犯さないつもりだ。あのころの私は考えも浅はかで、かっとなりやすく、見識などというものはほとんど持ち合わせていなかった。私はそんな青二才だった。だから、ここでもありのままに自分を描くつもりだ。

客のディグビイがダイヤ強盗のアシーユ・ヴォルフだということがわかった時から、私の心は決っていた。私たちと握手をかわし、私たちのパンを食べて、悪い男も少しはまともになったにちがいない、と殊勝な見方をする者たちもいるかもしれない。だが、私はそんな感傷的なことは考えなかった。奴は正義を足蹴《あしげ》にした犯罪人だった。何のめぐり合わせか、その男が私たちのところへ飛びこんできて、彼を引き渡せば莫大な額の報酬が手に入るというのだった。何をなすべきか、ためらう余地はなかった。

考えれば考えるほど、この男がまんまとやってのけた犯罪の手口の巧みさに感服するばかりだった。明らかに、一味《いちみ》の者か、何も知らない漁師が乗った船を前もって用意しておいたにちがいない。こうすれば、犯人追跡のために警察が張っているような場所に近寄らないですむ。その上、もしイギリスかアメリカへ逃げたとしても完全に姿をくらますことはまず無理だ。ヨーロッパの中でももっとも人目につかない寂しい場所を選ぶことによって、しばらくの間は警察の目をくらますことができるし、帆船を難破させてしまえば彼の居所につながる最後の手懸りさえももみ消すことになる。だが、目下のところ、男は完全に私たちの手中にある。この島から出るには、どうあっても私たちの助けを借りなければならないからだ。だからあせることはない。ゆっくりと計画をねるんだ。そう私は考えた。

父も私もディグビイに対する態度を変えなかったし、彼は彼で今までどおり、明るく陽気だった。私たちが漁の網を修理したり、船の槇板《まいはだ》を詰めたりしている時に、彼が歌うのをきくのは、気持のよいものだった。その声は非常に高いテノールで、それまでにきいたこともないほどなめらかな声だった。オペラ歌手として有名になることだってできただろうに、と私は思った。が、気まぐれな悪党はだいたいそうだが、彼も自分がさずかった真の才能には目もくれず、悪い部分だけをせっせと伸ばしてしまったのだ。時々、父は妙な目つきをして、横目でディグビイをうかがっていた。父が何を考えているかわかっている、と私は思っていた――ところが、これは私の大失策だったのだ。

新聞記事の件から一週間ほどたったある日、私は強風で折れた柵の横木を修理していた。

そこへ父が浜づたいに小石を踏みしめながら、重い足どりでやってきて、私のすぐ近くに腰をおろした。私は金槌で釘を打ちつづけていたが、父が短い黒いパイプを口からはなすのを横目で見た。額には深い皺が刻まれ、唇をつき出しているところから見て、何か重大なことを考えているらしいことがわかった。

「あの新聞に書いであったごと、考えたか？」パイプを石に打ちつけて灰を出しながら、とうとう父は口を開いた。

「うん」と、私はぶっきらぼうに答えた。

「んじゃ、おめえ、どう思うだ？」と父はきいた。

「きまってるじゃないか、あの報酬をもらうさ。とうぜんだ！」と私は言った。

「報酬！」父はおそろしい唸り声をあげた。「報酬もらうだど？　何千も、何万もする宝石をどこか外国のカトリック女にけえしてやるだか？　そいで、肉がついてねえ骨を犬に投げてやるみてえに、やつらがおなさげで投げてよこす端金《はしたがね》でがまんするんか？　そいじゃ、神様の贈り物をうっちゃらかすみてえなもんだべ」

「でもなあ、父さん」と、私は金槌を置いて言った。「自分の手のとどくもんで満足しなきゃいけないよ。与えられたものを受けとるだけだ」

「だども、あの石が手にへえったら……」父はいやらしい目つきをしてささやいた。

「よこすわけがないだろう」と、私は言った。

「ここにいる間に死んだら――もし、急に奴が――」

「やめてくれ、父さん、やめろ！」一瞬、父が何を考えているかがわかった。父の顔が地獄から出てきた悪魔のように見えたので私は叫んだ。

父は大声をあげた。「奴が死んでも、誰も奴が来たとこを見でねえし、誰も奴がどごへ行ったときぐもんはあんめえ。事故さ起ぎたらどうだべ？　頭さぶち割られるとが、眠ってるうちに喉にナイフがつきささってでだってえのはどうだべ？　誰にもわがんねえずら」

「父さん、そんな口をきくもんじゃない」と、私は言った。が、私はとっさにいろいろなことを同時に考えていた。

「うちんながでなくどもええだ」と父は言って、むっつりしてその場を去った。数ヤード行ってからふり向き、用心をうながすように、私に向かって指を上げた。

それから二度と父はそのことについて話さなかった。が、父が言ったことは私の胸の中でわだかまっていた。父はつねに正直で潔癖《けっぺき》な男だったし、頑固で欲の深いたちではあったが、大きな罪を犯すようなことはなかったので、まさか本気であのようなことを言ったとは考えられなかった。おそらく、父は罪への誘惑からのがれたのだろう。犯罪の地図上の等温線《とうおんせん》は真っ直ぐに歩くのがむずかしいところをつないで走るが、地上には悪へ傾くのがむずかしい場所というのもある。ウッファ島では、誰もがたやすく聖人になることができるのだ。

ある日、朝食がすんでから、ディグビイが船の修理（オール受けがこわれていたのだ）は終わったかときいた。修理は終わったと私は答えた。

ディグビイは言った。「今日、ラムラッシュへ連れていってほしいんだが。謝礼に二ポンド払う。いっしょに帰ってくるかもしれないし――いや、むこうに泊まるかもしれない」

一瞬、私の目と父の目があった。「風があんまりねえずら」と、父が言った。

「あるさ。それもちょうどおあつらえむきの風だ」と、ディグビイは答えた。そう、ここではまだディグビイと呼んでおこう。

「まだ新しい前檣帆《ぜんしょうはん》が縛りつけてねえだ」と父は言いはった。

「そう、しちめんどうくせえことを言うことはないだろう」と、ディグビイは腹立たしそうに言った。「お前さんたちがだめなら、トミー・ギッブズと奴のおやじにたのむさ。とにかく、俺は行く。どうだ、それでもいやか？」

「ええだ、行くだよ」と、父は不服そうに答え、船の準備をするために出ていった。私もあとを追って帆をつけるのを手伝った。不安で神経が張りつめ、興奮していた。

「父さん、どうするんだい？」と、私はきいた。

「わがんねえ」父はいら立たしそうに言った。「悪くすると、奴をラムラッシュで警察に引き渡さねえどならねえだ――だども、なあ、そいつあ残念だべ。ひどぐおしいでねえか。なあ、おめえは若くて、強え。おらだちで奴はやれねえだか？」

「いやだ」と、私は言った。「奴を引き渡すのはかまわない。だが、あいつに手をかけるなんて、とんでもない」

「腰ぬけめ、臆病風にふかれたまぬけめ！」父はどなった。だが、私はそんな罵りの言葉にはびくともしなかった。ぶつくさ言いながら震える手で帆をつける父を残して、その場を去った。

船の準備ができたのは二時ごろだった。まだ北からかすかに風が吹いていたので、日が暮れるまでにはラムラッシュに着けると思った。濃紺の水面にはこころよいさざ波が立っているだけだった。船を海の中へ押し出す前に浜に立った時、カーリンの断層とゴートフェル山が紫色の霞につつまれているのが見えた。そのむこう、地平線のかなたには、アーガイル州の丘の連なりが長い線になってかすんでいた。またはるか南のほうには、エイルサ島の険しい山の雄大な裸の頂きが陽の中で輝き、たった一つ見える白い点が、スコットランド本土の海岸からやって来る漁船のありかを示していた。ディグビイと私は船に乗りこんだ。が、父は私がさっき船檣《せんしょう》の上部を修理していたところへ駆けてゆき、手斧をもってもどってくると、それを船の横木の下に押しこんだ。

「斧なんか何に使うんだい？」とディグビイはきいた。

「船ん中にありゃ、便利だべ」父は視線をそらして言うと、船を押し出した。前檣帆と船首の三角帆と大檣帆を上げて、船は青い水しぶきをあげながら軽やかに海峡を進んだ。後ろをふり返ると、私たちの小さな島の海岸線が左右に大きく広がっていた。今あとにしてきたカラヴォーも、うちの浜のカラキュイルも、コンベラの茶色い切り立った崖も、そのむこうのベグ・ナ・フェイルとベグ・ナ・サカーのごつごつした頂きも、何もかも見わたせた。うちの牛小屋の赤い屋根瓦も見えたし、荒れ地のかなたにはコリーメインズと思われるあたりに、かすかに青い煙が立ちのぼるのも見えた。私の心は、幼いころから私の住み処だったその島に対するほのかな思いで満たされた。

海峡のなかほどにかかったところで、まったく風がなくなった。帆はだらりと垂れ下った。北から南へと流れる潮の流れにまかせて漂うだけで、ほとんどまったく動かなくなった。それまでは、私が舵をとり、父が帆を操り、ディグビイはたてつづけにタバコをふかしながら風景をたのしんでいた。が、ディグビイの提案で、私たちはオールを出して漕ぐことにした。どうしたはずみではじまったのかわからないが、私がオールを取り出すためにかがんだ時、ディグビイが「やられた」と大きな叫び声をあげた。とっさに顔を上げて見ると、ディグビイは顔中血だらけにしてマストに寄りかかり、父は斧で彼に切りかかったところだった。私が手も足も動かせないでいるうちに、ディグビイは父の腰にしがみついた。

「この、老いぼれ悪魔め」と、彼はかすれた声で言った。「どうやら、てめえにやられたようだ。だが、ほしいものはやらんぞ。どうあったって——やるもんか！　やらんぞ！

ぜったいにやらん！」この恨みのこめられた激しい言葉は私の記憶からけっして消え去ることはない。父はしわがれ声で叫び、二人は大きく横に揺れ、一瞬バランスをとりもどしたかに見えたが、それから海の中に落ちた。私はかぎ棹をもって船の縁《へり》に駆け寄った。が、二人は浮かび上がってこなかった。二人が落ちた時にできた大きな水の輪が広がり、輪の中心の水面がふたたびなめらかになると、二人の姿が見えた。水は限りなく透明だった。その顔はずっとずっと下のほうに、二つの白い顔が見え隠れするのがちらついて見えた。二人はしっかりと抱き合ったままゆっくりと沈んでゆき、とうとう黒くかすみ、最後には見えなくなった。フランス人とスコットランド人――二人は最後の審判のラッパが鳴りわたり、海が死者をひき渡すその時まで、そこに眠っていることだろう。彼らの頭上では嵐が吹き荒れ、大きな船が軋み音をたてながら必死に嵐と闘うこともあろう。だが、ウッファの海峡の静寂に満ちた緑色の深淵《しんえん》で、彼らの眠りは夢で邪魔されることもなく、穏やかにつづくだろう。最後の審判の日、二人は呪われた宝石をたずさえて上がってくるだろう。そして、悪魔が彼らの前に置いた悲しき誘惑の石をさし出し、神ならぬ人間のおかした過ちを大目に見てくださいと申し立てることだろう。

私は重い疲れと畏《おそ》れを感じつつ、カラヴォーへ引き返した。緊張した心をときほぐすために、まるでオールを折るかと思えるほどの力をこめて漕いだのを憶えている。夕暮れ近くになって風が出てきたので、その風に助けられて、私は暗くなる前にひっそりした家へたどりついた。その春の日の午後の出来事がまるで悪夢のように私の脳裏に焼きついていた。

私はウッファ島には留まっていなかった。アードロッサンの市場で畑と船を競売にかけた。これで得た金は、大学で医学の勉強をつづけるのに充分だった。私はまるで呪われた場所から逃げるようにして島から去り、二度とふたたび島の土は踏まなかった。ギッブズとその息子たち、そして、ミニー・フラートンすらも私の人生からは完全に姿を消した。おそらく、しばらくの間は彼女も私を思っていたことだろう。だが、きくところによると、うちの畑を買った若いマクベインという男は、漁のあとでかならずコリーメインズへ行っては、ミニーに求愛したという。なかなかいい男だったから、きっと、私を失った傷心《しょうしん》のミニーの慰めになってくれたことだろう。私はペイズリーで、かなり大きな中産階級相手の開業医となって落ち着いた。父の死にまつわるこの出来事の思い出は医業のあい間を見て書きとめたものだ。アシーユ・ヴォルフもロシュヴィエイユ公爵夫人のダイヤも、今では過去のことだ。だが、ヴォルフとダイヤがウッファ島にやってきた、そのいきさつを知りたいと思う人もあるかもしれないと思って、こうして書いてみたまでのことだ。

“Our Midnight Visitor”〈テンプル・バー〉一八九一年二月号初出

やりきれない話

「まあ、何て素晴しい胴着《ボディス》なんでしょう！　ほら、ルイ十五世王朝風の白絹レース飾りのベストの付いたあれよ」

「ええ、でもあっちの素晴しいバラ色の絹スカートもごらんなさいな。ポンパドゥール侯爵夫人風の錦飾りがしてあって、堂々としたレースまで付いているわ！」

「けれどもね、アリス、この中で私が一番気に入っているのは、首のところが大きく開いている、グレーの繻子《しゅす》織りのフラールよ。とても素敵で、私の体にぴったりなの。だって店へ入ってきいてみたのですもの」

「じゃあ、どうして買わなかったの」

「だって、十五ギニーもするんですもの！　全くひどいわ。十ギニーなら、何とかできたでしょうにねえ」

二人の立派な身なりの女性が、ボンド・ストリートの大きなショーウィンドーの前に立って話し合っていた。彼女たちはすらりとした首のないマネキン人形の方を見詰めていたが、それは人形たちが几帳面《きちょうめん》に鋏《はさみ》の入った洋服屋仕立ての服や、当時爆発的流行の奇妙な中間色で彩られた夜会服を着ていたからだった。彼女たちは興奮のあまり声を上げ、お互いに手首を軽くつかみ合っては、目の前に並んだ服についての意見をかわしていたのである。彼女たちのすぐうしろに質素な服装をし、顔に淋しげなしわを寄せた中年の女性が立っていたが、彼女の様子はこの世が全然楽しくないと思っているかのようだった。彼女は様々な洋服を軽蔑するように見ては、傍の女性たちの話を微笑しながら聞いていたが、今の言葉を聞くと、真剣に傍の女性を眺め、注意を引くためおずおずと手を伸ばした。

「よろしかったら、奥様」と彼女は言った。「私がお役に立てるかもしれません」

彼女たちはびっくりして振り返った。「お役に立つってどういうことなのかしら」

「どの点でもあれと全く同じ服が十ポンドで手に入るということです」

「そんなことができるの」

「ええ、奥様。誠に失礼とは思いましたが、ついお話が耳へ入ってしまったもので。それに奥様にはきっとご満足いただけると思うのです。私は、マダム・ダブーが王室洋裁師だった時に彼女のデザインした服を全部作っていたのでございますから」

彼女たちは信じられないといったように顔を見合せた。

「どう思う、ルイーズ」

「もしこんなドレスがお望みでしたら。お気に召さなかったら、お代は戴《いただ》きません」

「そりゃもちろんよね。お名前、教えていただけない」

「ミセス・レイビーです」

「では、レイビーさん、このショーウィンドーの中のものと、生地《きじ》も裁《た》ち方も全く同じ洋服が欲しいと言っているのですよ、おわかりですね」

「はい」

「そして今度の月曜日の十時までに作って下さるわね」

「かしこまりました、奥様」

「全部で十ポンドなのね」

「十ポンドでございます、奥様」

「同じ洋服を月曜の十時までに作れるとちゃんと約束できるわね」

「約束致します、奥様」

「それなら、今日の午後やって来て、寸法をとって下さいね。名前はミセス・クライヴで、パレス・ガーデンズ七十三番地です」

彼女は会釈《えしゃく》すると連れのところへ引き返した。一方、洋裁師もいかにも玄人《くろうと》らしく、例の服にちょっと目をやってから、急いで去っていった。

彼女の今日の午前中は忙しくなりそうだった。ある店でフラール地を、他の店では裏地を、さらに別の店ではモールやボタンを買わねばならない。シティ区まで行けばウエストエンドの高級店とは比べものにならぬほど安い値段だ。やがて彼女は茶色い紙包みを腕一杯にかかえて乗合馬車に乗り、ブロンプトンへ向かった。そこには二階家が並んだ静かな通りがあり、その一軒に「ミセス・レイビー、貸衣裳並びに洋裁」という真鍮《しんちゅう》の小さな標札《ひょうさつ》がかかり、そこが彼女のささやかな仕事場となっていたのである。

正面にある部屋では、助手が手動ミシンを回しながら服の縁を縫い合わせていた。そして、彼女の周りには、服地や灰色の裏地やモールの束が山と積まれていた。

「これは誰のものなの、アンナ」とミセス・レイビーは尋ねた。

「サマートンさんのです」アンナは赤毛でそばかすだらけの丸い大きな顔をした陽気な娘だった。

「ああ、それなら気を付けてやって頂戴《ちょうだい》ね。彼女はとてもやかましいんだから。前の方は真っ直ぐ切り、うしろの方はまちを入れてから、斜めに鋏を入れるのよ」

「はい、わかりました。この服はよくできますわ」

「フラールの新しい注文を受けてきたわ。月曜までに仕上げなくちゃいけないのだけど。これが材料で、夕方寸法をとりに行くわ。この仕事にかかりっきりになるわね。主人は中にいるの」

「ええ。旦那さんは三十分程前に帰ってきました」

「どこにいるの」

「奥の部屋ですわ」

レイビー夫人はドアを閉めると隣りの部屋へ行った。黒い顎ひげを生やし日に焼けた小男がサイドテーブルの所に座って、絵具や卵形の象牙《ぞうげ》がついた大きな箱にかがみ込んで、それに色を塗り始めていた。彼は、こけた頰をし、やつれて怒りっぽい様子の神経質そうな男で、ボタン穴には大きな青リボン（禁酒同盟のしるし）を付けていた。

「無駄だよ、ヘレン」と彼は言った。「注文が来ないと描けないんだ」

「でも、とにかく自分の腕前を見せなかったら注文も来ないわよ。どうして私の肖像画を描いてくれないの、ジョン。そして、その画をドアの外にでもかけておけばいいのに」

「俺は、もっと美しくて魅力的なものを描きたいんだがね」と彼は不機嫌に言った。

彼女はくったくなく笑った。

「じゃあ、初めて会った時の私を思い出しながら描いてよ」

「ああ、あの頃のお前はいまとは大違いだったなあ」

「でもね、私が変わったとしても、それは何のせいかしらね。この二十年間、ずっと生活はつらかったし」

「じゃあ、これ以上俺に何ができるっていうんだ。この青リボンをつけたのも、お前を喜ばせるためだしな」

「そうね、ジョン、あなたはお酒をやめてくれたものね。ありがとう」

「もう半年も飲んでないぞ」

「だから、体も気分も何もかもよくなったって思わない。私、あなたが会社勤めをしようとしまいと、ちっともかまわないといつも思っていたわ。だってあなたは今ではサラリーマンじゃなくて、画家なのですものね」

「そうだ。だがサラリーマンの時は金を稼げたが、画家になってからは全く駄目だ。俺はこうなった方がよかったかどうか自信がないんだ」

「まあ、私としてはあなたが素面でいてくれるなら飢え死にしてもいいわ。それに、あなたに少しの客がくるようになるまでの間くらい、私、十分に食べさせていけるわ」

「依頼人と言え！」

「そうそう、依頼人ね。でも、こちらからでかけていかなくちゃ駄目よ。向こうからは来てくれないからね。ねえ、聞いて！ 私、通りで二人の女の人が話しているのを聞いてね、思いきって自分を売り込んでみたら、十ポンドもらえる仕事にありついたのよ」

「でも、本当かい」

「本当なの、しかも今朝のことなのよ。生地に五、六ポンドはかかるでしょうけど、四ポンドは確実に儲かるわ」彼女はポケットから鍵を取り出すと、サイドテーブルの引き出しの錠をはずし、錫《すず》の箱を取り出し、その錠もはずした。

「ここに十五ポンドあるわ」と言いながら彼女は金貨を積み上げた。「もうすぐ二十ポンドになるから、そうしたら助手をもう一人雇えるわね」

彼女の夫は、物欲しそうにその金貨を見ていた。「お前はこの金貨を全部貯め込んで、俺はポケットに半クラウンも持たずに仕事をしなくちゃならないとは、ひどい話だな」

「私、あなたのポケットを空にしてはおかないわよ、ジョン。でも六ペンス以上はいらないでしょう。あんまり持たせると誘惑にさらすようなものよ」

「だが、とにかく、俺は一家の主人だぞ。なぜ鍵を俺に渡そうとしないんだ。なぜ俺に金を預けようとしないんだ」

「駄目よ、ジョン。これは私が稼いだお金だから、私が持っているの。あなたの欲しいものは買ってあげるけど、私が貯めたものは自分で持っていたいのよ」

「結構なこったね」彼は怒鳴るとまた絵を描き出し、彼女は金貨をしまって大事そうに鍵をかけると、仕事部屋へ戻っていった。彼女がいなくなるやいなや、彼は椅子から飛び上がり、テーブルに駆け寄ると、引き出しを二度程強く引っ張った。が、錠はしっかりとかかったままだ。彼は小声で畜生と言いながら、こそこそと元の場所へ戻り、絵具と象牙をいじりだした。

その日の午後、ミセス・レイビーはパレス・ガーデンズへ行き寸法を測ってくると、直ちに洋服作りの仕事に精一杯とりかかった。木曜日だったので、あと二日半しか労働日はなかったが、すでに約束はしてしまったのだし、彼女は身を削ってでも約束をちゃんと守るたちだった。土曜日の午前中には仮縫いにとりかかれるようになっていなければならず、月曜日の十時までには納品せねばならないのだ。彼女は次々と、切り、縫い、大きく鋏を入れ、紐をつけ、環《わ》を結び、伏せ縫いをしては、朝早くから夜遅くまで働いて、二日目には十二あまりのばらばらな布地が、子供のパズルのように寄せ集められた。四角い布はそこ、三角の布はここ、細長い布は表側の下にくるからそこ、というように、男の目には単なる布切れにすぎなかったものが、見ようによってはとても上品で小ぎれいな服のようになった。もちろんまだ大ざっぱにピンで留めてあるだけだが、最終的な外形をすでにとりつつあった。この状態でパレス・ガーデンズへ持って行って仮縫いをし、また持って帰って来て、最後の仕上げにとりかかった。夜の十二時までには出来上がり、日曜日その服を仕事場の人台《フレーム》にかけてみると、とても鮮やかで小ぎれいで完璧に見えたので、妻は夫のところにしょっちゅう駆け込んでは、その服を見せたり、感心させたりして、自慢した。

夫はこれまで彼女にとって、良い伴侶とはいえなかった。彼がやつれた顔をしているのは、仕事のせいではないのである。彼はココアの卸《おろ》し会社のサラリーマンをしていた時、何年間も約三ポンドの週給を得ていた。しかしこの三ポンドのうち一ポンドさえ、献身的な妻として精一杯家計を維持し、働き、やりくりしている妻の手に渡ることはめったになかった。とうとう彼女は自分で金を稼ぐことにしたが、このために彼女が彼を当てにしないようになったというよりも、彼が彼女を当てにするようになった。長い間こっそりと酒を飲み続けたあげく、アル中発作で暴れ出すことがあり、雇い主に隠しおおせることができず、即刻解雇されてしまった。だが妻はこのことを不幸とは思わなかった。彼女は、彼の周りにいくらでも酒がある限り、彼の弱い性格は改まらないだろうと長い間考えていた。こうなったいまこそ、夫を独占することができるのだ。私の目の届くところでできる仕事を見つけてやらなくては。彼女はすべてが彼のせいではなく、他人のせいだと考えていた。なにしろ彼女は、この怒りっぽい人生の敗残者に関しては、全く現実の姿を見ず、愛していると言ってくれた二十年も前の、黒い髪をした内気な青年ばかりを見ていたからである。あの悪い誘惑をしめ出すことさえできれば、事態はまだ改善されるだろう。女としての頭をしぼって、そうしようと決意した。以前から彼は絵に多少の趣味を持っていたので、彼女は絵具とか紙とか、絵を描くのに必要なものをすべて彼に買い与えた。夫に懇願し、説得し、やっと彼に青リボンをつけさせた。そしてまる六ヵ月の間、彼を危険から守り続けてきたのである。悪い誘惑をしめ出し、少しでも良い兆候が見えると元気づけ、病気の植物を世話するやさしい庭師のようだった。やっと見通しが明るくなってきたようだった。夫が悪習を絶つと誓ってくれた。彼女にはささやかな貯えがあったし、貯金はもっと増えそうだった。間もなくもう一人助手が雇えそうだし、何ポンドかつかって広告を出せるようにさえなるかもしれない。日曜日の夜、彼女が最後に仕事部屋へ入り、疲れ切った手に握ったランプの明りで出来上がった服の妙《たえ》なる配色や優雅な曲線を見ていると、それはまるで昼の嵐が夕方にはおさまるように、長い間の努力がやっと報われたかのようであった。その夜、彼女はぐっすりと眠った。服が出来上がるまで、ほとんど休みをとらなかったからだ。目がさめたのは八時頃だった。夫は、彼女の傍にはいなかった。彼の服も靴も消えていた。彼女はすっかり寝過ごしてしまって、と笑い出し、朝食を食べたらすぐ服を届けに出かけられるようにと、大急ぎで起き上がり服を着て支度をした。しかし階段を下りていくと、仕事部屋のドアが開いているのに気づいた。急に妙に気が滅《め》入《い》り部屋へ入った。新しい服が消えていた。

ミセス・レイビーは包装箱へ腰を下ろすと、両手で頭を抱えた。あまりにも突然で、予想もしていなかった大打撃だ！　だが彼女は現実的な女性であり、ただ座ってうめいていたところで、何の役にも立たないことがわかっていた。彼女は家中を歩き回った。思っていたとおり夫はどこにもいない。そこで彼女は助手宛にメモを残し、仕事部屋のテーブルの上へ置くと、玄関の戸締まりをし、何の当てもなく情けない気持ちで、夫の後を追いかけていった。

ブロンプトン通りの角を曲がったところに質屋が見えたので、彼女は急いで中へ入っていった。赤い顎ひげを生やしたうすのろ男が隅で朝刊を読んでいたが、彼女が入って来たら目くばせをした。

「いらっしゃいませ、奥様」

「尋ねたいことがあるのですけど。今朝ここへ誰かグレーの服を質入《しちい》れしに来なかったかしら」

質屋の男は店員を呼びつけた。彼は青白い顔をした若者で、店の中を一杯にしているたくさんの洋服や種々雑多な品物をかき分けながらやって来た。

「アレック、グレーの服を持って来た人がいたかね」と彼はきいた。

「来ましたよ。警察沙汰になりゃしないかって、旦那が言ってたじゃありませんか」

「そうそう、そうだった。黒髪で浅黒い顔の小男だったな」

「そうです」

「その男なら開店直後の七時十五分頃来ましたよ。私は店に出ていなかったのですが、この店員がすばらしい新調の服だと言いましてね。でもその男の態度がちょっとうさんくさかったものですから」

「じゃあ、あなたは服を受け取らなかった訳ね」

「ええ、受け取りませんでした」

「どこへ行ったか、わかりますか」

「さあ、わかりませんね」

赤い顎ひげの男は再び朝刊を読み始め、彼女は再び夫を探し始めた。通りを右へ行ったらいいかしら、左へ行った方がいいかしら。遠くの方に金鍍金《きんめっき》の三つのボール（質屋の看板）が見えたので、彼女は意を決してその店へ入っていった。そこでは、夫のことも服のことも知らなかった。

彼女はその店のドアから出てくると立ち止まって躊躇《ちゅうちょ》した。夫がこの道をずっと来たのなら、きっとこの店に入ったはずだ。では反対方向へ行ったにちがいない。そちらの方向で最初にぶつかった質屋へ入った。すると彼女の目の前の洋服掛けにグレーのフラールがぶら下がっているではないか。彼女はその服を見ると嬉しそうに叫んだ。まだ九時にもなっていないから、約束の時間までたっぷりあるのだ。

「これは私の服だわ」と彼女はあえぎながら言った。

質屋は彼女をもの珍しそうに見詰めた。

「これは今朝、黒髪の小男が質入れしたものです、奥様」

「ええ、その人は私の主人なの。彼はいくらで質入れしたのかしら」

「三ポンド五シリングです」

彼女は出て来る時、金をいくらか持ってきていた。カウンターの上に四枚の一ポンド金貨を置いた。

「じゃあすぐあの服を下さいな」

「質札《しちふだ》はありますか」

「質札ですって。持ってないわ」

「では、あの服をお渡しできません」

「だって、あれは私の服だし、お金だってここにあるのよ。どうして渡してくれないの」

「大変申し訳ないのですが、奥様、法律は守らなければなりません。あなたが金を払って服を持って行き、その後であなたのご主人が質札を持って来て返せと言ったら、私は何と言えばよいのでしょうか。ご主人が好きな金額をおっしゃれば、私はそれを弁償しなければなりません」

「でも主人は来ないと断言できますわ。どうか、どうか、服を渡して下さい。私は客に十ポンドでその服を売ることになっているのです」

「私にはできません。それだけです」こう質屋は言うと、さっさと背を向けた。

目の前に服がありながら、持って行くことができないとは、彼女にとってまさに断腸の思いだった。しかし、彼女は質屋のことを恨むわけにはいかなかった。質屋としては他にどうしようもないことがわかっていたからだ。あと何ができるだろう。夫を見つけられるだろうか。だが、百もある居酒屋の中から彼が長い禁酒を破って酒を飲んでいる居酒屋をどうやって見つけたらいいのだろうか。彼女は歩道を狂ったように行き来した。あのお客様は私のことをどう思うだろうか。約束したのだし、彼女は約束は絶対に守らなければならないと考えていた。もうどうしようもないのだろうか。その時、彼女の頭の中にある考えが浮かんだ。それから、彼女は大急ぎで家へ戻り奥の部屋へ駆け込むと、引き出しを開け彼女の貯金全部を財布に入れた。そしてあわてて外へ出ると、東へ向かう乗合馬車に乗った。

ボンド・ストリートで馬車を降りると、彼女が服をつくる約束をした例のショーウィンドーの所まで走った。ありがたい。あの服はまだ売れずにウィンドーの中にあった。彼女は、あの女性が寸法はぴったりだと言っていたことを思い出した。五分かそこいらで、彼女の全貯金は景気のよい小売店の引き出しの中へ収まってしまい、彼女は大きなボール紙の箱を持って全速力でパレス・ガーデンズの方へ駆け出した。

「ねえ、アリス」と彼女の友達は言った。友達は、その服をよく見ようと朝早くから彼女の家を訪ねて来ていたのである。「ああいう人々を信用しては駄目よ。十時と彼女は言っていたのに、もう五分過ぎたじゃないの。ああいう人は約束というものがわかっていないのよ」

「そうかしら。でも、彼女はきっと来ると思うわ。だって、私、まだ一銭も彼女に払っていないのですもの。あっ、彼女が階段を上がって来るわ。どうやら彼女は大して遅れなかったようね」

服はちゃんと包みから出され、アリス・クライヴはすぐに着てみた。一方、彼女の友達と洋裁師は彼女の周りをゆっくり歩き、脇へ首を向けたり、上から下までじろじろ見たりしていた。

「いかがでしょう。お気に召しましたか。大変お似合いのようですね。肩のあたりもぴったりしているようですが」

「ええ、とてもいいと思うわ。でも、このフラールは私が店で見たものとは少し違うように思うのだけど」

「全く同じものでございますよ、奥様」

「でも、レイビーさん。このレースはあれより下等品だと思うのだけどね」

「そんなことはございません。全く同じでございますよ」

文句ばかり言うこの女性は肩をすくめた。

「とにかく、こちらの裁断が劣っていることは確かだわ」と彼女は言った。「ちゃんとこの眼で見たのですから確かですわ」

「少なくとも、この値段なら安いわ」と彼女の友達は言った。

「それは全く好みの問題ね」と彼女は答えた。「でもこれに十ポンド払うより、あの服に十五ギニー払った方がよかったのじゃないかとも思うのよ」

「とはいえ、やっぱり私はとても満足よ」とミセス・クライヴは言い、疲れきって黙ったまま目の前に立っている女性に十ポンド支払った。

しかし、女性とは何と奇妙で不思議な習性の持ち主なのだろう。そして女性を理解できる男性など果たして本当にいるのだろうか。彼女は家へ向かって歩いていた。疲れ、足を痛め、時間も金も無駄にし、わずかな希望さえも粉みじんに砕かれ、もう一度最初からやり直さなければならないのだ。するとその時、ブロンプトン通りの角に少年たちがふざけながら集まっているのが見えた。彼女が肩越しに覗いてみると、帽子もかぶらず、だらしなく空《うつ》ろな表情をし、いやらしい目つきをした男が這《は》い回《まわ》っているぞっとするような光景がちらっと見えた。すぐに彼女は、辻馬車を呼んだ。

「私の夫です」と彼女は言った。「彼は病気なのです。お巡りさん、どうかこの馬車へ乗せるのを手伝って下さい。私たち、すぐ近くに住んでいるのです」

彼が辻馬車の中へ押し込まれると、彼女は傍に座り、腕で彼を支えた。馬車が動き出すと、外套は泥だらけで、彼は猿みたいにもぐもぐ言ったり、くすくす笑ったりしていた。彼女は彼の頭を胸へ抱き寄せ、ほつれた髪の毛を後へなでつけては、赤ん坊をあやす母親のように小声で歌を聞かせていた。

「じゃあ、子供らにからかわれたの」と彼女は叫んだ。「悪口を言われたの。かわいい奥さんと帰りますからね。もうおいたはさせませんからね」

女性の愛とは、何と盲目的で、何と天使のように美しく、何と愚かなものだろうか！女性がこの世にいる限り、男たちはいまさら何の奇跡を必要とするのだろうか。

“A Sordid Affair”〈ピープル〉一八九一年十一月二十九日号初出

連隊のスキャンダル

とてもいやなことだった。私たちにとってこのことは忘れることもできなければ、忘れられそうにもない。第三騎銃兵連隊は厳しい訓練を受けてはいるが、品行はだらしなかった。ひたすら真剣に軍人への道を歩んできた人なら、自分のこの経歴を忘れてしまいたいと思うだろう。それに、連隊長として徹底的に正々堂々とやることを重んじてきたこの老人にとっても、我慢の限度というものがあった。しかも、トランプでいんちきが行なわれているのではないかと考えただけで、たちまち我慢の限度は越してしまうのである。

たとえば、次のような連隊を想像して頂きたい。彼らはカサッシンでアラブ軍の砲陣を踏みにじったように、派手に十戒《じっかい》を踏みにじっていた。職業がら、彼らは他人の生命などあまり気にかけない。だが、十戒は破られても、名誉に関する不文律は絶対に破られなかったのだ。その不文律とは簡単だが厳しいもので、それを破った者の末路たるや哀れだ。賭博《とばく》の負債は払わなければならない。臆病風などという風はない。特に、正々堂々勝負をせねばならない。これは単純な掟《おきて》であるが、それだけに、より複雑な掟にはぬけ道があっても、こちらは絶対的服従を要求されるのだ。

連隊の中でこのような名誉の権化《ごんげ》と青年将校から尊敬されている人物を一人あげるなら、それはエリントン少佐だろう。彼は連隊長より年上で、志願特派員を二度、大使館付陸軍武官を一度務めたことがあり、ベルダンやマニュフィシェの連発銃で射たれたこともあった。これはアフガン兵どものジザイル銃やエジプト人のレミントン銃よりカッコいい武器に見えたものだった。私たちは皆、エジプトでも戦ったし、スーダンでも戦った。でも会食後に彼が、「グルカがバルカン半島を横断した時のことだが」とか「グラヴェロットの二日前に赤王子《レッド・プリンス》の参謀の傍で馬に乗っていたが」とかいうささやかなエピソードを話し始めると、私たちは自分らのけちな「スーダン兵」や「パキスタン兵」体験を恥ずかしく思って、断固たる政策に身を捧《ささ》げた騎銃兵の青年将校からなる委員会で外務省を総入れ替えしたい、と願ったものであった。

少佐は万事につけ、謙虚で温厚だった。これが軍人として唯一の欠点といえるだろう。彼は戦えた――誰よりも勇敢に――が、厳格にはなれなかった。彼の前に呼び出された軍規違犯者がどのようにひどいことをしていても、また彼がどのようにこわい顔をしてみせても、彼の目には酔っ払った脱走兵でもかんづくような人間らしさを感じさせる光があった。そして、それは指揮官というよりは、人間や同胞を感じさせるのである。彼には裕福な資産があったので、連隊の中ではずばぬけた金持ちだったが、生活はいつも非常に質素だった。彼のことをけちだと非難する人もいた。しかし私たちは大抵、それは金持ちぶることで貧しい人々を傷つけまいとする、彼の思いやりのあらわれだとみなしていた。彼に人気があるのも当然だった。私たち青年将校は皆、彼を尊敬していて、ちょっとした助言や忠告を必要とする諍《いさか》いや口論や不和が生ずると、全部彼のところへもち込むのだった。彼は辛抱強《しんぼうづよ》く座って、葉巻を口の端でくゆらせ、天井をにらみつけ、詳しい話を聞くと、急にこう言うのであった。「ああいう言い方は撤回《てっかい》した方がいいな、ジョーンズ」とか「今の場合では、全く君の方が正しいよ、ホール」とかいった具合である。そして、これでもう問題は完全に片付いてしまうのであった。私たちは、連隊長が連隊の食器を盗んだとか、連隊付き牧師が世俗主義者の曹長をお茶に呼んだとかいう話を聞くと驚くが、それでもエリントン少佐が何か不名誉なことをしたらしいという噂を聞く程の驚きではなかった。

ことの起こりは次のような具合だった。連隊長は生まれつき向こう見ずな「ギャンブル狂」だった。競馬でもトランプでも賽子《さいころ》でも——皆、彼にとっては同じものだった。彼は賭けたり賭に応じたり、賭け率を与えたり応じたりして、とにかく賭なら何でもござれだった。彼がトランプのホイスト遊びで一点一シリングとして半クラウンを賭ける三回勝負を続けたり、連隊で競馬馬券を発行し、そのささやかな胴元をやっている限りは、全然問題ないのだ。ところが、アメリカの鉄道の仮株券に手を出したり、六十二パーセント価格で売り出される七分利債券に貯金を全部投資するような、ウォール街の近くの銀行やディーラーにしか勝ち目のないゲームに加わりだしたのである。これに比べれば、モンテ・カルロのギャンブルなんて健全な家庭娯楽だと、いくらこの老人に忠告しても無駄だった。彼はこの危険なゲームに頑固なまでにしがみついていたが、やがて来たるべきものがやって来た。買いを狙ったどこかの大資本家に押しつぶされ、連隊長は破産裁判所へ送られる寸前まで追いつめられたのだった。毎週毎週あとどのくらいたったら辞表を提出しなければならないかと、やきもきしていた。悪魔ルシファーのようにプライドが高かったので何も言わなかったが、朝には目がかすんだようになり、略式の軍服は今までのようにぴったり体に合っていないようだった。もちろん私たちは老連隊長に同情はしたが、もっと気の毒に思ったのは、彼の娘のヴァイオレットの方だった。私たちは皆、ヴァイオレット・ラヴェルに恋しており、彼女が悲しむと連隊も憂鬱になるのだった。彼女は大変な美人という訳ではなかったが、イギリスの春のように生き生きとして快活で陽気であり、またとてもやさしく善良で思いやりがあったので、私たち全員の理想の女性の典型ともなっていた。まさに彼女は、一度知れば、外見の美しさなど気にならなくなるような女性の一人だった。彼女が傍にいて、その幸福そうな顔を見、声を聞くだけで楽しくなり、彼女がいるというだけで人生が一層気持よくなり美しくなるといったことしかわからなくなる。私たちは皆、ヴァイオレットに同情した――つまり老少佐から、新しい剃刀入れを鏡台に置いている新米の青年将校に至るまでのことであるが。そのため、父親の失敗が輝かしい彼女の顔に影を落として曇らせると、私たちの顔も曇り、騎銃兵連隊の将校食堂は、ワイン係ご自慢の一八八一年のドイツ・ゲルダーマンですら元気づけることができないほどの状態に落ち込むのであった。

少佐が最も衝撃を受けていた。彼は、あの忌まわしい債券を買うことに強く反対していたが、こうなったことを連隊長よりも悲しんでいたと思う。彼は連隊長の旧友であり、また破産の不名誉が彼の命とりとなるかもしれないとも考えていた。しかし、彼もまた父より娘の方が好きだったのだ――私たちは誰もそのようなことに気づかなかったが、それは彼が内気でおとなしい男であり、イギリス人がよくやるように、恋愛感情を恥ずべき罪のように思い、押し隠していたからである。でも、彼女を見詰めている時の彼の灰色の目を注意して見さえすれば、彼の心を垣間見《かいまみ》ることができ、彼がヴァイオレットを愛していることがわかっただろう。

連隊長は会食後自分の部屋へ行くことにしていたが、彼と一緒に来たがる人がいれば誰でも歓迎した。エリントン少佐はいつも彼の後について行っては、時間ぎめでエカルテをやり、私たちは四人でホイストをやるか、タバコをすって観戦した。それは観戦するだけの価値があった。連隊長はエカルテがとても上手で、また少佐も高得点でゲームをすることが好きなので、あらゆる手が使われたからである。もちろん連隊長は、破産してようがしてまいが、トランプの試合に持っているだけの金をいつも即金で払った。しかし、エリントンは今までなんかと違っていた。以前彼はゲームには金を賭けないと言っていた時もあったが、この時彼はどのような挑戦にもすぐ応じ、それは相手にもっと賭け金を上げさせようと挑発しているようにさえ見えた。そして、彼はゲームに熱中しているかのような様子だった——テーブルに金が置かれていることを考えると、趣味が悪く見える程熱中しているようだった。彼はとり乱していて、いつもの彼らしくなかった。そして完全な反則さえ一度以上やったが、幸運は彼に味方して、結局彼は勝ったのだった。すでにひどい打撃をうけているこの老連隊長にとって切実に必要な金が、連隊で一番金持ちの男にとられていくのを見ると、私たちは不快だった。しかし少佐は名誉を重んじる人であるので、彼がこのようなことをしたのも、きっと何か訳があるのにちがいないのだ。

　だが、そう考えない青年将校が一人いた。ピーターキン少尉は若い小男で新米だったが、頭は剃刀のようにきれ、まるで少年の体の中に五十歳の競馬予想屋がいるようなものだった。彼は九歳で賭博の胴元になり、十歳で勝ち馬に乗り、十三歳で勝ち馬を持ち、この時までに彼はこの連隊で一番歓楽《かんらく》に飽き果て、抜け目なく、利口な男になっていた。だが、彼は勇敢で気だてのよい男だったので、私たちも彼が少佐について疑いをさしはさむようなことを口に出すまでは、結構仲好《なかよ》く付き合えたのだった。

ある午前、私たち六人の青年将校全員は玉突き部屋にいた。もっともその中でオースティンは下級大尉だったのである。オースティンとピーターキンは玉を打ちまくり、私たちはコーナー・ポケットのあたりに座って応援していた。するといきなり、オースティンが、キューをカタンとコーナーへ投げ出した。

「君は見下げはてた嘘つきだ、ピーターキン」

私たちはちゃんと話の前後を聞いていなかったので、これは面白いと思った。そしてコーナーから飛び下りて、二人を見詰めた。ピーターキンはチョークを取り上げ、キューの先を静かにこすっていた。

「今の発言を後悔することになるよ、オースティン大尉」

「そうかね」

「そうだ。そして私に謝罪するだろう」

「まさか！」

「今夜君自身でその点を確かめてもらいたいのだよ。そして明日この時間にここに集まって、君が考えたことを皆に話してもらいたいのさ」

「皆はこれとは関係がない」

「失礼だが、オースティン大尉、大いに関係があると思うよ。君はちょっと前、皆がいるところで、あることを口にした。だから、今度は皆がいるところで取り消してもらいたいのだ。私は何があったのか皆に話そう。そして――」

「黙れ！」とオースティンは腹を立てて叫んだ。「そんな中傷《ちゅうしょう》を二度と口にするな」

「よかろう。でもそれなら私の条件をのまなければいけないよ」

「よし、のもう。今夜俺はよく見張ってよう。そして明日、ここで会おう。だが言っておくぞ、ピーターキン。もし君の言った事が根も葉もない事だったら、この連隊にはいられなくなるからな！」

彼は腹を立て、部屋から大股で出て行った。一方、ピーターキンはくすくす笑うと、何があったのか私たちには一言も言わず、スポット・ストロークの練習を始めた。

翌日私たちは約束の時間に集まった。ピーターキンは何も言わなかったが、彼の小さな鋭い目はきらきらと輝き、特にオースティンががっかりした表情でやって来た時には一層光を放ったようだった。

「うむ」と彼は言った。「もし自分の目で見たのでなかったら、絶対信じられなかっただろうな。絶対にだ！　ピーターキン、俺は昨日言ったことを取り消そう。君の言うとおりだった。神かけて、この連隊の将校があんなに身を落とすとは思わなかったのに！」

「ひどいことだ」とピーターキンは言った。「私だって、気がついたのは偶然に一度だけなのだよ」

「君が気がついたのはよかった。これは公表しなければならない」

「もし将校の誰かの名誉に関することだったら、エリントン少佐の意見をきくのが一番だと思うけど」とハートリッジが言った。

オースティンは苦々しく笑った。

「皆に話した方がいいだろうな」と彼は言った。「とぼけても駄目さ。諸君も知ってのとおり、エリントン少佐は連隊長と高い賭け金でエカルテをしているだろう。二晩続けて、最初はピーターキン、次は俺だが、彼がトランプを配った後、札を一枚隠して、自分の手を強くしているのを見たのさ。うん、うん、皆が言いたいことはわかるよ。でも、俺は自分のこの目で見たのだ。連隊長が近眼なのは知っているだろう。エリントンは、誰も見ていないと思うと、とても図々《ずうずう》しくやってのけるのさ。俺は連隊長にこのことを言うつもりだ。そうするのが義務だと思うのでね」

「今夜、皆で行った方がよくないか」とピーターキンが言った。「でも、テーブルの近くに座ったり、見ているような振りはするなよ。六人も証人がいれば結着がつくさ」

「六人の証人がいたって、私は信じないな」とハートリッジが言った。

オースティンは肩をすくめた。「でも、自分の目で見たことは信じるだろうさ。数人の青年将校が二十年も勤めあげた少佐を重大な容疑で告発するなんて無様《ぶざま》な話だね。しかし、連隊長に用心するよう言っておけば、彼が一番いいと思う処置をするだろうさ。長く続きすぎた。今夜ですっぱりやめさせなくてはいかん」

　というわけで、その夜私たちは全員連隊長の部屋へ行った。そしてトランプ用のテーブルが出され、二人の高級将校が席につくと、いつものようにエカルテを始めた。私たちは暖炉の周りに座っていたが、目はトランプをしている二人の方へ鋭く注いでいた。連隊長の顔色は普段より多少赤いようだったし、硬い髪の毛は激怒した時のように逆立っていた。オースティンも興奮しているようだった。彼が連隊長に話し、連隊長がそれを聞いて不快に思っていることは明らかだった。

「何点にする」と少佐は尋ねた。

「いつものように、一ゲーム一ポンド」

「よかったら、一トリック一ポンドでどうかね」と少佐が誘いをかけた。

「よし。一トリック一ポンド」連隊長は鼻眼鏡をかけ、鋭く疑わしげな一瞥《いちべつ》を相手に与えた。少佐はトランプを混ぜると、そのトランプを差し出して相手に切らせた。

　最初の三ゲームは全く互角だった。少佐の方が良い札をつかんだが、連隊長がはるかに腕が良かったからだ。四回目のゲームで少佐がトランプを配る番になった。彼はトランプを下へ置くと、私の方から彼の手が見えないようにするために肘を伸ばした。オースティンは隣りの男を肘でそっと突き、私たちは首を伸ばした。彼は手でトランプをはたき、ピーターキンがにやりと笑った。

　連隊長はジャックを出し、少佐はクイーンで応じた。そして少佐が手を伸ばした時、連隊長は急に罵声をあげながら椅子から飛び上がった。

「袖を上げるのだ、おい」と彼は叫んだ。「そこに——君はその下にトランプを隠しているだろう！」

少佐も飛び上がった。そして椅子をぐらぐらとうしろへ引いた。私たちも全員立ち上がったが、二人とも私たちのことなど考えてもいなかった。連隊長は前へ屈《かが》むと、裏返しにテーブルに置いてある一枚の札を太い赤い指でさした。少佐は完全に落ち着き払って立っていたが、顔色は普段より少し青白かった。

「私はそこにトランプがあることは知ってましたよ」と彼は言った。「でも、まさかあなたは——」

連隊長はテーブルを手で叩いた。

「これが初めてじゃないだろう」と彼は言った。

「じゃ、あなたは私がいかさまでもしていたとおっしゃるのですか」

「そうとも。わしは君がトランプの中から一枚だけそっと取ったのを見たのだぞ——わしのこの目でな」

「私とは二十年ものつき合いのあなたから、そのようなことを言われるとは」とエリントン少佐は静かに言った。「私がそのようなことをする男とお考えになるとは。そんなにも安易に早とちりをなさるとは残念です。では、おやすみなさい」彼は丁寧《ていねい》だが冷たいお辞儀をすると、部屋から出て行った。

彼がドアを閉めるやいなや、すぐに反対側にあるカーテンが開いた。そのカーテンはトランプ遊戯室《ゆうぎしつ》と、ラヴェル嬢が私たちにコーヒーを入れてくれる小部屋との仕切りになっていたのであるが、今彼女がその小部屋から出て来たのだった。彼女は私たちには全く目もくれず、真っ直ぐ父の方へ歩いていった。

「聞かない訳にはいかなかったのです、お父さん」と彼女は言った。「お父さんは、あの方にひどいことをおっしゃったのよ」

「私はひどいことなど言ってはいないぞ。オースティン大尉、君も見ていただろう。わしの言うことを裏書きしてくれるな」

「はい、全部見ていました。私は札が取られたばかりか、どの札を彼が手から捨てたかまで見ていました。これがそうです」彼は屈むと一番上のトランプをひっくり返した。

「これだ！」と連隊長は叫んだ。「ではこれが切札《きりふだ》のキングだったのか」

「そうです」

「しかし正気で切札のキングを捨てたのだろうか。少佐は何と取り替えたのだろう」彼はテーブルの上のトランプをひっくり返した。それは八だった。彼は口笛を吹くと頭をかきむしった。

「少佐は手を弱くしたんだ」と彼は言った。「一体何のために」

「あの人は負けようとしていたのよ、お父さん」

「これはこれは。やっとわかりました。お嬢さんがおっしゃるとおりだったのです」とオースティン大尉は言った。「これを見れば、なぜ少佐が高い賭け金をふっかけたか、なぜこんな恥ずべきゲームをしたか、なぜどうしても勝ってしまうようないい札が来た時、あえてその札を捨てようとしたか、全部はっきりしますよ。つまり負けようと努力していたのです」

「ああ！」と連隊長はうなった。「何と言ったら許して貰えるだろう」そして彼はドアの方へ向かった。

かくて騎銃兵連隊のささやかなトランプ・スキャンダルは、幸福な結末をむかえた。というのも万事が思ったとおりであったからである。連隊長が破産しかかってから、戦友は何とかして助けてあげようと、そればかり考えていたが、とても駄目だとわかるやいなや、トランプの賭け金で救済しようと努めたのだ。続けて良い手ばかりくるのですっかりあてがはずれた少佐は、いつもの冷静さに似合わず、自分の手を弱めるため下手な小細工をしたのだった。しかし、アメリカの鉄道債券は幸運にもアメリカの百万長者が死んだため、今では額面の八十七パーセントにまで上がり、連隊長はもはや誰の助けも必要としなくなった。少佐はすぐに彼の誤解を許し、一時はヴァイオレットが、和解のしるしとして一緒になってくれるのではないかと考えた――そうなったら連隊で最も祝福された結婚になったことだろう——しかし、彼女は休暇で故国に戻って来たマドラス参謀本部の青年将校と結婚して、画竜点睛《がりょうてんせい》を欠《か》く始末になってしまった。そのため少佐は今でも独身だが、これから先もおそらくそうだろう。

"The Regimental Scandal"

〈インディアナポリス・ジャーナル〉一八九二年五月十四日号初出

業師《わざし》ウィルキーの思い出話

I

「何者だろう」私はロンドン—ドーヴァー鉄道の列車の二等室で向かいに座っている人物に目をやりながら思った。

待ちに待った休暇が取れ、わずか二、三日ではあるが、パリのにぎわいが病院の単調な生活に取ってかわるのだ、と考えると気もそぞろだった。そのせいか、私がこの客室に一人でないことに気づいたのは、すでにロンドンを出てしばらくしてからのことであった。今日《こんにち》の鉄道旅行では、ことわざをひっくり返した「三人は気が合うが、二人では仲間割れ」となっているようだが、この物語の当時は、誰も旅の道づれに関して今ほど神経過敏ではなかった。私は相《あい》乗《の》り客を見つけると、つれづれなる車中の二時間が何とかまぎらわせる、と思って心中喜んだくらいだ。そこでさっそく帽子を目深《まぶか》にかぶり直すと、その下から相手をうかがい再度ひとりごちた。「何者だろう」

私はかねてから外見だけで人の職種をあてることが得意であった。それというのもかつて私は、こうした魔術の名人だったエジンバラ大学教授の下で勉強したことが、たいへんためになったからだが、その教授は自分の患者や臨床教室の学生たちを、稀有《けう》な推理力で驚嘆《きょうたん》させていた。時には絶対あたるまいという職業でさえ、かなり正確に言いあてることができた。「いいかね、君」先生はこんな風に始めるのだった。「君の指を見せてもらうと、何かの楽器で生計を立てているようだ。だが、それはいかにも風変わりな楽器じゃないかね。何か私には全く思い当たらないような」後にその男は私たちに、「ルール・ブリタニア」の曲をコーヒー湯沸《ゆわか》しで吹いて、かつがつの収入を得ていると明かした。湯沸しの口に穴をあければ、調子っぱずれのフルートになると言うのだ。その烱眼《けいがん》の教授とくらべれば、私などまだまだ駆け出しだが、それでも時には病院の仲間をアッと驚かせることもある。チャンスさえあればいつも私は、自分でその術をみがくようにしていた。そんなわけで、今こうして座席に背をもたせかけ、目の前のもの静かな中年男の分析を手がけようとしているのだ。

私はいつも、ある手順を踏みながら進めて行くことにしていた。この時もおおよそ次のように考えを進めていったのである。「全体の印象は品がいいとはいいかねる。肉づきのいい方であり、かなり冷静な性格とうかがえる。船頭と軽口をたたいてへこませることができる一方、中流階級の人々に立ち交ざってもものおじしない。すわった眼と突き出した鼻は、射撃の名人を思わせる。頬はたるんでいるが、角ばった顎と目だつ下くちびるのため、表情はさほど穏やかではない。一言で言えば強そうなタイプ。次は手だが――これが難しい。独力で叩き上げて来た人間だが、手のひらにまめがなく、関節部もがっしりしていない。肉体労働に本格的にたずさわったことはないのだ。手の甲は日焼けしていず、逆に真っ白で血管さえ浮き上がっている。指は繊細《せんさい》そうだ。その顔では芸術家ではあるまい。が、手だけは洗練された仕事にたずさわっていることを物語っている。衣服に酸のしみがなく、手にもインクのよごれや硝酸塩《しょうさんえん》のあとがついていないことを見ると、どうやら写真家の可能性はなくなった。その衣服だが、特定のところだけがすり切れているわけでもない。上着はツイードのかなり古ものだが、左右とも同じくらい肘のあたりのけばがすり切れている。とすると物書きではないらしい。旅回りのセールスマンかも知れない。しかしチョッキには手帳もなく、商品のサンプルが入るべき手頃な旅行鞄もない」

　私はここに自分の推理のやり方がどんな具合に進んで行くかを知ってもらおうと思って、手短かに頭に浮かんだ各項目を述べたに過ぎない。しかもまだそれは「……ではない」という結論しか得ていない。が今や、化学の比喩《ひゆ》を使わせてもらえば、溶解できるものをすべて流してしまい、残った沈澱物《ちんでんぶつ》を調べる段階に来ていた。あと考察すべき職種はごくわずかであった。彼はフェルト帽をかぶり、どこか牧師風のネクタイをしていたが、弁護士でも聖職者でもないと断言できた。質屋と博労《ばくろう》の間で私は大いに迷った。だが、質屋にしては顔つきのあくが強すぎ、博労が仕事を離れてもあたりにただよわす例の馬の雰囲気も彼には欠けていた。こんなわけでひとまずは賭博関係の人間らしいという診断を下すとしよう。ただし、あの帽子とネクタイに敬意を表して、堅苦しいまでの信心深さを認めてやってもよかろう。

だが、私のその時の頭の中に、以上のような推理作用が生じたとは、思わないでいただきたい。一歩一歩着実に事を運べるのは、今こうして机に向かってペンを執《と》っていればこそである。その時の私は、帽子のつばをグイと下げ、この物語の冒頭に書いた問《とい》を自身に発した時からほんの六十秒もたたぬうちに、はや結論めいたものを引き出していたのである。

私はその結論にさほど満足していなかった。だが、再び化学の比喩を使うと、リトマス試験紙の役目を果たす誘導尋問という方法が残っていた。さっそくためしてみよう。ふと見ると彼の傍に『タイムズ』紙があるではないか。好機逸《いっ》すべからずだ。

「失礼ですが、見せていただけますか」と私はきいた。

「ええ、どうぞどうぞ」と彼はあか抜けした感じの口調で答えると、手渡してくれた。

私はその中の記事をざっと追っているうちに、最近の競馬の賭の一覧表に目がいった。

「ほほう！」私は言った。「ケンブリッジ州競馬の本命にずい分と賭が集中してますな。もっとも」と私は顔を上げて言い足した。「こんなことには興味がおありではないでしょうね」

「罠です！」彼は激しい調子で言った。「悪魔の工作ですぞ！　人間のはかないこの一生を、そんな事に浪費してしまうとは！」彼は少し冷静になって次のようにつけ加えた。「連中はむなしい俗世の利害すらわかっていないのですよ。もしわかっていたら、こんなに儲ける見込みの少ない馬なんかに賭ける気など起こらんでしょうに」

彼の言ったことは私の興味を大いにそそった。宗教的厳格さと世慣れた知恵とが妙にちぐはぐに混じり合っていたからであろう。これから二時間を『タイムズ』紙を読むより楽しく過ごせそうだと思うと新聞なんか傍らに追いやった。

「この種の事に多少お詳しい口ぶりですが」私は尋ねた。

「いかにも」彼は答えた。「私が転職する前は、英国じゅうで私より詳しい人間はほとんどいませんでした。だが、それはみんな昔の話です」

「転職、とおっしゃいましたか？」私がきいた。

「はい、名前も変えましたよ」

「ほんとうですか？」私は言った。

「ほんとうです。眼が開かれた時、新規まきなおしをしたくなるのが人間の常でしょう。

いわばカードが新たに配り直されたようなものです。その時チャンスをものにするのです」

いまや彼の前歴に触れる微妙なところに入って来たからだろうが、彼はしばらく口をつぐみ、自らこれ以上語ろうとはしなかった。そこで私は沈黙を破るため葉巻たばこを勧めた。

「いや、結構です」彼は言った。「たばこはやめました。あの時のつらさ程のものは他にはありませんでしたよ。今はあなたの煙のにおいだけで十分です。ところで」と言ったあとで、私の方を刺すような目つきで見ながらつけ加えた。「あなたはさっき、なぜ私をじろじろ見ていらしたのですか？」

「いつもの癖《くせ》です」私は言った。「医者をやっていると、観察が何よりも大切なものですからね。それにしても見られているとは存じませんでした」

「見なくとも分かるのです」彼は答えた。「最初は刑事かと思いましたよ。でもどう見ても見憶えがなかった」

「と言われると、あなたこそ刑事だったのですね？」私は言った。

「いいや」と彼は笑って答えた。「私はもう一方の側ですよ。分かりますか、追っかけられる方です。昔の汚点もきれいさっぱり拭い去られ、法律といえども今の私に指一本触れられません。そんなわけで、あなたのような人になら、私がいかにやくざな人間であったかを、話しても構わないという気持です」

「人間誰しも欠点はあるものですよ」私は言った。

「そうでしょう、そうでしょう。しかし私はとことんの悪人でした。ぺてん師に始まり、はては盗賊まがいの事にまで手を出しました。まあ、今さらこんなことを他人事のように言えるのも、心を入れ変えたればこそなのですが」

「なるほど」と私は言った。医療に携わる人間として、私には世間一般の人たちが持っている、犯罪や犯罪者に対する拒否反応がなかった。先天的な感応力や環境の及ぼす力を重々認めていた。だから、昔の罪人は私にとってもっとも歓迎すべき旅仲間だった。私はこうしてたばこを吹かしているうちに、私の関心が徐々に伝わり、彼の舌を解きほぐしつつあることに気づき喜んだ。

「そうです、私は生まれ変わった人間なのです」彼は続けた。「もちろんそれでよかったと思っています」と言ったあと、いかにも未練がましい調子でつけ加えた。

「時には昔の商売がなつかしく、ポケットにかなてこでもしのばせて、闇夜をうろついている自分を夢想することもあります。なにせ私はこの世界ではチト名の知れた人間でしてね。例の昔気質《むかしかたぎ》の部類ですよ。その手の人間に限って、一度もへまはしなかったものです。皆若い時分にはしごの一番下からはじめて、実力で一段ずつよじ登って行き、最後に大人物となって締めくくり。まあ、こんなところですか」

「わかりますよ」私は言った。

「私はかねがね仕事熱心で良心的な男と定評があり、なかなかの逸材だったのです。これは見識のある人なら認めてくれました。そんな私がかじ屋を手はじめに、工員、大工と経て奇術師に至り、はては、すりに行きついたというわけです。私は今でも忘れはしません。久しぶりに帰宅した時のことです。老いた父はかわいそうに、私があまりしつこくつきまとうのを、不思議そうに見ていました。何を隠そうその時の私は、腕がさびつかないように、父のポケットから日に幾度となくくすねられるものをくすねては、またもどしておいたのです。その父は今に至るまで、私がてっきりシティ区の商社で働いていると信じ込んでいますよ。すり稼業《かぎょう》で私に匹敵できた者はおそらくいなかったはずです」

「訓練がものを言うのでしょうな」私はきいた。

「それは大いに言えます。しかしひとたび身につけると、忘れるのに苦労するほどです。ちょっと失礼。上着に灰が落ちましたよ」と言いながら、彼はていねいに私の服の前部を手で払った。「こんなものですよ」と彼は、私の金のネクタイピンを返しながら言った。

「ごらんのとおり、いまだに腕は落ちていません」

彼の手さばきはあまりに早く、見ることも感じることもできなかった。が、ちゃんとピンは彼の手の中で光っているではないか。「おみごと」とピンをつけ直しながら私は言った。

「なんの、なんの。そう言えば、実にしゃれた仕事をしていたこともあります。あの新案特許の金庫をこじあけた一味に私は入っていたのです。ほら、あの時の事件です。あなたもご記憶あるでしょう。安全性は折り紙つきで、天下一品とまで言われた例の金庫を、それが出たわずか一週間もたたないうちにあけてみせましたよ。道具は大小さまざまなくさび、で、光にかざしても見えないぐらい小さなものからはじめて、最後には強力なものを打ち込んでこじあけるのです。われながらなかなかのものでした」

「憶えていますよ」私は言った。「それにしてもあの時、誰かつかまりませんでしたか？」

「おっしゃるとおり、一人パクられました。しかしあいつは絶対に、共犯者や金庫のあけ方について口を割ろうとしませんでした。命がけでも守るに値するものだったのでしょう。おっと、つい調子にのって話しすぎたようです。退屈してしまわれたでしょう？」

「いや、反対にますます興味津々となってきました」私は言った。

「信用できる方を相手に話ができるのはいいものです。いわば排気口が見つかるようなもので、話し終わると気も軽くなります。最近私がつき合う真面目な人たちと一緒では、昔のことなど考えてみる勇気も出ませんよ。それはそうと、もう一つの話は、思い出すと笑ってしまうのですよ」

私は二本目のたばこに火をつけ、聞き入る姿勢に入った。

「私がまだ若造の頃です。非常に高価な金の懐中時計を持っていることで、シティ区では評判だった一人の人物がいました。私はチャンスはないかと、七日間ほど彼のあとを付け回しました。チャンスをつかんだら絶対に逃さないのが私です。彼はある日家に帰ってズボンのポケットに時計がないことに気づき愕然《がくぜん》としました。私はと言えば、それを急いで持ち帰り、安全な場所に隠し、翌日にでも現金にかえようと思っていました。ところがこの時計、持ち主にとってはえらく価値のあるものだったらしいのです。先祖代々の宝物で、成年に達した時はじめてその父からゆずられる体《てい》の代物とか何とかだそうで。そう言えば、裏には何やら長い銘も刻まれていましたっけ。彼は是《ぜ》が非《ひ》でも取りもどそうと、その日の夕刊に、返却者には仔細《しさい》を問わず三十ポンド進呈するとの広告を出しました。もちろん、キャロライン・スクエア三十一番地という住所と一緒にです。信用できそうに思えましたので、さっそくキャロライン・スクエアへと出向きました。その際、途中で目にした居酒屋に、時計をくるんだ包みを置いて行きました。私が着いた時その紳士は夕食中でしたが、若い男が会いたがっていると聞くや、あわてて出て来ました。どんな用件で来たか予想はついていたようにうかがえます。穏和《おんわ》そうな顔つきの老人で、私を書斎へと招き入れると次のように言いました。

『さてと、君、何の用かね？』

『時計の件で来ました』私は答えました。『見つかると思いますよ』

『さては君が犯人だな！』

『違いますよ。おじさんがどのようにしてそれをなくしたか、僕は知りませんよ。ほかの連中に頼まれてここに来ただけなんですから、僕をつかまえても何にも出て来ませんよ』

「まあ、わしとしても君をどうこうしようというつもりはないが、ともかく時計を渡してもらおうじゃないか。約束の分の小切手はここにあるから』

『小切手では困ります。金貨でなきゃ』

『金貨にするには一時間あまり手間取るが、いいのかね』

『その方がこっちには都合《つごう》がいいです。今時計は持っていませんから、取って来るあいだにおカネにしておいて下さい』

そう言って私は、時計を置いておいた所に取りに行きました。もどって来ると、老紳士は書斎のテーブルに座っていて、前には金貨が用意されていました。

『おカネはこれだ』彼はそれを前に押し出しながら言いました。

『時計はこれです』

彼は喜びを満面にうかべて注意深く調べ、まちがいのないことを確かめると、満足げにうなってそれを上着のポケットの中に入れました。

『君』と彼は言いました。『やっぱり君だろう。どうやって取ったのかね。言ってくれたらあと五ポンドあげるが』

『どうしたって言えませんよ。あのカーテンのうしろに誰か隠れているから、なおさら言えません』と私は言いました。私はなかなか抜け目がなかったのです。ですからカーテンが前とくらべてきつく張られていたことを見のがさなかったのです。

『君の頭のよさにはとてもかなわないな』彼は機嫌よく言いました。『さて、君はおカネを手にしたことだし、これですべては解決した。今後は二度とこんな目に遭わないように、よく用心することとしよう。では、おやすみ。君、君』と私が戸棚の方へ歩きかけるのを見て、彼が言いました。『そっちのドアじゃないよ。こっちだよ』と言って彼が立ち上がってドアをあけてくれると、私はサッと彼をかすって通り、玄関を抜けてたちまち広場《スクエア》の角をまがっていました。その老人が気づくまでどのくらい時間がかかったか、私にはわかりませんが、ドアを開けてくれた彼の傍をすり抜けた時に、例のものをまたもすり取ってしまったのですよ。翌朝その家宝は結局溶《と》かしてしまいました。大したものでしょう」

このベテランが興奮しているのは、はたからはっきり見てとれた。話をしめくくるにあたって、彼の声はいかにも得意げな調子を帯びていた。自分の辣腕《らつわん》ぶりへの誇りが、悪事を働いた後悔の念をうわ回っているのでは、と思いたくなることも、少なくとも時にはあった。私が驚きにみち楽しげに聞いているので、彼はいたく喜んだようだ。

「そうです」彼は笑いをうかべて続けた。「これはまたとない冗談でしたよ。しかし時としておかしさも悲哀に変わることがあります。われわれの仲間の最大のやり手と言えども泣くことがあるのです。一つ私の生涯で起こったなかなか興味深い事件がありました。おそらくその奇談はご存知のはずです。新聞に載りましたからね」

「どうかお聞かせ願います」私が言った。

II

「そりゃ、自分の恥ともなることを話すのはつらいことです。しかしともかく起こったままに語ってみましょう。私の収穫《みいり》もけっこうたまってきたので、幾分かを投資にまわそうとダイヤの指輪を買いました。現ナマがなくなり、景気が悪くなりでもしたら、ダイヤは頼りになるだろうと思ったからです。そんなわけで、それを買って店を出て、下宿へもどろうと乗合馬車に乗りました。その時です、ツイているじゃありませんか、ドレスをとても上品に着こなした若い女性が乗って来て、私の隣りにすわったのです。はじめは彼女に何の注意も向けていなかった私ですが、ほどなくして私の手に、彼女のドレスの中の何か固いものが触るじゃありませんか。私は経験からとっさに財布と見て取りました。私にはピンときました。この財布を頂戴することで、馬車の中の時間がもっと充実した楽しいものになるだろうとね。むろんやり遂げるには細心の注意を要します。しかし私のことです、窮屈なポケットに手を這うようにしのび込ませるところまでもっていきました。そこでやっと仕事は片付いた、と考えたのです。が、ちょうどこの時です。彼女は突然立ち上がって馬車から降りてしまったのです。私はあやういところでかんづかれずに、財布をつかんだ手を彼女のポケットから取り出しました。彼女が降りてどのくらいたったでしょうか、ふと見るとはめていた買ったばかりの指輪がなくなっているではありませんか。どうやらあわてふためいて手をひき出した時、ゆるかったためもあり、スルリと指からぬけて彼女のポケットに入ってしまったものと思われます。私は馬車からとび降りて、あのポケットにもう一回挑戦しようと、彼女が行ってしまった方向へ走りました。しかしどうしても見あたりません。あの日から今に至るまで、彼女らしき人と会ったためしがありません。泣きっ面に蜂とはこのことなのでしょう。財布の中は四ペンス半のはした金《がね》しかありませんでした。あんな美しい女性から盗みを働こうなどと悪い了見を起こしたから、ばちがあたったのでしょう。とは言え、今あのダイヤの二百ポンドがあったら、私は何もこんなに苦労して……いや、どうも、失礼しました。何を言っているのだ、私は」

彼はこう言うと、もう話をやめたい様子だった。だが私はできるなら、もう少ししゃべらせようと思った。

「あなたが話しておられた分野では、身の危険はさほど大きくはないですね」私は言った。「例えば押入り強盗なんかとくらべたら」

「でもねえ！」彼は再び活気づいて来た。「スリル満点なゲームこそ、やりがいがあるんですよ。スポーツとか、つりとか、狩猟とかよく言いますが、これに比べたら何と退屈なものでしょう！　考えてもみて下さい。多くの召使いと番犬、それに火器で守られたりっぱな田舎の邸宅がある。それに対してこちらには、かなてこと錐《きり》と、何よりも頼れるこの頭しかないというわけですよ。まさにこれはかんぬきと錠前で象徴される野蛮な力に対する、知性の勝利以外の何ものでもありません」

「逆に考える人の方が多いようですがね」私が言った。

「私は断じて、あんな自衛本能のかたまりのようなヘマ野郎どもとは一線を画していました」と相手が言った。「私もかつては強盗をして他人に危害を加える仕事に手を染めたこともありました。しかし、私の主義に反したので、すぐにやめました。何でもやってみましたよ。いわば三人の子供を抱えて寝たきりの未亡人同然の身だったのですからね、私は。しかし絶対に暴力にだけは訴えなかった」

「何同然とおっしゃいましたか？」私はきいた。

「寝たきりの未亡人です。広告を出しては義援金を募るって奴ですよ。そんなわけで何でもやってみました。私の経験に興味がおありのようですから」彼は続けた。「何でしたらあと一つお話しいたしましょう。あと一歩間違えば懲役《ちょうえき》をまぬがれなかった、私の一生で最もきわどい冒険でした。仲間と私の二人は、ドサ回りに出かけて——どこへ行ったかはこの際必要ないでしょう——ドサ回りに出かけて、小さな地方都市にわれわれのアジトを作りました。するといつの間にかわれわれのことが知れてしまい、近所に怪しげな人間がいるなどとたちのわるい噂が立ち、警戒し始めるしまつ。われわれは万事休すとばかり、計画変更の瀬戸際《せとぎわ》にまで来ましたが、私の相棒がこれまた度胸のすわった男で、なかなか退却を承知しません。あのちびすけジムときたら！　胸囲はわずか三十四インチ、大腿部のまわりなどは二十インチ程しかないのです。しかし、その肝っ玉の大きさとなると、英国中のどの巻き尺も用をなさないでしょう。彼は、もうここまではまり込んだ以上、やるしか手がないと言いました。それで私も踏みとどまることにしました。われわれはまず手はじめに、モーリー荘と呼ばれた、モーリー大佐とかいう人物の邸宅に目をつけました。

　このモーリー大佐こそ、われわれがかかわり合う最後の人物になるところでしたよ。彼は抜け目ない頭のさえた男で、あちこち渡り歩いて見聞を広め、世間を知り尽くしていました。わけても彼のお得意は、犯人をつきとめることにありました。しかし当時のわれわれはそうとも知らず、その邸宅に挑戦すべく喜び勇んで出発したのです。

　なぜわれわれが、あまたあるお邸から特にこの家を選んだかと言うと、そこにはロクデナシの馬丁《ばてい》が一人いて、それがわれわれの手先となったからです。そいつが屋敷のだいたいの図面をかいてくれました。この家はかなり厳重に鍵がかけられていて、相当手ごわいことがそれでわかりました。ただ一ヵ所だけ弱いと思われた所が、屋根の上のはね上げ戸にありました。降りると物置きに通じているその戸のなんきん錠がこわれていたのです。もし何とかして屋根にさえのぼれたら、それからあと家の中への侵入は楽なものです。二人は考えて、この計画はなかなかいけそうだと感じました。何よりもその奇抜《きばつ》さが魅力です。どろぼうの名人は、宝石とか食器がお目あてではないのですよ。仕事の手ぎわよさと、頭のきれの評判、これこそが大切なのです。

　われわれは二、三日おとなしくして、疑惑の消えるのを待っていました。それからジムと私は暗い夜、人目をしのんで通りの柵をのりこえて目ざす家へとやって来たのです。たしか風の強い日でした。空には雲が流れていました。家の正面をよく調べてから、ジムが庭木戸の方へ回って行きました。すると一、二分もしてからでしょうか、彼は嬉しそうに走ってもどって来ました。『おい、ビル』と彼は、私の腕をつかんで言います。『こんなツイてることってないぞ！　奴ら屋根でも直してるらしく、はしごがかかったままになってるぜ』今度は二人で行ってみると、はたしてそのとおり、はしごがわれわれの頭上にそびえているではありませんか。傍には作業用の道具が置きっぱなしになっていたところを見ると、日中に何か仕事をしていたのでしょう。われわれはあたりを眺めまわして、もの音一つしないことを確かめると、ジムが先に私があとになってはしごをのぼり出しました。のぼりおわると少し息が切れたので、すぐに仕事にとりかからずに、スレートの上でひと息ついていました。その時です、考えてもみて下さいな。今のぼって来たばかりのはしごが、突然宙で直立したかと思うと、ゆっくりと庭の上に倒れて行ったのを見た時の驚きったら！　最初はすべり落ちでもしたのだろう、と思いたかったのです。もっとも、それでも十分ヤバいことですが。しかしそうでないことがわかりました。『おーい！　上のお客さまがた！』と下から声がしました。

われわれは屋根のふちから首をのばしました。すると見たところ夜会服姿らしい一人の男が、芝生の真ん中に立っているではありませんか。われわれは言葉もありません。

『おーい！』彼は再び叫びました。『どうだい気分は？　え？　ワッハッハ！　君たちロンドンの悪太郎は私たち田舎者をよほど甘ちゃんだと思っていたらしいが、どうかね、考えは変わってきたかね？』


われわれはお祭しのように恥ずかしさも手伝って、依然として黙っていました。

『もうわかっているんだ。見てしまったからね』彼は続けました。『この一週間というもの、毎晩かかさずあのライラックの蔭に隠れて見張っていたんだ。いまかいまかとお待ちしてたんだよ。窓という窓が手がつけられんとわかると、はしごに飛びつくだろうと、わかっていたのさ――ジョー！　ジョー！』

『はい』と声がして、もう一人の男がライラックの蔭から出て来た。

『屋根から目を離さないようにな。私はその間に署まで駆けて行って巡査を呼んでくるから――では諸君、のちほどまたお会いしましょう。しばらくお待ちいただきとう存じますよ』そう言ってモーリー大佐が――その男こそ家の主人モーリーでした――大股で去って行くと、しばらくして通りを駆けて行く馬のひづめの音が聞こえてきました。


何て馬鹿なんだろう、とつくづく思いましたよ。単にとっつかまったことではなくて、あまりにも簡単な罠にひっかかったことが、なさけなくて仕方ありませんでした。胸糞が悪くなり、二人で黙ってお互いを見つめ合っていましたが、そのうちこの自分のピンチがむしょうにおかしくなって笑い出さずにはいられなくなりました。しかし笑っている場合ではありません。さっそく立ち上がると、どこかに逃げられる樋《とい》でもないかと、屋根の上を捜し始めました。それも無駄と悟った時、腰を落とし最悪の事態を覚悟しました。すると突然一つの考えが浮かび、私は屋根の上をあてどもなく探し回り、足の下に木材の感触がある所に行きつくと、しゃがみ込みました。すると、大佐はなんきん錠にまでは注意がいき届いていなかったことがわかりました。この上もなく抜け目なくずる賢い人間でも、この上もなく馬鹿げたあやまちを犯す例を、今までにあなたもいくつか見て来ているでしょう。この場もその一つでした。われわれがいっときとして無駄にしなかったのはおわかりでしょう。なにせ巡査がいま来るか、いま来るかとびくびくしていたのですからね。われわれははね上げ戸を通って物置きへ行き、そこから一階に降りると書斎のよろい戸をけやぶって、まんまと外に出ました。びっくりした馬丁が、何事が起こったかとかけつけたがあとの祭です。行きがけの駄賃《だちん》に何か記念品を失敬する時間がなかったのが、口惜しくてたまりません。巡査を連れてもどって来て、かごの鳥が逃げたのに気づいた時の大佐の顔を見てやりたくて仕方ありませんでした」

「それから、大佐と会いましたか？」私はきいた。

「ええ。その二、三年後にわれわれは彼の持っている食器類をすべて、それこそ塩のさじに至るまでかっさらってやったのですから。半ば腹いせにね。それはとても手ぎわよくて大胆なやり口でしてね。私の最高の仕事でした。それも白昼堂々とですよ」

「またどうやってやりました？」

「それに参加したのは三人です。ジムはそのうちの一人です。われわれはこんなふうにとりかかりました。まずじゃまな大佐をおっぱらうのが先決問題でしたので、私は彼に地主ブラザーウィックから来たように見せかけた一通の手紙を書きました。そのブラザーウィックという男は、十マイル先に住んでいて、モーリー荘の主人とは必ずしも仲好しとは言えませんでした。私は馬丁に変装すると、自分でそれを渡しに行きました。手紙の中身を言いますと、こんなところです。地主である私は、貴殿の邸宅から二年前に逃亡した無頼《ぶらい》の徒《と》をとらえる手がかりをつかんだので、ついてはもし貴殿におこしいただければ、奴らを容易に逮捕できると思います。こんな具合です。この手紙が期待された効果をあげることはわかり切っていました。そこで手渡したあと、自分はその地主の馬丁だと告げ、主人のところに帰るようなそぶりで出て行きました。

家が見えなくなると、私は垣根のうしろに隠れていました。すると果たせるかな、十五分もたたないうちに、大佐はくり色の馬にまたがって私の傍を通り過ぎました。そうそう、言うのを忘れましたが、私には今一つの特技があるのです。それはどんな筆跡でもまねられるということです。それはやる気さえあれば、けっこう楽に身につけられるのですがね。

その数日前に偶然モーリー大佐の手紙の一つに目を通す機会があったのです。今でも、どんな専門家にでも区別できないくらい、似せて書いてみせますよ。これが大変この時役に立ちましてね。手帳の一ページをやぶって、そこにこんな調子で書き込みました。

『地主のブラザーウィックが言うことには、近くに怪しげな人影を見た。わが家がふたたびねらわれるやも知れないとのことだ。そこで私は銀行に人をやってそこの馬車をまわしてもらい、家の食器類のことごとくをどこか安全な場所に保管するよう命じておいた。食器が絶対安全ということだけでも、大いにわれわれは安心できるはずだ。よって至急貴重品を詰めて準備しておいてくれ。この手紙の配達人にビールを一杯振舞ってやれ』

この麗《うるわ》しの手紙を書き終えると、私はそれを執事宛にして大佐宅へ持って行き、あなた方の主人が帰る途中の私に追いついてこれを届けるようにたのみました、と言って手渡しました。私は中に入れてもらい、階下の台所で歓迎を受けました。そうこうするうちに、大きな荷造り用の箱が大広間に引っぱり出され、数々の食器が綿と布でくるまれて中にしまい込まれました。その作業がほぼ完了した頃、砂利道に車輪の音がして、見ると、ちょうど業務用箱馬車が玄関に到着したところでした。御者台には私の仲間の一人がおつにすましてすわっています。ジムはと言えば、いかにも銀行員然とした帽子で車からとび降りると、玄関にかけ込んで来ました。

『さあ』彼が言っているのが聞こえます。『急いで、急いで！　どれが銀行行きの品物ですか？　早くして下さい！』

『ちょっと待って下さい』執事が言います。

『待てませんよ。この辺のお屋敷はどこも大騒ぎなんですよ。あたしたちはあっちこっちから引っぱりだこでしてね。まだ準備ができていないのならブラックベリー卿のところへ行かねばなりません』

『いや、行かれては困ります』執事は嘆願します。『あとはこのロープをしばるだけです――ほら、できました。ちゃんと預かってもらえるのでしょうね？』

『もちろんです。これについてはもう心配御無用です』とジムは、荷箱を車の中に押し込むのを手つだいながら言います。

『銀行に保管されるのを確かめるために、あなた方といっしょに行った方がいいと思いますが』執事は言います。

『どうぞ、どうぞ』とジムは動じる気配もない様子。『しかしこの車には乗れません。というのは、ブラックベリー卿の荷物を積めばいっぱいになってしまうからです。――ええと――今十二時ですね。では一時半に銀行の玄関で待っていてくだされば、私たちもそこへ行きますから』

『承知しました。一時半ですね』と執事。

『では、さようなら！』私の相棒が言うと、馬車は出て行きました。私の方はその間に近道をして、道路のまがり角で車に追いつきました。われわれは隣りの州まで行くと、ロンドン行きの列車に乗り込み、夜半までには大佐の食器は溶かされて、純銀の塊と化してしまったのです」

私はこのヴェテラン悪党の多芸多才ぶりに、思わず笑わずにはいられなかった。「実に大胆な手でしたね」私は言った。

「大胆にやった方がいつも大成功なのですよ」彼は答えた。

この時、列車は減速しはじめ、私の相乗り客が外套を着こんだりし出したので、彼の目的地が近いことがわかった。

「あなたはドーヴァーまでですか？」彼は言った。

「そうです」

「大陸の方へ？」

「そうです」

「どれぐらいのご旅行ですか？」

「ほんの一週間程度です」

「さてと、私はこれでお別れせねば。よかったら私の名前でも憶えておいて下さい。ジョン・ウィルキーと言います。あなたにお会いできて光栄でした。――私の傘はうしろでは？」彼は私の方に身を伸ばして言った――。「いや、すみません。こちらの隅にありました」と言うなり、元悪人は愛想のいい笑みを浮かべて列車から降り、おじぎをしてから、プラットフォームの群集の中に消えて行った。

私はもう一本の葉巻きに火をつけると、今別れた男のことを思い出し吹き出してしまった。それから彼が置き去りにした『タイムズ』紙をとり上げた。ベルは鳴りやみ、すでに車輪はまわりかけていた。その時、驚いたことに窓ごしに青ざめた顔が、私の方をのぞき込んだ。その顔があまりにゆがみ動揺した様子なので、今さっきまで二時間あまり見続けていた顔とは、とうてい思えないほどだった。

「どうか取って下さい」彼は言った。「あなたから七ポンド四シリング奪ったところで、どうなるというわけでもないのに、つい、たまらなくやってみたくなってしまって」そう言って彼は客室の中に何かを投げ入ると、姿を消した。

それは帰りの切符と旅費のすべてが入った、私の色あせた革財布だった。どうやって取ったのだろう。多分ありもしない傘を捜して、彼がこちらへかがみ込んだ時ではないだろうか。再度目覚めた良心にとがめられて、急いで返してよこしたのだ。

“The Recollections of Captain Wilkie”

〈チェインバーズ・ジャーナル〉一八九五年一月十九日号と二十六日号初出

死の航海

編者注・第一次世界大戦終末期の一九一八年十一月、ドイツ皇帝ヴィルヘルム二世はベルギーへ亡命するが、本作はその時皇帝が異なる決断をしていたら……という一種の架空戦記SFである。

それはある冬の晩のことであった。薄明りの中で次第に小さくなっていく火の傍に座りながら、ふと妙な考えにとらわれた。歴史上の大きな危機についてよく考えてみると、決まってそのときどきの主役たちは、どちらの道を選ぼうとも自分の裁量で自由にできるような、人生の岐路にさしかかっていたのがわかる。彼らは一方の道を選んだ。かくてこれこれの出来事が起こったと史料は教える。だが、もしも彼らがもう一方の道を選んでいたら事態はどうなっていたであろう。別の道を選んだことからおそらくは生じたであろう様々な出来事を、あれこれと想像してみることは可能だろうか。ああでもない、こうでもないと、魅力的な想像が次々と私の頭に浮かび、そのひとつひとつが自らの問題を内に含んでいた。シーザーが共和制ローマの将軍としての職分を守り、ルビコン河を越えて進むことを拒んだとしたら、帝政ローマの全歴史は今とは違ったものにならなかったろうか。ワシントンが同胞たちを説得して、英国議会の自由派が過半数を取って誤りをただすまで辛抱強く待たせていたとしたら、いまやイギリス及びその全自治領は世界の中心たる大強国アメリカの属領になっていなかったろうか。ナポレオンがロシアに戦端を開く前に講和を結んでいたら等々、様々な想像が脳裡《のうり》をよぎる。このように思いをめぐらせていると、ふと現代の一例が頭に浮かんだ。そのため半ば眠りながらも赤い燃えさしにじっと眼をこらしていると、次々と想像が浮かび上がってきた。これを幻影と呼んでもかまわないが、写実的な細部を付け加えてみれば、ほぼ次のような物語に言い直すことができよう。

それはどんよりと曇った十一月のある日、ベルギーの小さな町、スパでのことであった。何か大事件が起こったことは容易に見てとれた。町の人々を混乱のどん底に陥れたある事件が。産業は止まり、舗道には興奮した人々が幾つも集団をつくってささやき合っていた。そのような集団の間を、灰緑色の制服を着た数多くのドイツ軍兵士が取り留めもなく歩いていた。中には激しい軍務ですりきれ、何色かわからないような制服もあった。兵士たちも一般市民と同じく興奮しており、身ぶり手ぶりの騒々しい集団を幾つもつくって、あちこちの通りを塞いでいた。新聞を運ぶ少年たちはあちこちで乱暴に人込みの中をかきわけながら走り回っていた。町全体がさながら、不意に棒でつつかれた蟻《あり》の巣のようであった。

突然、人波が二つに割れて、その間を一台の巨大な自動車が進んできた。乗っていたのは四人の将校と二人の文民で、人々の注目を引いたところをみると、明らかに重要人物であった。規律を守らぬ兵士の集団を厳しくにらんだ獅子《しし》のような顔は、居合わせた人すべてがよく見知った顔であった。スパは長い間ドイツ軍の軍事行動の拠点であったからだ。それはフォン・ベルク老元帥《げんすい》その人であった。元帥の脇には、長身の海軍将校が物思いに耽りながら座っていた。きれいに剃り上げたその顔には心労からくる深いしわがきざみ込まれていた。この人が、かの有名なフォン・シュペール提督であった。残りの背の高い将軍二人とベルリンからやって来たばかりの二人の政治家で、その一団はすべてであった。車はうなりをあげて大通りを走り、やっとのことで右に曲がると、飾り門の柱のあいだを車体を左右に振りながら進み、やがてフロヌーズ館の化粧しっくいの玄関の前で止まった。戸の両側に並んだ歩哨はささげ銃《つつ》の姿勢で一行を迎え、入口に赤いフラシ天のズボンをはいた執事が現われると、この著名な代表団は館の中に消えていった。その間、手すりに沿って並ぶ兵士たちは、好奇に満ちた表情でじっと眼をこらしながら成り行きを見守っていた。というのも、ある重大な決定がその日なされるという噂が流れており、とうとうあの運命の一瞬がやってきたとささやかれていたからである。

代表団は白と金色で装飾された大ホールに通され、正面つきあたりのドアから広い休憩室とも書斎とも思えるような部屋に入り、テーブルのまわりに座った。

「皇帝陛下はお待ちになっておられました。まもなくおこしになります」そう言ってから執事は、葬儀の列席者のように足音をしのばせながら部屋の戸をそっと閉め、行ってしまった。

一行は明らかに動揺していた。問いかけるような表情でお互いの顔を見合わせていた。その沈黙を破ったのは例の海軍将校であった。彼が元帥に向かって言った。「あの件をきり出すのは多分あなたがいちばんいいでしょう。あなたの進言が忠君の情から出たものであることを、陛下はわかって下さいます」

「提督、われわれの進言が忠君の情から出たものではないとでもおっしゃりたいのか」ベルリンから来た政治家の一人が色をなして尋ねた。

提督は肩をすくめた。

「君は混乱の中心からやって来た。当座のあいだベルリンからは何の情報も得られないが、われわれにわかっているのは、銃後の連中がわれわれの努力を台なしにしてしまったということだけだ」

「もしあなたの言いたいことが――」文民は激昂して叫んだが、フォン・ベルクが腕を振ってさえぎった。

「もうたっぷり議論はした。だが、俺の仕事は戦争をすることで、しゃべくるのはお前たちの仕事だ。言ってみろ、フォン・シュタイン、われわれがお前の意見の是非を決めてやろうじゃないか」

「それは有難くない仕事ですな」ブロンドの流れるような顎ひげをはやした太っちょの文民は答えた。「だが、それほどまでにおっしゃるなら――」

そのときドアが開いて、一人の男が入ってきた。テーブルの六人はぱっと立ち上がると、靴のかかとをかちりと合わせた。皇帝は堅苦しくあいさつすると、座るように手で合図した。鋭い灰色の瞳が一人一人の顔をちらっと見た。それはまるで代表団の用向きがどのようなものかを推し測るような眼だった。それから苦笑をうかべながら、テーブルのいちばん遠いはじに一人はなれて座った。

「さて諸君、私の運命を決めてくれるそうだな。ひとつ熟慮の成果を聞かせてほしいものだ」

「陛下」とフォン・シュタインが答えた。「われわれは十分に事態を考慮しました。われわれの心はみなひとつです。ここにおとどまりになれば陛下の安全が脅かされると感じております。何が起こるか保証しかねるのです」

皇帝は肩をすくめて言った。「ドイツが倒れるなら、個人個人に何が起きようとも問題ではない」

「ドイツはつまずくかもしれません、陛下。でも、決して倒れることはありません。六千万の人間を地図の上から抹殺することは不可能です。じきに再建の時代がやってきましょう。そのときになって陛下のご存在がどれほど必要であるかは申すまでもありません」

「陸軍元帥、君の見解はどうかな」

フォン・ベルクはがっしりした肩をすくめ、うつうつとして首を振った。

「きょう七方面軍団から報告を受け取りました、陛下。兵士たちの大部分はいまなお欣然《きんぜん》として敵と戦うつもりでいます。しかし彼らは自分の同僚との戦いは拒否しています。大隊の多くは手に負えぬ状態であります」

「海軍はどうか、提督」

「どうしようもありません、陛下。キールとヴィルヘルムスハーフェンの両港ではすべての船に赤旗がひるがえっています。将校たちは船をおろされています。暴力沙汰はほとんどありませんが、船を指揮しているのは革命評議会です」

「市民はどうだ、フォン・シュタイン君」

「彼らはもう戦争を支持しないでしょう、陛下。みな戦争に疲れ、ひとえに講和を求めています」

「わが軍が武器を収めれば、向こうは停戦条件を実行するか」

「エルツベルガー一行がフランス軍本部でできる限りの条件で折り合うよう折衝中です。多分、陛下がお考えになっておられるほど悪くはなりますまい」

「自分を欺く必要はない。ただ考えてみさえすればいいことだ。もしも、こちらが勝者であったら、われわれの出す条件がどのようなものになるか、とな。それはつまり、全艦隊を失い、植民地を失い、この二十五年の間に、私の監督のもとにつくり上げられたもの一切を失うということだ。だが何故、どうしてこのような恐ろしい事態に、われわれは見舞われたのか」

「銃後の国民がわれわれを見捨てたからです」

「だが何故見捨てたのだ」皇帝の眼は冷たい怒りの炎で燃え上がり、答えを求めて一人一人を見つめた。

「国民の受けた扱いがひどすぎたからです、陛下。人間の忍耐には限度があります。もうこれ以上は一歩も進めないでしょう」

「それは嘘だ」皇帝は怒鳴ってテーブルを叩いた。「こんなことになったのは、お前たちが国民を信用しなかったからだ。いつでも彼らに誤まった情報を聞かせていたからだ、私が誤まった情報ばかり聞かされていたようにな。だから国民はお前たちにも、私にも、そしてすべての人間に信頼を失ってしまったんだ」

「誤まった情報をお伝えしたですと、陛下」

「そうだ、いつだって誤まっていた。もっと乱暴な言葉を使ったっていいくらいだ。諸君、私は君たちを個人的に非難しているのではない。君たちが代表する様々な役割のことを言っているのだ。君たち自身がこの件に関して罪がないとはとても言えないけれどな。君たち一人一人が私に虚偽の情報を与えるのに手を貸した。だから私の計画のすべては、不確定な礎石《そせき》の上に築かれてしまったのだ。私がいま知っているすべてのことをもっと早くに知っていたら、われわれはいつ何時でも名誉ある講和を結べたであろうに」

　参謀会議の出席者たちは椅子の中で窮屈そうに身を動かした。ばつの悪い沈黙を最初に破ったのは、二人目の文民であった。背の低い、逆立った黒髪をしたこの男は、育ちのよいテリアのように格好がよく、敏捷《びんしょう》であった。

「陛下は多分、われわれ以上に高貴な方が負われてしかるべき非難を、われわれに負わせようとなさっていらっしゃるのでしょう」

「黙れ」フォン・ベルクが荒々しく叫んだ。「ここでは君のベルリン流の尊大さなど必要ない」

「われわれは真実を欲しています。皇帝陛下が、過去めったに手にされることのなかった真実を」急進党の議員はさらに叫び続けた。「陛下ご自身がそうおっしゃられたではありませんか。誰も彼もが、真実でなく、陛下のお気に召すようなことばかりお耳に入れたのではなかったでしょうか。そして陛下みずからが、そのような言葉をあまりにも安易に信用し、得々として受けいれられてこなかったか」

「もう止《よ》せ、ブルンナー」元帥は怒鳴った。「ここは皇帝のお言葉を聞くところだ、左翼の演説を聞きに来たのではないぞ。それにしても陛下、陛下のご非難もゆゆしき問題ですぞ。いつ、どのように、われわれ進言する者たちが陛下を失望させたと言われるのですか」

「いつでもだ」皇帝ははきすてるように答えた。「これまで、私や国民に対してなされた極めて重大な約束事で、虚偽と判明しなかったものはほとんどひとつとしてないではないか。君の場合を例にあげるぞ、フォン・シュペール提督。君の部下の専門家たちは私に、こう保証しなかったか、一九一七年の二月のことだ。Uボートの無差別攻撃を開始すれば、兵糧攻めでイギリスを絶対破ることができるとな。彼らは再三にわたって太鼓判を押したな。いまは一九一八年の十一月だぞ。いったい飢餓状態のイギリスなど、どこにあるというのだ」

「事の成り行きにわれわれは打ち勝てなかったのです、陛下」

「賢明な相談役というものは、出来事を事前に予見するものだ。それから君だ、フォン・ベルク。ロシア軍が撤退して、東部方面軍を西部戦線に転戦させることが可能になったとき、君とルーデンドルフはこう請け合わなかったか、フランス軍をパリ以西に追いつめ、イギリス軍を海に追い落としてやるとな」

「ほぼそのように致しました、陛下」

「君たちの約束は無条件のものだったではないか。君たちは皆、そうしてみせると断言した。陸軍の指導者は口をそろえて、一九一四年のことだ、イギリス陸軍は必ず無視しうるようになりますと、私に保証しなかったか。しかるにこの書類によれば」皇帝はテーブルの上に置かれた紙入れをどんと叩いた。「最近四ヵ月間にイギリス軍は、連合国側を全部ひとまとめにしたのよりも多い捕虜と銃器を、わが軍から奪い取っているではないか。これほどの計算ちがいを君はどう釈明するつもりなのだ」

陸軍元帥は眼を伏せながら言った。

「私は一度としてイギリス軍を軽く見たことはございません」

「だが事実、私に進言した者たちは、軽く見ていたではないか。それにアメリカ軍のことだ。政治家たちの話では、アメリカは参戦しないということだった。海軍の軍人たちによれば、アメリカがヨーロッパに艦隊を派遣することなど不可能のはずだった。陸軍もまた、アメリカには派遣する軍隊などないと言ったな。それが今ではどうだ」皇帝は紙入れをひろい上げると、一同に向かって激しく振りかざした。「アメリカはいつでも使える百万を超える兵力をもち、アメリカ海軍の大砲は、わが東部方面軍の唯一の撤退路であるモンメディ、コンフラン間の道路を一斉掃射している有様だ。これもあれも、起こるはずがなかったことだ。だが現実には、すべてが起こってしまった。すべての約束を裏切られてしまった国民が、意気消沈するのは不思議なことか」

　そのとき、いままで一言も口をきかなかった、眼鏡をかけた将軍が、話し合いに加わった。痩《や》せて厳格な将軍の声は冷たく、耳ざわりではあったがきちょうめんな声で、毎日の決まった仕事をきっちりとこなし、不動の観念を持《じ》するような人柄がよく出ていた。

「陛下、どのような責任のなすり合いも、もはや見当違いというものです。問題は急を要します。ボルシェヴィキの軍勢はスパから十五マイル以内のところまで迫っています。万が一、陛下が彼らの手に落ちたりされたら、どのようなことになるかまったく予想もつきません。陛下のお命が危険にさらされており、陛下の身をお守りする責任がわれわれにはあります」

「それで、どのような進言をいただけるのかな、フォン・グローナー将軍」

「陛下、われわれの意見は一致しております。ただちにオランダ国境をお越え下さい。ヴァン・ヘンツ将軍の提案です。国境までほんの数マイルしかありませんし、駅には特別専用列車が待機しています」

「だが、国境を越えたら次はどこへ行ったらいいのだ」

「陛下、われわれはオランダ政府に打電することまで敢《あ》えて致しました。返信はまだ受けとっていませんが、待ってはいられません。特別列車はすべての設備が整い、お付きの従者たちも乗り込んでいます。他のことはすべてあとでお決め下さい。アイデンに着いた旨《むね》お知らせ頂ければ、われわれもほっとすることでしょう」

皇帝は少しの間、黙って座っていた。やがて口を開くと、こう尋ねた。

「まるで私が国民と軍隊とを、まさかの時に見捨てようとしている、そんな風には思われないだろうか。私個人の名誉も考えてもらわねばならぬ」

「陛下が参謀会議の進言に基づいて行動されていれば、責任を問われることはまずありますまい」フォン・グローナーは厳しい口調で答えた。

「人間の名誉はその人間の個人的な問題だから、何人といえどもその人間の責任を減ずることはできない。諸君、もう解散してもよかろうと思う。諸君は力の限り私に忠告をしてくれた。あとは私自身の責任で決めることだ。フォン・ベルク、それと提督は残ってくれ、二人と最後に話がしたい」

他の者たちは、頭を下げると列をなして部屋から出ていった。皇帝は、すでに立ち上がっていた二人の重臣の方に歩み寄った。

「君と」と言いながら、皇帝は老陸軍元帥の袖に手を置いた。「それに、提督、君は、わが陸海両軍の名誉を代表する人たちだ。このような名誉に関わる問題では、すべての人々のうちで君たち二人が最良の判定者だろう。さあ、言ってくれ、皇帝と臣下のちがいなどもはや問題ではなくなってしまった以上、男と男の間柄として。君たちも私に、どうしてもオランダに行け、と忠告するのか」

「いたします」二人は口をそろえて言った。

「考えてもみてくれ、このままオランダに逃れてしまえば、私の名誉の問題は、一言も触れられずに終わってしまうではないか」

「そのとおりであります、陛下。われわれはもはや停戦の条件を交渉しなければなりません。アメリカ大統領は無礼にも、皇帝と交渉する意志のないことを宣言しています。陛下が国外へ行かねば、すべてが暗礁に乗り上げてしまいます。陛下がご自分の感情を犠牲にしてこの場を立ち去ることが、わが国にとって最善の奉仕となるのです」

皇帝は眼をつぶって一分あまり、じっと考えこんでいた。不快な顔をしながら物思いに耽ったあとで、ようやく彼は口を開いた。

「教訓を求めに百年ほど歴史を遡《さかのぼ》ろうではないか。かりにナポレオン皇帝が降服を拒み、退位を肯《がえん》じなかったら、どうなっていたろう」

「無意味な殺戮を伴う絶望的な戦争が続き、やがてはそれも彼が死ぬか、捕われるかすることで終わったでしょう」

「いや、君は私の言うことを誤解している。もしナポレオンがワーテルローの戦場から逃れることなく、しかも二十人ばかりの近衛兵《このえへい》のなかに自ら身を投じて、彼らと共に戦死していたとしたらどうだろうか、というのだ」

「陛下、それで何が得られたでしょうか」

「多分、フランスにとっては何の益もなかったろう、ひとつの戒めとして以外はな。だが、彼の思い出はもっと偉大なものにならないだろうか。もしもわれわれが、セント・ヘレナ島でのあの竜頭蛇尾《りゅうとうだび》の真実を知らされなかったら、現在のわれわれの眼には、ナポレオンの姿が、まるで地球を征服した素晴しい破壊の天使のように映っていたのではないだろうか」

陸軍元帥はしわの寄った首を振ると、あきれはてたように言った。

「陛下は私よりも、すぐれた歴史学者でいらっしゃる。だが、百年も歴史を遡らずとも、現在、私が両手にかかえている困難だけで十分です」

「君はどうだ、フォン・シュペール。何か言うことはないか」

「どうしても答えろとおっしゃるならば、陛下、ナポレオンはワーテルローで死ぬべきでした」

皇帝は提督の手をしっかりと握りしめた。

「君は私の同類だ、フォン・シュペール。私がどのような行動をとろうと、私の名誉は守られるという保証を、いま君が与えてくれた。だが、名誉などより、はるかに価値の高いものがあることを忘れてはいけない。人間が自分に要求された以上のことを成し遂げたときに、英雄的行為《ヒロイズム》の名をもって呼ばれる、あの極上の名誉という奴がな。ナポレオンには、それがどんなものか分からなかったのだ。さあ、諸君、別れを告げよう。安心してくれ、私は君たちの意見をじっくりと考えてみるつもりだ。その後で、私の行動を知らせよう」

　皇帝はテーブルの上に置いた両手に頭を埋《うず》めて座っていた。最初は玄関でかちんと打ち鳴らされるかかとのぶつかる音に、ついで轟々《ごうごう》と響き渡る自動車の音に耳を傾けながら、三十分以上も身動きひとつせず考えに耽っていた。そして突然ぱっと立ち上がり、両手を天に向かってさしだすと、「神よ、私に力を与えたまえ」と叫んだ。それから電鈴《でんれい》を鳴らし従僕《じゅうぼく》を呼び寄せた。

「フォン・マン大尉に来るように言ってくれ」

　少しすると、みずみずしい顔をした一人の青年将校が部屋に入ってきて敬礼した。機敏な、利口そうな眼をした青年であった。

「ジーグルト」皇帝はやさしく語りかけた。「われわれの前途《ぜんと》には、ひじょうに深刻な時代が待ち構えているらしい。それゆえ、私はただ今限り、私個人に対するすべての義務から君を解放する。私が聞いたところでは、バーデンのマックス公は自ら進んで全ドイツを解放してしまったようだ」

「私は解放など望みません。陛下は常に、私の主にして私の皇帝です」

「だが、私は君を悲惨な運命に巻き込みたくはない」

「お仲間にお加え下さい」

「たとえそれが、死を意味するものでもか」

「悔いはありません」

「私は字義どおりの意味で、死という言葉を使ったのだ。私にどこまでも従うなら、君は死ぬことになるのだぞ」

「それに優《まさ》る運命など望みはしません」

皇帝は青年の手をしっかり握りしめると、嬉しそうに叫んだ。「それでは、われわれは大博奕を打つ仲間同士だ。さあ、テーブルの私の横に腰をおろせ、計画を練ろうじゃないか。下劣な自殺などで皇帝の経歴を汚しはしない。もっと高貴な死に方があるはずだ。それを見つけるのが私のつとめだ」

＊　＊　＊

その晩、スパ駅で奇妙な光景が見られた。もっともそれにかかわった三人の人間を除いては、誰もそれに気づかなかったが。それは、錠をおろされカーテンの引かれた駅長室でのことであった。件《くだん》の三人は円卓のまわりに座り、頭上ではランプが明々と輝いていた。外からは列車の連結する音や汽笛や轟音が聞こえた。その間、プラットホームの上では人々の大騒ぎが演じられており、すべてが無秩序のうちに混乱をきわめていることは、一《いち》目瞭然《もくりょうぜん》であった。だがこうした騒ぎにもかかわらず、混乱をただすのを義務とする当の人物は、外の騒ぎのことを忘れてしまうほどの驚愕の色を顔に浮かべて、テーブルに座っていた。駅長のバウムガルテンは年の若い機敏な人物で、こざっぱりした格好をしていたが、一見したところ軍本部に所属しているのではないかと思わせるような男であった。だがこのときは、二人の訪問者のうち、年長の男が説明することに全神経を集中させていた。この年長の男は、同僚と同じように文民の服装をし、少しゆるめな灰色のツイードのスーツを着て、鉄道の地図をあれこれと調べていた。その間、年下の同僚の顔が、彼の肩ごしにのぞいていた。

「乗り換え駅はひとつしかございません、陛下」駅長は気おくれしたように言った。

「そのようだな」皇帝は指でケルンをさしながら返事をした。「この地点をいったん抜けてしまえば安全だ。だが、くれぐれも見破られないようにするのが肝腎《かんじん》だな」

「おお、陛下。陛下のお顔はあまりにも知られすぎております。他人の注目を惹かずにいるというのは無理な注文で」

「考えろ、何か良い方策を」若い方の男がいらだたしく叫んだ。「お前ならきっと考え出せるはずだ」

バウムガルテンは混乱した頭をかきむしり、思案にくれながら部屋の中をのそのそと歩いていた。すると突然妙案を思いつき、歩みを止めるとテーブルの方に向き直った。

「冷蔵車が一台ございます、陛下。ちょうどオランダから運んできた野菜を降《お》ろしたばかりの奴です。冷凍装置はとめられますし、もちろん戸を閉め切って、窓もありません。もし陛下が、おそれ多くも……」

「称号をつけるな」皇帝は吐きすてるように言うと、心配そうに周囲を見回した。

「わっ、わかりました。こんな粗末ななりで旅行するのでよろしければ、『開扉厳禁』と書いて、次の汽車といっしょにキールへ送ることもできます」

「うまい、これ以上の方策はなかろう。幾らかの水と食料を冷蔵車に積み込むよう手配してくれ」

「それにベッドも、陛――いや、お客さま」

「ちぇっ、ちぇっ、わらで十分だ、すぐに乗車できるか」

「三十分以内には。しかし、このプラットフォームを人に見られずにどうやったら横切れるでしょう」

「その困難は前から予期していた」そう言うと、侍従武官はポケットから包帯をひき出した。「顔に負傷した将校の役を演じていただけるなら、容易にあなたを変装させてごらんにいれましょう」

「私が傷を受けたのは心だ」皇帝はさびしそうに言った。「だが、民間人の服はどうする」

「こんな時間に、あれこれと臆測する人間はいません」青年は二、三度、器用に体をねじると、皇帝の額に包帯を巻きつけ、それから顔の対角線に沿って包帯をまわし、ひと目見ただけで皇帝と知れるあの口ひげを覆い隠した。「さあ、これで大丈夫でしょう」

「見事だ、ジーグルト。われわれはここに待機する、バウムガルテン君。君が知らせてくれたら、すぐ動けるようにしておこう」

　そして、まさにその三十六時間後、皇帝支持派をもって鳴るキール駅長が一台の冷蔵車の鍵の掛かったドアを開けると、そこから顔に大怪我を負ったと称して包帯を巻いた中年の男と、献身的な世話で彼の面倒をみる若き同僚の姿が現われたのであった。二人の体は冷えきってこわばっていたが、駅長は急いで彼らを自分の部屋に入れた。そこには熱いコーヒーと、暖かいストーブが二人を待ち受けていた。「私にできることなら何なりと、ご命令ください、陛下」駅長はかしこまって言った。

「すぐに話そう。それまでひとまず、この書きつけをフォン・ドゥローザ提督のもとにもっていってもらいたい、あるいは信頼できる人間にもたせてもいい。提督が来たら、君が彼をわれわれのもとに案内してくれ」

　一時間後、帝国海軍の制服を着た将校が、驚天動地《きょうてんどうち》の面持ちで例の粗末な部屋に入ってきた。将校は感激と熱誠《ねっせい》のあまり身を震わせ、表情のひとつひとつが「ご命令にはすべて服従します」と語りかけているようだった。自分の前にうやうやしく跪《ひざまず》いたこの将校の手をとると、皇帝はやさしく立ち上がらせた。

「提督、もうそんな時代はすぎたよ。マックス公が、私の退位を発表したのは知っているだろう。もっとも私には初耳だったがね。今では、これが私の玉座だ」皇帝は手で駅長室の椅子をさし示した。

「陛下はいつまでもわれわれの皇帝でいらっしゃる」

「そうだ、ここでは、この胸のうちでは」と、皇帝は胸を叩いて言った。「私は常に皇帝だ。神が私にこの責務をお与えになった。その責務から私を解き放たれるのは神のみができる御業《みわざ》だ。だが、このような時代にあっては、私は誰にも同情や好意を要求はしない。私が望むのはたったひとつのことだけだ。しかしそれは、至高なものであると同時に、厄介なことでもある。君の忠誠心がそれに耐えられるだろうか」

「どのようなことにでも耐えられます、陛下。して、それはどのような」

「私と一緒に死んでくれ」

「おお、陛下、それこそ私の最大の望みです」忠義の涙が、この正直な海軍将校の顔を流れ落ちた。皇帝もまた思わず、手で自分の眼をぬぐうのであった。

「これまでは偽《いつ》わりの友ばかりであった。しかしこの世には、誠実な心の持ち主もまたいるものじゃ。さあ、ここに座れ、提督。この前のポツダム宮殿のときとは、周囲の状況が全く違う。われわれは人目を憚《はばか》らねばならない、それがいちばん肝腎なことだ。私がキールにやって来たのはな、提督、わが艦隊を率いてイギリス軍に立ち向かうためだ」

提督はあえぎながら言った。

「し、しかし、陛下、水兵たちは反乱を起こし、将校を船外へ追い出してしまいました。

どうしたら船に兵員を配置できましょう」

「彼らはついてくる、絶対についてこようぞ。ドイツ人ではないか、自分たちの皇帝を放り出して、一人死なせるようなまねをするはずがない。私の方から出向いてゆくつもりだからな。提督、一隻だけでいい、私を乗せる水雷艇《すいらいてい》を都合してくれれば」

「そして、その水雷艇を指揮するのが私の仕事だ」提督は熱狂して叫んだ。

「そして甲板員は私が務めます」ジーグルト・フォン・マンも同様の叫び声を上げた。

「でも陛下、どのように呼びかけるのですか。何かはっきりした計画をおもちなのですね」

「そのとおりだ、提督。枝葉末節にいたるまで考え抜いた。まず第一に、数百人の人間がひそかに集まれる、どこか大きな部屋を知らぬか」

「はい、陛下。フォン・ヴァールドルフ伯爵所有の別荘に舞踏場《ぶとうじょう》がございますが、あれならちょうど陛下のお求めにぴったり合うでしょう。申すまでもありませんが、伯爵は心の底からの忠義者です」

「伝言を全将校に回して、そこに集まってもらえたら、私は彼らの支持と協力を請いたい」

「陛下、私は同僚たちの気持をよく知っております。そのようなことを問題にするのは全く時間の浪費というもので。ドイツ海軍の将校が統率する軍団のなかで、陛下に従うことを拒む人間は一人もおりません。ただ陛下のご希望をおっしゃってくだされば、みな喜んで従います」

「それならば、大いに時間を倹約できる。今は一刻一刻が重要だからな。前線にあっても、その後方にあっても、あらゆるものが倒壊しつつある今、ただちに行動を起こす必要がある。さもないと邪魔がはいるからな。水兵たちはどうか、提督」

「陛下、彼らはついてこないのではありますまいか。陛下がこの町に来ていることを、彼らに知られることさえ危険でしょう」

「危険など、物の数ではない。死が確実に訪れようとしているとき、誰が途中の危険など気にかけるものか。将校に関しては、提督、君の意見を採用する。水兵のなかに忠義に篤い信用のおける者はいるか」

「そういう者もたくさんおります、陛下。少数派ではありますが」

「伝令として役に立とう。できるだけ多く集めてくれ。その者たちを使って各船に手紙をもたせてやれ。水兵たちに、君の言う舞踏場へ、代表団を送るようにいってやれ。大軍艦は三人、軽巡洋艦は二人、小艇は一人だ。皇帝は三時に会見を希望している、君たちが望むなら皇帝をヴィルヘルム・フォン・ホーエンツォレルンと呼んでもかまわない、と伝えてくれ。彼らがやってくるなら、私を何と呼ぼうと問題ではない」

「陛下、彼らはやってきましょう。われわれ、忠実な将校たちが、ボディガードとして陛下のまわりをかためます。われわれのからだごしにしか、彼らを陛下に近づかせません」
「将校は一人も立ち合わせないつもりだ、提督。私は水兵たちを信頼しなければならない。さもないとわれわれの大義名分が失われてしまうからな。立ち合うのは君とフォン・マン大尉だけにしてくれ、それ以外の将校は無用だ。屋根付きの自動車を一台まわしてくれ、それと君の友人のフォン・ヴァールドルフ伯爵に、私がこれから行く旨つたえてくれ。では、三時にまた会おう」

約束の時間になるまでの長い間、キール全体が蜂の巣をつついたような騒ぎだった。皇帝がこの町に、しかもヴァールドルフ館に来ているという知らせは、まるで野火のように広がっていた。大群衆があちこちの街路に集まり、その頭上には赤旗がひるがえっていたが、示威《じい》運動は行なわれなかった。まさに青天の霹靂《へきれき》、というのが一般の受けとり方であった。よりによって皇帝がこの町へ、革命騒ぎのまさに中心地たるキールへ来るとは！ ライオンの口の中に、わざわざ頭を突っ込みにやって来るとは！ 信じられん！ さらに人々を驚かせたのは、提督の制服を着た、一人のひげをはやした将校を乗せたオープン・カーが、ゆっくりと群衆の中をかきわけながら進んで、ヴァールドルフ館の前で止まると、その将校が、館の中に消えていった時であった。あの痩せた熱心な顔つきは、皆によく知られた顔であった。それは皇帝ヴィルヘルム二世の弟にして、ドイツ艦隊の首席提督たるハインリッヒその人の顔にほかならなかった。何事が起こっているのか、これはいったい何を意味しているのか。奴らはクーデターを企んでいるんだ、だがそうだとしても、この革命がそう簡単にはくつがえせないってことを、じきに思い知らせてやるぞ。群衆は、別荘の豪華な化粧しっくいの壁をにらみながら、口々にこう怒鳴った。

やがて代表団が集まる時刻になった。二人か三人の組になった代表たちは、まわりからの荒っぽいひやかしを雨あられと浴びながら、人込みの中を押し分けるようにしてやってきた。代表たちの多くは、これ見よがしに、首に赤いハンカチを巻き、あるいは赤いリボンを帽子につけていた。まもなく、豪奢な壁紙と磨き抜かれたオーク材の床で四方を囲まれたこの大ホールは、満員になり始めた。ホールに並べられた赤いビロードの座席は水兵たちで一杯になり、周囲の壁ぎわにも人がぎっしりつめかけていた。誰もが煙草を喫《す》っていたので、ホールの空気は薄青くもやっていた。一人が革命歌をうたい出すと、会場全体がそれに合わせてうたい、その歌声は高い円天井のあたりでびんびんと反響していた。まさに、このような光景のただ中に、皇帝は姿を現わしたのである。

歌声は一瞬とぎれ、眼という眼が、腕をぶらぶらさせ、小柄で背すじをぴんとのばした姿に釘付けになった。それから、ホールのつきあたりにある楽隊用の演壇から、自分たちを見下ろしている、あの熱っぽい悩みやつれた顔へと、人々の視線は移っていった。皇帝はいま、水夫が着る厚い青ラシャのジャケットを身にまとっていた。そのため、以前の君主にふさわしい装いのときよりも、はるかに海の男らしく、自分たちの同類に見えた。人間らしい、暖かい共感の思いが皇帝に向けられ、座っていた者たちも思わず立ち上がっていた。激しい非難の口笛を鳴らした二人の男は、ホールからつまみ出されてしまった。

皇帝は前に進み出ると、金色の手すりにそっと手を置いた。彼の背後には、弟のハインリッヒ、フォン・ドゥローザ提督、それに若いジーグルト・フォン・マン大尉の三人が控えていた。皇帝が話し出すと、その確固たる声はホール中に響きわたった。

「私は一同胞として、君たちドイツ人に訴える。ここに来て、君たちと面と向かって話すのが正しいと考えたからだ。私は政治の話をしているのではない。私の心には、帝国だとか共和国だとかいう問題は存在しないのだ。私の思いはただひとつ、私個人の名誉の問題であり、わが全艦隊の、わが全ドイツの名誉の問題だけだ」

皇帝がすでに、この荒々しい聴衆の心をとらえてしまったことは疑問のないところであった。熱誠というものはいつでも聴衆をとりこにしてしまうものだ。陽に焼けた海の男たちは、ひと言も聞きもらすまいと緊張していた。彼らの眼はじっと演説者の上にそそがれていた。

「敵はベルリンを包囲している。われわれがキールで降伏しなければならぬ理由がどこにあるというのだ。わが陸軍はもっとも勇敢に闘ってきた。しかし、今や疲弊《ひへい》の極みにある。もはや、戦いを続行することは不可能なのだ。私が陸軍を捨てたのではない、陸軍が私を捨てたのだ。わが海軍もまた勇敢に戦ってきた、だがまだ疲れ果ててはいない。海軍はまだ総力戦を経験していない」

「スキャゲラックがあった」と大勢が叫んだ。

「わかっている。スキャゲラックでの諸君の戦いぶりは見事だった。だがあの戦闘は、全イギリス艦隊との間に交わされたものではない。たかだか二、三の小艦隊を相手にしたにすぎなかった。われわれはまだこれから、相当な力でもって敵に立ち向かわねばならない。戦争はもう絶望的だ、と私は聞かされた。多勢に無勢だとも。しかし、勇気ある人間には絶望も不可能もない。よしんば、反攻が絶望的であり不可能であるにしても、一撃もくらわずに降服するよりは、北海の海底に船もろとも沈む方がよくはないか。戦いに備え、決死の反攻を実現させてくれないか。君たちはわが誇り高いドイツ艦隊の乗員だ、私と共に、君たちの皇帝と共に、喜んで死んでくれないか」

皇帝は懇願するように、力強く腕を突き出した。すると誇り高い、嬉しそうな笑《え》みが皇帝の顔にぱっと浮かんだ。果たして、彼は光栄《はえ》ある大義名分を獲得したのであった。ぐっと突き出されたたくさんの腕と、熱っぽく紅潮した顔また顔の中で、太く低い声が鳴り響いた――海軍は皇帝と共に死ぬぞ！

「早く、ヴィルヘルム、鉄は熱いうちに打て」とハインリッヒがささやいた。

「私と共に来てもらいたい。諸君の意志はよくわかった。では、私の言葉を同僚たちに伝えてやってくれ。気の進まぬ者は来る必要はないと言ってやれ。来たくない者は陸に残しておこう。だが、諸君と私と真のドイツ魂をもつ人々は、ドイツ艦隊の死の航海に馳せ参じてもらいたい。さあ、行け、そして私が言ったようにするのだ」

人々は一斉に、出口へと殺到した。こうして数分もするとホールは空になり、出口はすべて、押し合いせめぎ合う人の波で一杯になった。奇妙なことだが、外にいた群衆は一瞬のうちに何が起きたのかを悟り、そして燃えるような情熱に感染していた。町全体が歓呼《かんこ》の叫びに埋まった。すべての旗棹《はたざお》に旗が掲げられ、こうしてドイツ国戦旗は、革命の赤旗と同じ旗棹にひるがえることになった。この点に関して、水兵たちの意志は固かった。戦旗は揚げよう、だが赤旗を降ろしてはならない、というのが彼らの言い分だった。終日終夜、革命評議会では激論が交わされ、出航に反対する人々は、再三にわたって賛成者によって圧倒された。ヴィルヘルムスハーフェンから知らせが返ってきた。あちらでも興奮が広がり、将校は全員船に呼び戻され、乗組員は部署につき、機関兵たちは火を焚きつけているということであった。艦隊はじきに出航しようとしていたのである。

次の数日間、なにものにも邪魔されずに、キール運河を進む艦隊の姿が見られた。ヤーデ湾に碇泊《ていはく》する主力艦隊と合流するためであった。行程が少し遅れたのは軽巡洋艦が一隻故障したためで、ノイ・ヴィッテンベックの近くで航行は妨げられたが、結局は、これも克服され、三日目の晩までには、艦隊はヤーデ湾の近くか、あるいはヴィルヘルムスハーフェンの碇泊地に集結していた。その晩、新しい戦艦バイエルン号の上級士官室で参謀会議が開かれ、皇帝をはじめとして全ドイツ海軍の参謀が出席した。皇帝は下位の席に座ると言い張ったため、その間、事件のことを耳うちされてすぐにスパからとり急ぎやってきていたフォン・シュペールが議長席についた。海軍中将と主要艦船の艦長たち、総勢四十名がその部屋に集まり、陰鬱な、そのくせ決意に満ちた表情で会議に臨んでいた。

「陛下、陛下のご命令は戦争を終結させることだと諒解しておりますが」

「それが私の希望であり命令だ」皇帝は答えた。「艦隊は撃沈されよう。だからわが艦隊と共に、できるだけ多くの敵を道づれにする方が得策だ」

「犠牲を眼前に見なければなりません」提督は言った。「それは陛下の死を意味します」

「私の望み得る最善の運命だ」

「それに二万五千の士官と水兵の死をも意味します」

「この中に誰か死を恐れるものがいるか」皇帝は尋ねた。

沈黙が部屋を覆った。誰もが覚悟していた。全艦隊が覚悟を決めていた。

「しかし、ご意見はまことにごもっともですが」若い中将が発言した。「まるで敗北が必至ででもあるかのような口ぶりが必要なのでしょうか。われわれはスキャゲラックの海戦で、イギリス軍を制しました。今度もまた、そうなる可能性はないでしょうか」

「その上」別の中将が言った。「わが艦隊は強力になっています。あの頃よりも断然強力です。スキャゲラックのときは砲径十二インチ以上の大砲はありませんでした。しかるに今では、十五インチ砲を搭載《とうさい》した大型艦、バイエルン号とバーデン号とが加わっているではないですか。それにヒンデンブルク号だって新加入の戦力です。また大砲の照準装置だって新型です。これでも、イギリス艦隊に奇襲をかけることは不可能だというのですか」

「もうおそすぎる」フォン・シュペールが舌打ちした。

「たとえ勝利をにぎっても、われわれにはもう帰るべき祖国がない」提督はポケットから一通の電報を取り出すと、声を出して読み始めた——「臨時政府は、今回艦隊のとった出撃という愚挙を激しく非難するものである。この出撃は、艦隊及び兵員の不必要な損失以外に、何らの成果も期待できない。出撃の報が伝えられるや、休戦交渉は著しく難航している。臨時政府に忠誠を誓うならば、即刻、全艦船に投錨地への帰還を命ずるよう要求する」

将校たちから憤懣《ふんまん》やるかたなき怒声が上がった。その声を耳にしながら、提督は紙切れをポケットにしまった。

「諸君、賛成してくれると思うが、われわれが忠誠を尽くすべきお方は、われらが皇帝ただお一人だ」

「今の電報に返事を出したか」皇帝がふいに尋ねた。

「いえ、陛下。われわれの行動がその答えとなりましょう。しかしながら、私はここに書信を作成してございます。陛下のお許しを得て、英国海軍司令長官に送りたいと思っております。文面はこうです――『わが外洋艦隊はいかなる休戦にも同意しない。ただちに出航し、機雷除去作業が順調な場合、月曜日にはヘリゴラント島の西方七十マイルの地点に到着の予定である。万一、われわれの到着が遅れても礼儀を尽くしてお待ちになって頂きたい』」

「大いに結構だ！」皇帝が叫び、全員が手を叩いた。

「それでは、ただちに出航しましょう」提督は促《うな》がすように言った。

「敵はその地点に、潜水艦を待機させはしないでしょうか」一人の艦長が心配そうに尋ねた。

「場所に関しては、それほど正確というわけにはゆくまい。わが軽巡洋艦に、敵をわれわれのいる地点まで導いてもらおう。ところで君の意見についてだが、ミューラー艦長、わが艦隊の軍備がスキャゲラック海戦のときよりもはるかに増強されているという点に関しては、幻想を抱かない方がよい。敵だって黙って手をこまねいていたわけではない。われわれの軍備は敵と伯仲《はくちゅう》している。われわれに建造し、改善し、組織化することが可能とすれば、敵にもそれは可能だ。確かに、敵が二隻の大型艦を失ったのは、砲塔と弾薬庫を遮断する壁がなかったからだ。でもそれも、今では改良されている。甲板の保護壁や砲塔の屋根も、一斉砲撃に対する備えが前より強くなっているし、敵の砲弾は爆発力を増している。それに、多くの強力な艦船が、敵の戦隊には増強されている。ここに、その一覧表があるが、ラミリーズ号、レゾルーション号、レナウン号、リパルス号、これらはすべて十五インチ砲を搭載している。これら艦船には、アメリカの戦艦から成る一戦隊が付属しており、アメリカ海軍の歴史を見れば一目瞭然だが、この戦隊は巧みな指揮のもとに、獅《し》子《し》奮《ふん》迅《じん》の戦いぶりを見せるだろう。敵の勝算は、以前にも増して大きい。われわれにできるのは、ただ死を賭して戦うことを誓うことだけだ。そして、私はそれを誓う」

提督がその言葉を発しながら手を上げると、皇帝を含めた、その部屋にいる全将校がこれにならった。「われわれは死ぬまで戦うことを誓う」それは悲壮な叫びであった。この記録がやがて示す通り、高貴にも彼らはこの誓いを守った。これが、この外洋艦隊で開かれた、最後の参謀会議において語られた、最後の言葉であった。死を覚悟した陰鬱な表情で、彼らは互いに別れの挨拶をすると、艦長たちはそれぞれの艦に戻っていった。一方、提督たちは皇帝とともに、これからの作戦を練るために残った。

それからちょうど一日後のことであった。二人の提督が大英帝国海軍司令長官の船室に座り、熱心に話し合っていた。一人は長官自身であり、もう一人はアメリカ海軍のブラッドマン提督であった。ニューヨーク号、ワイオミング号、フロリダ号、デラウェア号、アーカンソー号、そしてテキサス号から成るブラッドマン提督麾下《きか》の優秀な艦隊は、これまで世界史に記載されてきた、最も恐るべき艦隊を集めた項目に、最新の一頁を書き加えた艦隊であった。ビートン司令長官の船室の開け放たれた窓からは、そのアメリカ艦隊が頭上に星条旗をはためかせながら碇泊しているのが見えた。一方、聖ジョージ旗をひるがえしながら、次々と列をなして並ぶ強力な戦艦や巨大な巡洋艦や小型艦船の向こうの空が、蒸気に朦朧《もうろう》と煙っていた。その向こうには、低い不毛の海岸線が走り、この世のどんな景色にもまして、物悲しい荒寥《こうりょう》たる光景であった。ビートンは、その端正な顔を困惑した不快感で曇らせながら、同僚にドイツ軍の無線電信を読んで聞かせていた。

「ブラッドマン、これをどう思う」長官は同僚を見上げて尋ねた。

「そうだな、表面上は見事なもんだ」アメリカの提督はあきれたように答えた。「見事すぎてとても本当とは思えん」

「わからん。しかし、これ以外の行動はとりようがあるまい。事態が逆なら、われわれもこうすると思うな。入港したまま船を沈めることもできる。さもなくば、沖に出てからこちらの大砲で沈没させ、わが艦隊の船を二、三隻道づれにできるからな。私には、理に適ってるし、あの勇敢な男たちがいかにも考えつきそうなことだと思える」

「多分そうだろう。だが、それでもやはり罠ということもあり得る」

「そのとおり。できれば機雷の真っ只中に飛び込むつもりはない。こちらの軽艦船が、その点を配慮するだろう。とにかく、向こうに返信を送らねばなるまい」彼は鉛筆をとりあげると、一枚のカードに「結構です。そちらに参上しましょう」と書いた。「これでどうだ」彼は同僚に聞いた。

「なかなかいい」

ビートンはどらを鳴らすと、若いお付きの武官にその伝言を手渡した。「暗号にする必要はないぞ、ダンカン、そのまま送れ」ドアを閉めながら長官は、北海の大きな海図の方に体を向けた。その地図は鉛筆の印や痕が交差し、ほとんどすり切れていた。「そうなると、ブラッドマン、われわれはあの電文を真面目に受けとって、準備をしなければならんと思う。可哀相に、奴らに好機は到来すまい、二対一だからな。だがユトランド半島沖の海戦で見せた、彼らの戦いぶりから判断すると、敵は見事な戦いをすると請け合うよ」

「そうだな、あのとき彼らは、君たちの艦隊を見事にやりすごしたな」ブラッドマンはいたずらっぽく眼をきらめかせながら言った。

「そうかもしれん。だが、艦隊を失えば戦争はこちらの負けというときに、相手がそれに見合った賭け金も出していないのに、一か八かの大博奕を打つのは難しい。この大博奕に、われわれはユトランド沖で遭遇したのだ。われわれは無鉄砲な夜戦の危険を犯すことができなかった。今なら自由に行動できるし、英国艦隊の全兵士がこの戦闘に結着をつけたがっている」

「私の戦隊もそれは同じだ」ブラッドマン提督がそう言うと、二人の海軍軍人は、海図の方に身をかがめた。

大冒険と至上の犠牲の日がやってきた。ドイツ艦隊はすでにヘリゴラント湾に集結し、夜が明けるとすぐに最後の恐るべき航海に乗り出した。二日間にわたって、掃海艇《そうかいてい》が機雷を除去し、もうその危険は全くなかった。戦闘隊形をとった勇壮な艦隊の前には、軽巡洋艦の二個戦隊が牽制《けんせい》部隊を形成していた。その後に巡洋戦艦が二列をなして進み、デルフリンガー号、ザイドリッツ号、モルトケ号、ウォン・デル・タン号から成る、この古豪の戦隊は、すでに多くの辛酸《しんさん》を嘗《な》め、全イギリス海軍の尊敬をかちえていた。指揮をとるのは、フォン・リッペルトである。これらの艦船には今や、あの強力なヒンデンブルク号が加わり、一段と戦力が増強していた。だが、その姉妹艦であるマッケンゼン号は、まだ戦闘の準備ができていなかった。巡洋艦のうしろには、堂々とした戦艦の列が続き、先導役は造船所を出たばかりの最強の戦隊がつとめた。バイエルン号には、フォン・シュペールの旗がひるがえり、艦上には皇帝の姿も見えた。バーデン号ともう二隻も含めて、戦艦の数は全部で四隻である。この大型艦はすべて、八門の十五インチ砲を搭載し、二十二ノットのスピードがでた。そのうしろには、ケーニッヒ級の力強い艦船が四隻、すなわちケーニッヒ号、グロッサー・クルフルスト号、クロンプリンツ号、そしてマルク・グラーフ号が続いた。この級の船には、十門の十二インチ砲が積み込まれていた。そのあとは、四隻のカイザー級で、ケーニッヒ級と同等の装備を誇り、スピードはもっと速かった。これらの後方に、大艦隊の行列が水平線のかなたに見えなくなるまで蜿蜒《えんえん》とのびていた。巨大な艦船が続々とつづいた。フリードリッヒ・デル・グロッセ号、オスト・フリートラント号、チューリンゲン号、ヘリゴラント号、オルデンブルク号、ポーゼン号、さらに多くの船が続いていた。ドイチュラント号やシュレスウィヒ・ホルスタイン号のような老朽艦の姿まで見かけられた。四門の重砲を搭載してはいるが、十六ノット以上のスピードが出ないため、後方に遅れをとり、同僚と運命を共有しようとあえぎながら進んでいた。急ぐ必要はなかったので、全艦隊はゆったりとしたスピードで進んでいた。その間じゅう、四方八方を奇襲にそなえて駆逐艦《くちくかん》が警戒していた。だが、この警戒も部分的な成功しか収めなかった。ポーゼン号が英潜水艦に攻撃され、沈みそうな状態でよろよろと港に引き返さねばならなかったからだ。敵潜水艦（M十六号）も、あたり一面にばら撒かれた水中爆雷によって破壊された。

連合軍艦隊は約束の日時を守るために、夜の明けるずっと前に、出航しなければならなかった。ドイツ艦隊が堂々たる偉容を誇っていたと言うならば、こちらはただ恐るべきとしか評することができまい。一群の軽巡洋艦や駆逐艦はさておき、前衛を務めたのは、先の戦闘で受けた傷痕を装甲板に生々しく残すライオン号であった。そのうしろを一列になって、モートン少将の旗をつけたタイガー号が続き、そのあとにはオーストラリア号とプリンセス・ロイヤル号が続いた。しかしはるかに恐るべきは二隻の新建造艦で、それぞれの特性のため離れて運転されていた。これがレナウン号とリパルス号で、十五インチ砲を搭載し、三十二ノットという驚くべきスピードを出すことができた。トムズ提督の率いる軽戦艦の戦隊は、ユトランド半島沖で、一時ドイツ艦隊の主力から一斉砲火を浴びたことがあったが、その際に卓《すぐ》れた特性を発揮して難を逃れた。その戦隊が二隻の新巡洋艦の後に続いた。この戦隊を構成する船は、以前からのマラヤ号、ヴァリアント号、ウォースパイト号、バラム号の他に、今回あらたに加わったクイーン・エリザベス号の五隻であり、全艦に十五インチ砲が装備されていた。その後に二列縦隊で、英国海軍自慢の新艦が次々と続いた。ラミリーズ号、レゾルーション号、リヴェンジ号、ロイヤル・ソヴリン号、それにロイヤル・オーク号の五艦で、各々二十三ノットのスピードが出せ、十五インチ砲を八門搭載していた。そのうしろには、これまた素晴しい戦隊が続いた。すでに触れた六艦から成るあのアメリカの戦隊で、十四インチ砲を積み、二十一ノットのスピードが出せた。煙突から吐き出される濃い煙から、これらの船が石炭を燃料とする船であることは一目瞭然であった。このように、戦隊のあとにはまた別の戦隊が続き、大艦隊は、後方にまるで巨大なノアの方舟のような、不格好で異様な船体をした航空母艦フュアリアス号を伴い、出航していった。両翼のはるか沖合いには重巡洋艦のインフレクシブル号、ニュージーランド号、インドミタブル号その他が控え、一方、あらゆる方角にわたって水平線に至るまで、巡洋艦と駆逐艦の戦隊がいくつもいくつも海上を覆っていた。重量艦が湾の外で六列縦隊に分かれると、この雄大な行列は十八ノットの速さで東へと向かった。

　イギリス海軍の二機の水上飛行機が、北緯五十五度四十六分、東経五度十四分に、ツェッペリン飛行船一機発見せり、これを攻撃せるが不成功に終わる、と知らせてきたのが午後二時三十分である。二機は続いて、ドイツ外洋艦隊の偵察艇の一群の発見を報告してきた。この知らせは、無線で連合艦隊の各艦船に伝えられ、連合軍は初めてドイツ軍の挑戦が虚勢ではないことを知り、この長期にわたる戦争に結着をつけるべき最後の審判が下される日が本当にやってきたことを確信した。各艦上では戦闘旗が広げられ、ビートン司令長官は、速度のおそい艦船をおきざりにする危険さえ敢えて冒《おか》して、自艦の速力を二十ノットに上げさせた。スピードの出る巡洋戦艦は、主力艦隊が到着するまで敵の機先を制するために、各艦ごと自由に全速力で進め、の命令を受けた。天気はよかったが、強い風が南東から吹き寄せたので、二十八ノットで走る大型巡洋艦は前甲板をほとんど水につけながら、高波の中を轟音を響かせて進んで行き、煙突のあたりにまで達する水しぶきが上がった。二時四十分に、軽巡洋艦フィートン号がドイツ潜水艦に撃沈されたという報が入った。数分後、インコンスタント号が同様の悲運に見舞われた。続いてツェッペリン飛行船が偵察艇《ていさつてい》アレシューザ号の対空砲射によって撃ち墜《お》とされたという知らせが伝えられた。

三時ちょっと過ぎに、乗員にココアと軽い食事が出されると、ラッパが鳴って戦闘体制がとられた。偵察艇からの報告が頻繁《ひんぱん》に届き、南東方向にいる旗艦から殷々《いんいん》たる砲声が聞こえた。フュアリアス号を発進した水上飛行機七〇四二号は全ドイツ艦隊の上空を飛び、片翼を破壊されて墜落しながらも、どうにか敵艦隊の全貌を無線で連絡することに成功した。この報告は、偵察の困難な情況を考えれば、驚くほど正確なものであることが判明し、この貴重な貢献のためにオリヴァー空軍大尉の名は、殊勲者《しゅくんしゃ》名簿の劈頭《へきとう》に特筆大書《とくひつたいしょ》されることになった。

両方の艦隊はいまや急速に船間距離を詰め、英軍軽巡洋艦第四戦隊は、独軍第九偵察戦隊と激しくわたり合っていた。英国主力艦隊が到着して戦闘に加わる頃には、水平線にはこうした小型の艦船がひしめき合い、その多くは、あたりに降りそそぐ砲弾のしぶきに包まれていた。四時にはイギリス重巡洋艦戦隊の主力艦が、これまたドイツ巡洋艦戦隊の主力艦であるデルフリンガー号と戦っていた。戦闘は、すでに相当な規模で始まっていたのである。

さて、ここで少し筆を休めよう。私が想像の世界で描こうとしたのは、あの偉大な叙事詩、海上の最終決戦であったろうか。いや、それよりもむしろ、一方は名誉を伴わぬ生に、他方は英雄的行為を伴う死へと続く二つの道の分岐点に立って茫然《ぼうぜん》自失《じしつ》しているあの不幸な男の運命を、交互にたどってみることではなかったろうか。だが彼の悲劇は、一個人にとどまらぬ、はるかに大きな悲劇に深く関わっているので、そちらの側を通してしか私の想像力は、彼個人の悲劇を扱うことはできなかった。それ故、この空想物語に現実味を与えるのに必要な細部以外はすべてこれを省き、想像の眼が見たままを書こうと思う。

　両軍とも、策を弄《ろう》するよりは実際の戦闘を望んだので、敵情報告の任務を終えた軽巡洋艦も、掩護戦隊をつくって互いに激戦をくりかえした。死にもの狂いの総力戦が七千ヤードにわたる海域で開始され、やがて五千ヤードまで縮小された。小型艦は小型艦同士の戦闘に夢中だったので、雑然とした自分たちの集団のなかを、自分を一発で沈没させかねない大型艦船が通っても、ほとんど注意を払わなかった。戦列艦は小型艦に発砲しないという、古くからの海戦の掟が今なお効力をもっていたので、偵察艇は偵察艇同士の戦いに専念すればよかったのだ。最初はドイツ艦隊が優勢だった。ドイツ軍の大砲は充実しており、大胆にも駆逐艦までが戦闘に参加したからだ。デアリング号、ドライアド号、カライオペ号、ドネガル号、それにランカスター号はすべて、砲撃や魚雷攻撃によって沈められ、カーナヴォン号は沈没しそうな状態で戦列を離れた。一方、シュテッティン号とベルリン号は戦闘の初期に撃沈されており、ピラウ号は戦闘不能の状態にあった。時がたつにつれて、英軍側では新たに小型艦と駆逐艦が戦闘に加わり、物量の力で勇敢なドイツ軍を圧倒し始めた。シュトゥットガルト号、ミュンヒェン号、フランクフルト号の三隻が撃沈されたのに対して、英軍側ではカーナヴォン号一隻を、レーゲンスブルク号の魚雷攻撃のために失っただけであった。両艦隊は死にもの狂いで戦い、多くの血が流された。だがこの戦闘も、この日行なわれた最大の激突にくらべれば、単なる枝葉のひとつにすぎなかった。駆逐艦について言うと、両軍の戦隊とも向こう見ずに敵の主要艦船めがけて突進していった。そのため、両戦隊は途中で出会うところとなり、そうなると今度はどちらも味方の主力艦に近づけまいと、必死の攻防をくりかえした。半ば水しぶきに包まれながらも、闘犬のように海を引き裂く両戦隊の舷側はほとんど触れなんばかりで、双方の砲撃の閃光が、それぞれ敵の舷側の塗装をなめんばかりだった。

　両軍ともにこなごなになって燃えている軍艦の残骸が見うけられた。燃料油が破壊された軍艦のひとつひとつに燃えうつり、火葬用の薪がわりに乗員の遺体を焼いていたからだ。ともにヴァイキングの血を受けつぐ両軍の水兵たちにふさわしい埋葬だった。ドイツ、イギリス両軍とも、数隻の駆逐艦が雑踏の間を抜けて敵戦艦の急所にまで達する攻撃に成功したが、その見返りは確実な死だった。モールバラ号は、ユトランドのときのように、再び砲撃を受けたが、今度は全乗組員をのせたまま、海の藻くずと消えた。オリオン号も大打撃を受け、十二度も傾斜したまま戦列を離れ港に帰る破目になった。ニューヨーク号とレナウン号はともに攻撃されたが、防水隔壁がしっかりしていたために、重大な損傷は被らなかった。いずれの場合でも、この勇敢な小艦船の攻撃を処理するのは二次艦隊の役目であった。ドイツ艦隊は、英国艦隊よりもはるかに大きな損害を被った。フォン・ハーゼ艦長のデルフリンガー号は艦首に巨大な穴をあけられ、へさきの部分が沈んでしまった。カイゼリン号とグロッサー・クルフルスト号はそれぞれ撃沈され、オルデンブルク号は航行不能となった。この戦果を上げるのに著しい働きを見せたのは、クッシング号のタフネー艦長が率いるアメリカの戦隊であった。両軍とも死傷者には何の注意も払わなかった。負傷者は自分で自分の世話をしなければならず、死をかけた戦闘だから、元気な者は自分の任務から離れるわけにはいかなかった。

ビートン司令長官は、主力艦隊を両翼に展開させて、ドイツ艦船の両側に連合国の船を一隻ずつ横づけにする挟撃作戦にでた。しかし、フォン・シュペールはいち早く先手を打って、戦列を二列縦隊に変え、この危険にそなえていた。かくして、正々堂々たる砲撃の交換が開始された。両艦隊の距離は、当初一万七千ヤードあったが徐々に詰まり、一万二千ヤードまで近づいていた。両者は互いに平行に進み、敵の目的を攪乱するために各艦が針路からはずれたり、また戻ったりする以外は、何の策も弄さなかった。ドイツ軍の距離測定器の方が優勢で、すばやく狙いを定めたが、イギリス軍の大砲の方が強力で、しかも射つ際にほとんどためらいがなかった。かくして多くの砲弾が確実に命中することとなり、ドイツ艦隊の船が一隻また一隻と、炎と煙につつまれていった。イギリス艦隊はユトランドの教訓を忘れてはいなかった。ドイツの新しい十五インチ砲から発射された猛烈な砲弾が、くりかえし砲塔の屋根で炸裂し、砲手を全滅させ、大砲を使用不能にしたが、以前は弾薬庫にまで通じ、その結果、船を爆発させる元凶となったあのものすごい爆風の通り路を、きれいに塞いでいた。だが、甲板の保護壁は両軍とも依然として弱すぎた。そのため撃沈破壊は、砲弾がこの急所の部分に命中した場合が多かった。かくして、多くのドイツ艦船が爆発炎上し、また同じくタイガー号、インフレクシブル号、フロリダ号、リパルス号、そしてコリングウッド号のすべてがクイーン・メアリー号の悲惨な運命を共有することになった。

灰色の服を身につけ青白い顔をした陰鬱な人影が、旗艦バイエルン号のブリッジの横に何時間も立っていた。それは皇帝の姿であった。十五倍の拡大能力をもつツァイス望遠鏡のおかげで、皇帝は阿鼻叫喚《あびきょうかん》の地獄図を眼にすることができた。一時間、また一時間と、地球を見舞った、あのすさまじい惨状を皇帝は眺め、しみじみと思った。生まれと文化とを同じくする人々が、同じ北方系の人々が、この身の毛のよだつ格闘にとらわれて身動きできぬ状態にある。死をもって終わるしかないこの戦いに。このようなときに皇帝の思いがどのようなものか、誰にわかるだろうか。

バイエルン号の乗組員たちは、ふと往時を追憶した。素晴しかった皇帝の父親、あのやさしい黄金の美髯《びぜん》をたくわえた巨人を。そして彼の母親であったあの英国婦人のことを思った。そうなのだ、彼の血管を流れる血の半分は、向こうで戦っている灰色の船の乗組員たちと同じ源から流れ出たものなのだ。どのような偶然の過ちから、どのような事態の邪悪なる展開によって、皇帝はこのような死を賭した戦いを、彼らとの間にもたなくてはならぬ破目に陥ったのか。ドイツの産業が、その工業力と、世界中に設けた植民地とによって、すでに世界を征服しつつある今、何故このような戦争が必要なのか。過去をふりかえっても詮ないことだ。はるか何年も昔に、ある誤まった選択がなされ、その結果がこの戦争だった。神々のたそがれだ。人類の全歴史を通じて最も恐ろしい事件が、この戦争なのだ。彼らは、皇帝が責任をとるべきだと考えていた。だが皇帝の方では、自分が運命の女神にあやつられた人形にすぎず、恐るべき運命の道をあらかじめ決められた、避けることのできない形で前進していることを知っていた。だが、誰に責任があるのだろう。確かに、どこかに責任をとるべき者がいなければならない。セルビアに対する、あの馬鹿げた最後通牒の草稿を書いた人物だろうか。ロシア皇帝と彼が早まって発令したあの動員令のせいか。いまこうして、その悲劇的結末が眼下に展開されている、あの巨大な海洋進出計画を立案したフォン・ティルピッツか、それとも、イギリスの参戦を促進してしまったベルギー侵攻の計画立案者フォン・シュリーフェンだろうか。いつも私を猜疑《さいぎ》の眼で見ていたエドワード伯父《おじ》だろうか。それとも、一九〇二年に、私が英国からの同盟の申し出をけんもほろろに一蹴《いっしゅう》したとき、総理がとった政策か。皇帝の疲れた頭には、このような事実のひとつひとつが、この身の毛のよだつ結末になんらかの関係があるように思われた。

皇帝の足元に、肉片と化した死骸が一体よこたわり、そこから流れ出た血は彼の長靴にはねあがり、彼の灰色の外套にしみを残していた。それは、彼の忠実な侍従武官、約束どおりに死を恐れなかったフォン・マンの変わり果てた姿だった。そして、このずたずたにひき裂かれた死体は、青春の絶頂期に迎えなければならなかったこの早すぎる悲業の死は、皇帝のおかげで命を落とさなければならなかった他の一千万の国民の集約された姿であった。恐ろしい幻影が胸に浮かんできて、皇帝は慄然として身震いした。この幻影はブリッジの彼のもとに近づいてきたフォン・シュペールに中断された。提督は砲弾の破片を受けて肩を負傷し、顔面は蒼白でひきつっていた。

「戦況はどうだ」皇帝はきいた。

提督は沈痛な面持ちで、肩をすくめた。

「艦隊は戦艦九隻と大型巡洋艦四隻を失いました。ヒンデンブルクも爆発したところです。本艦の後部砲塔は二基とも集中砲火を浴び、前部砲塔の一基は上部を吹っ飛ばされてしまいました。したがって、使える大砲は二門しかありません。見ておわかりのとおり、艦の前もうしろも火につつまれています。まだしっかりしているのは煙突の一部だけです。機関室は浸水し、機関兵が溺れています。これ以上もうどうしようもありません」

「イギリス軍はどうだ。何隻か爆発するのを見たが」

「戦いは、いまや十五マイルの長きに及んでいます。飛行機の多くは撃墜されたのですが、でも、船もわれわれと同じ程度失ったようです」

「それで、これからどうするつもりだ」

「残った船を指揮して、戦闘海域の端まで突破する以外に手はありません」

そのとき、一人の少尉が伝言をもってブリッジに駆け上がってきた。

「伝声管が切れましたので、直接もっていくように言われました」少尉は叫びながら敬礼した。

提督は封を切ると紙切れを開いた。

「ビートンからの無線です。こう言ってきてます。『立派に名誉は満足させられた。この上なく見事な戦いぶりであった。何故こんな無益な殺戮を続ける必要があるのか。貴軍は戦闘可能艦五隻のみだが、当方には貴軍以上の射程を持つ大砲がある。貴軍の射程距離外から撃沈することが可能である。私はこんなやり方で勇敢な将兵を殺したくはない。名誉ある不可避の敗北を認め、ただちに戦闘旗を降ろせ』」

「いやだ」皇帝は絶叫した。

「いやだ」提督もまた、即座に繰り返した。

しかしそのとき、否《いや》が応《おう》にも結着を迫るあの事態が生じた。一斉砲撃を加えたのはデラウェア号だと言う者もあれば、いやライオン号だったと言う者もいる。八発の砲弾のうち四発がバイエルン号の甲板を直撃し、さらに弾薬庫に飛び込んだ。すさまじい轟音をあげてこの強力な戦艦は大爆発をおこし、空中に飛び散った。被弾の一瞬、二、三秒後に起こる事態を意識した皇帝と提督は互いにしっかりと握手を交わした。生き残った者の多くは、その挨拶をはっきり見たと証言している。それがドイツ皇室及びドイツ外洋艦隊の最後の意思表示であった。そしてまさにその瞬間、南の水平線上に急ぎ駆けつける大艦隊の姿が現われた。生きのよい、闘いたくてうずうずしているハリッジ軍港所属艦隊がまもなく到着しようとしていたのである。それでおしまいだった。

その晩も遅く、太陽が沈み西の空には淡い残光がかすかに見える頃、あの恐るべき叙事詩的光景を眺めている英国司令長官の表情には、誇りと同時に悲しみの色があった。四方八方では、こなごなになった残骸が燃え続け、男たちは散乱した帆の破片やゴムボートに乗って波間に漂っていた。その中をスピードの速い水雷艇が、あちらこちらと救助活動に走り回っていた。ビートン司令長官は身も心も疲れ果てて船のブリッジに立ち、激しい海戦の反動で暗く沈んでいた。

「閣下、全艦隊に伝言を送りましょうか」近くにいた上級将校が言った。

「残っている艦隊に対してな」ビートンは弱々しく微笑みながら言った。「敵の皇帝は旗艦と共に沈んだそうだ。マードック、一人の勇敢な男を追悼《ついとう》して、全英国艦隊に半旗を揚げるよう命令を伝えてくれ」

以上が、現実には選択されなかったもう一方の道を進んでいたら、多分こうなったであろうという私なりの想像である。だが、運命の女神はやはり賢明だったと言えよう。険阻《けんそ》な山道を行くよりも、平坦な道を行く方が良かろうというものだ。

“The Death Voyage”初出は、フィラデルフィア〈サタデイ・イーヴニング・ポスト〉一九二九年九月二十八日号だが、本書の底本は〈ストランド・マガジン〉一九二九年十月号

教区雑誌

冬の夕方六時のことだった。印刷屋のポメロイ氏が家――といっても表の部屋なのだが――へ帰ろうとして、事務所――といっても奥の部屋だが――を出ようとしたとき、マーフィー青年が入って来た。マーフィーは丸々とした顔の眠そうな眼をした、何物にも動じない若者で、何を言いつかろうと、一切口をはさまずに、何でもやってしまうという稀有の才能を持っていた。普通これは大変な美点だが、そうではないこともある。

「お客が二人会いに来ています」マーフィーは言って、二枚の名刺をテーブルの上に置いた。

ポメロイ氏はちらりとそれを見た。

「ミスター・ロバート・アンダソン、ミス・ジュリア・ダンカン。知らん名だなあ。まあ、お通しして」

面長で悲しげな顔の青年が、黒の服装で見るからに喪《も》に服しているらしい若い女性を伴って入ってきた。二人の風采《ふうさい》は上品だったが、いかにも痛々しいものであった。

「これをご存知かと思いますが」青年は言って、教会の絵のついた灰色の表紙の本を持ち上げてみせた。「聖オリヴィア教会雑誌です。つまり教区雑誌です。こちらのご婦人と私は編集者とかいうものをしています。これを印刷したのは――」

「シティ区にあるエリオット・アンド・ダーク社です」連れの者が口ごもったので、女性の方が言った。「ところがあそこは突然仕事を止めてしまいました。今月号はもうできているのですが、付け加えたいことがあるのです」

「付録《ふろく》ですね、お判りでしょうが」青年は言った。「そう、付録なんですよ。とにかくひどいことになって――」

「彼が言いたいのは」女性が言った。「この雑誌は社交記事を派手にする必要があるということなのですわ」

「そうです」青年は言った。「いわばピリッとさせたいのです。それで付録を計画したわけです。綴《と》じ込みの体裁にしてですね、お判りでしょうが。タイプできれいに打ってあります」ここで彼はポケットからたたんだ紙を取り出した。「校正の必要はありません、五百部、できるだけ早く印刷して下さい」

「発行が遅れているのです」女性が言った。「明日のお昼には発行しなくてはならないのです。ファーガスン印刷社なら時間内にやってくれると言っていますので、こちらで引き受けていただけないなら、そちらへ行かなくては」

「そのとおり」青年が言った。

ポメロイ氏はタイプされた写しを取り上げ目を通した。言葉が目に入った、「われらが愛する牧師、フォリオット・シャープ学士殿」そのほか主教云々《うんぬん》と書いてあった。ポメロイはその書類を助手に投げやった。「すぐとりかかれ！」彼は言った。

「この場で支払いますわ」ダンカン嬢がハンドバッグを開けて言った。「五ポンド置いていきます、あとで清算して下さい。もちろん私たちのことをご存知ないでしょうから、きっと信用して頂けないでしょう」

「ええ、でも、教区雑誌なら信用できぬということはありません——」ポメロイは笑いながら言った。

「そのとおり」青年は言った。「しかし、私としては今払いたいのです。できたらコールグローヴ通り十六番地の私宛に送って下さい。わかりましたか。十二時より遅れないで。大急ぎで。どうですか」

「そうさせてもらいます」ポメロイは言った。

二人連れは部屋を出ようとしたところで、女性の方が振り向いた。

「最後にそちらのお名前を、印刷者として入れておいて下さい」彼女は言った。「規則ですから。それにこの先雑誌の印刷を引き受けてもらうかもしれませんから」

「おっしゃるまでもなく、名前はいつも入れとります」

二人は出て行き、途中で互いに抱き合った。

「うまくいったようだ」彼が言った。

「最高よ！」彼女が言った。

「あの五ポンドは僕の考えだからね」

「思ってもみなかったわ」彼女は叫んだ。「こっちのものだわ」

「そのとおり！」彼が言った。そして二人は夜の闇の中へ消えて行った。

何物にも動じないマーフィーは一生懸命働いたし、ポメロイ印刷社は果てしなく時間を忘れて仕事をした。助手は、この仕事がいつも手がけるものほどつまらなくないことが判って、彼の丸々とした顔に時折笑いがこぼれた。この中のある記事は確かに普通でない代物だった。かつて読んだことのないものだった。しかし、「理由《わけ》を問うは任ならず」（テニソンの詩「軽騎兵突撃」の一句）だ。彼は言われたとおりにするよう、とっくりと仕込まれていたのだった。翌朝には、荷造りができていた。そして十二時にならぬうちに、言われた家にとどこおりなく送られた。マーフィーが自分で運んだのだが、依頼人が庭の門先で待ちかまえているのには驚いた。教区雑誌の編集者たる者、なるほど、エネルギッシュでなくちゃいかん。

二十四時間後に爆弾が破裂した。ポメロイ氏とその家族は粉々に吹き飛ばされた。事件の最初の気配は次の手紙だった。

前略、聖オリヴィア教会の会衆に配られた教区雑誌の付録なるものを、貴殿が一読なされたとは到底思えません。もし読んでおられたなら、貴殿の名を記して、責任を明らかになさるはずもなかったでしょう。このことについては、これだけでは済まぬことをはっきり申しておきます。私の歯は、念のため申しますが、この上なく丈夫で、生まれてこの方、歯医者の顔も見たことはありません。

ジェイムズ・ウイルソン（少佐）

二つ目の手紙は朝の食卓にのっていた。あっけにとられた印刷屋はそれを取り上げた。女性の筆跡でこう書いてあった。

前略、教区雑誌最新号の恥知らずな記事に関して。私が新車を買ったとしても、大きなお世話と申し上げます。私の私的な事情についてのご意見は非常に無礼かつ不要のものです。貴殿が印刷したのですから、法的な責任は取っていただけるものと理解しております。私の顧問弁護士よりいずれそちらに連絡あるものと思います。

ジェイン・ペディグリュウ
エルトン・スクエア十四番地

「一体こりゃあ何だ」ポメロイは妻君《さいくん》と娘をぐいとにらみつけて言った。「マーフィー！　マーフィー！」

助手が事務所からやって来た。

「お前があの教区雑誌のために印刷した付録は一部残っているか」

「はい、あります。五百部配達しましたが、事務所にまだ少しあります」

「持ってくるんだ！　持ってこい！　早く！」

それからポメロイ氏は大声で読みだしたが、脳溢血《のういっけつ》がどんどん近づいてきた。その記事は「社交欄」という題で、礼拝などの日取りやお知らせではじまっていて、急いで斜め読みをする読者には何ら不信を与えないものだった。ところがその先こう続いていたのだ。

　われらが愛する牧師（フォリオット・シャープ学士殿）は主教職をうまいこと手に入れようと、いまだに躍起になっている。このたび彼は、例の柳に風の調子で、それは「全くちょろいことです」と語っている。でもどうだろうか。彼は過去においてコネを利用してきたが、その問題のコネが切れたのは悪名高き周知の事実である。しかし、彼には大法官事務局にいとこがいるのだから、まだ望みはある。

「とんでもないこった！」ポメロイは悲鳴をあげた。「教区雑誌ともあろうものに！」

この二週間のあいだに讃美歌の本が十六冊教会からなくなりました。公《おおや》けのスキャンダルとする必要はないので、ロウワー・チェルテナム・プレイス百十三番地のジェイムズ・バグショウ二世氏よ、教区代表委員をお訪ね下されば、すべてよきに取り計らいます。

「これは銀行家バグショウさんの息子だ」ポメロイは叫んだ。「一体何の夢を見てるんだ！」

牧師（フォリオット・シャープ学士）はこの場を借りて、オーメロッドさんの妹さんに、現在の戦術の中止をお願いしたく存じます。礼節をわきまえる牧師として、その戦術が何たるかを言うのは遠慮致します。若きご婦人がすべての礼拝に出席するのは必要のないことでありますし、前列の座席に割り込むこともまた必要のないことであります。その席は既に（代金こそ未払いですが）ドウソン・ブラグズ一家専用のものです。牧師はこの記事にしるしをつけた雑誌をデルマー夫人、フェザーストーン嬢、それにポピー・クルー嬢に送付するよう編集部に依頼されました。

ポメロイはおでこを拭った。「こりゃ大変だ！」彼は言った。次は、

早晩、いつかの日曜日に、ウイルソン少佐の入れ歯が献金袋の中へ落ちるものと思われる。新しい入れ歯に変えてもらうか、さもなくば、この袋を持って歩くときに、あの馬鹿笑いをやめてもらうか、どちらかに願いたい。口元さえ固く結んでおれば、現在の入れ歯でも何年も大丈夫と確信できるものである。

「あの抗議文はこれだな」ポメロイは言ってテーブルの上のさっき開けた手紙をちらりと見た。「ご当人がいまにステッキをひっつかんでやってくるだろう。何だこれは？」

シシー・デュフォール嬢とコパーリー大尉が秘密裡に結婚しているや否やについては判らない。もしまだしていないなら、するべきである。そうすれば大尉は、庭の木戸にもたれる余りに戸を磨耗させることなく、ラバーナム・ヴィラに入ることができよう。

「大変だ、ちょっとこれを聞いてくれ！」

食料雑貨商マルスビー氏が海辺の町ハイスから戻った。しかるに何故彼の荷物の中に砂袋があるのか。確かに砂糖は現在の価格のままでも十分の利益を上げている。ついでながら、シルヴァーサイド乳業株式会社によってこの四半期に支払われた水道料の急増について、一言なかるべきでない。あれだけの水で一体何をするのか。国民は知る権利を有するものである。

「やれやれ、これはどうだ！」

われらの人気絶大なる議員、ジェイムズ・トンダー卿が市長のガーデン・パーティーで酔払ったというのは誤りである。彼がタンゴを踊らんとて、自分の足にけつまずいたのは真実であるが、それは公平にみて、彼自身の紛れもない肉体的無能さに帰せられるべきである。事実、市長のシャンペン（アルコール抜き。一九二八年もの）を僅か一杯飲んだだけで、数人の客が結果としてひどい病気になった。従って一人の客の非礼にそのような心ない解釈をするのは、甚しく公正を欠いている。

「これじゃどの裁判所でも千ポンドは取られるぞ」ポメロイはうめいた。「お前、この記事でわしらが訴えられたら、ロスチャイルドでもたち打ちできんわい」

家族の女性連中は不届きにも笑いを爆発させたい気持で一杯だったが、彼の言葉でしかるべき真面目顔になった。彼は先を読んだ。

ペディグリュウ夫人は七百五十ポンドの値のついた六気筒車《ろっきとうしゃ》を動かしている。どうやって彼女がそれをやってのけるのか誰も知らない。今は亡き彼女の夫はシティ区でぱっとしない仕事をしていたねずみみたいな小男だった。彼がそれ程多くの遺産を残したはずはない。調査する必要がある。

「あれえ、彼はバルト銀行の副頭取だったじゃないか」ポメロイは言った。「編集者は正真正銘、掛け値なしの気違いだ。次をきいてごらん」

夕べの讃美歌は六時半です。そうです、モウルド夫人、六時半きっかりです。そしてキング氏は左手の座席のよく見えるところにいます。ご出席をお待ちしています。かりにあなたが教会の大黒柱ではないとしても、いつもあなたは柱の陰に隠れて何かしてくれていますね！

「おやまあ、まだあるぞ」

もしチーズマン・プレイス七番地のゴールドベリイ氏が牧師館をお訪ね下さるなら、先週の日曜日に献金袋に入れたズボンのボタンをお返しします。牧師にとりましては、それは何の役にも立ちません。しかしその反対に、あるべき場所にあったならば、それはゴールドベリイ氏には極めて重要であるに違いありません。

「笑っている場合じゃないんだぞ、そこのお二人さん。弁護士の手紙を見れば、笑ってなどいられないぞ。次はこれだ」

「何故にかくも悲しむや、いとしき人、何故にかくも悲しむや」この質問はホープ通りの歯医者であるわれらのウイリアム・ブリッグズに向けられたものである。ピンクシフォンのドレスを着た女性があなたを袖にしたのですか、それともいつものように、家賃が滞《とどこお》っているだけなのですか。元気を出せよ、ウイリアム。君には僕らがついている。

「何てこった。ますますひどくなる。まあ聞きなさい」

もし運転者諸君が面倒に巻き込まれたら、私が与える忠告とは、市庁舎のウォルトン警部をその私室に訪ねて面会することである。もちろん小切手は受け取らない。しかし裁判所での訴訟手続きの面倒と費用をかぶるよりは、僅かな金を便利な現金でテーブルの上でさっと払う方がはるかによい。ただし、領収書は請求しないこと。

「何てこった、全部見る前に裁判にかけられそうだ。次は弁護士が忙しくなりそうな記事だぞ」

ヴォイド家とメリマン家の結婚式はとても興趣《きょうしゅ》に富んだもので、若いお二人には、お幸せにと申し上げる。礼儀上「若い」と申し上げたが、花嫁が二度と再び三十五歳を迎えることはないというのが公然の秘密である。花婿もまた馬齢を重ねつつあるといわんか。ところで、今しも牧師が「正当なる言い分、もしくは婚姻障害のあるときは」と言ったときに何故に花婿はぎくっとしてうしろを見たのであろうか。それは全く無害であったことは間違いないが、良からぬゴシップの種を蒔《ま》いた。後の祝宴に出席できたのは光栄だが、贈り物の見張りをする探偵がいた。われらは彼の仕事はなくもがなと切に思う。贈り物が危険にさらされるはずもなかったからである。ウイルソン少佐が贈った真鍮《しんちゅう》のナプキン・リング二個が最も金目のものであった。花嫁の父からの封筒に入った小切手もあった。われらはその正確な数字をきいたが、封筒の必要をわれらもとくと認識した次第である。とはいえ、駅までのタクシー代はまかなえると思う。幸せな二人は新婚旅行にマーゲイトまで行くやに聞いており、もし金が続けばラムズゲイトまで旅程をのばすやもしれぬ。連絡先、駅前のパブ・赤牛。

「まてよ、この人たちはロザーヒースで一番の金持ち連中じゃないか」ポメロイはおでこを拭いながら言った。

「まだまだあるが、わしらを破滅させるにゃ以上でもう十分だ。いくらででもいいから家財道具を売り払って、町からきれいにおさらばするしかないな。やれやれ、あの二人組は精神病院から出てきたんだな。とにかくまず二人に会わなきゃ。ひょっとすると二人はこの冗談の償《つぐな》いができるくらいの百万長者かもしれん」

　彼の作戦は、しかしながら、何も実を結ばないものであることが判った。もらった住所を訪ねてみると、そこは空き家だった。隣りの管理人は事件のことなど皆目知らなかった。あの若い男が荷物を受け取るのに、何故門で待っていたのか、今になって判った。ポメロイは次に何をしたらよいのだろう。どうやら令状が来るのをじっと待つしかないようだった。ところが二晩おいて、彼が戸口で手にしたのは全く別種の書類だった。「ロ陽青会」

という名前の入ったもので、次のように書いてあった。

「ロ陽青会の特別集会が今夜九時、スタンモア・テラス十六番地、ジョン・アンダソン治安判事宅のビリヤード・ルームで開かれることになりました。印刷業者ジェイムズ・ポメロイ氏のご臨席こそ切に願わしい次第です。討議されますことは、教区雑誌最近号に印刷された数々の恥ずべき記事に対する氏の責任ということになっております」

　ポメロイ氏が約束の時間に寸刻たがわなかったのは想像に難くない。

「旦那様ご自身は不在です」従僕が言った。「しかしご子息のロバート・アンダソン様とそのご友人がお会いになります」従僕の眼にはおどけたような光があった。

　印刷業者は小さな控えの間に通されたが、そこには二人の男――一人は郵便屋でもう一人は見たところケチな商人風情――が腰掛けていた。この二人とも自分と同じくらい困惑してしょんぼりしていることに、彼は気づかないわけにいかなかった。彼らはどんよりとした光のない目で彼を見やったが、口をきく元気さえないらしく、さりとて彼も沈黙を破るほどの気力も出なかった。ほどなく一人が、次いでもう一人が呼ばれた。最後に従僕が彼の方にやって来て、ドアをさっと開けた。

「ジェイムズ・ポメロイ様」従僕が大声で告げた。

　玉突き台を備えた大きな音楽室のはじに、若者たちが半円になって座っていた。皆非常に難しい顔をして、何か書くものを前にしていた。二十一歳以上の者は一人もおらず、また、男女の数もちょうど半々というところだった。彼らに交じって、彼をそんな日に遭わせた例の二人がいた。彼が怒ってにらみつけるのに二人は彼ににっこりと笑いかけた。

「どうぞお掛け下さい。ポメロイさん」タキシードを着た議長役のとても若い男が言った。「ロ陽青会総裁として、私からお聞きすることになっている質問が一つ二つあるのです。教区雑誌のこの度の事件では多少びっくりなさったかと思いますが」

「びっくりしましたとも」ポメロイはむすっとした声で言った。

「睡眠に響くほどでしたか」

「あれ以来まぶたも閉じておりませんや」

押し殺したような賞讃のどよめきがあって、数人の会員が身を乗り出して、ロバート・アンダソンに握手を求めた。

「将来の計画に響きましたか」

「町を出ようとまで考えとります」

「上出来です！　さて諸君、今日の金メダルは、立案及び実行ともに実に見事、演技も賞讃すべきアンダソン君とダンカン嬢に与えられるべきだと考えます。ポメロイさん、あなたが当然感じておられた心配を取り除くために、今すぐ説明致しましょう、あなたは冗談にひっかかったのですよ」

「ずい分と迷惑する人が大勢いるでしょうが」印刷屋は言った。

「とんでもない。何の実害もありません。あの印刷物は配布されてはいないのです。あなたに届いた手紙は、われわれのところから出ているのです。われわれはですね、ポメロイさん、ロザーヒース陽気な青年会といいましてね、機智《きち》を駆使《くし》して、世の中をもっと楽しくもっと活気のあるものにしようと努力しているのです。今回はこの界隈《かいわい》に住む人をどっきりさせるのが一番うまかった会員に賞が与えられました。数名の候補者がいましたが、全体として、賞は今述べたように授与されることになったわけです」

「しかし――しかしですよ――承服できませんな」ポメロイは声をつまらせて言った。

「まったくです」議長が楽しそうに言った。「われわれの行動のすべては、そう言われても仕方がないと私も思っています。しかし一方ではですね、コミュニティー全体の楽しみのために、われわれの被害に遭われた方々は、己《おの》れを空《むな》しゅうして、われわれの犠牲となられたのだと申し上げたい。特製銀メダルを、今、あなたの上着におつけして、このたびの思い出となされては如何《いかが》でしょう」

「それに父が戻ったら話しておきますよ」アンダソンが言った。「つまり、父の会社のために印刷やら何やらやって頂くことになりますよ」

「私の父は本当に教区雑誌を編集していますのよ。そもそもそれで思いついたんですもの」ダンカン嬢が言った。「結局印刷をお頼みすることになるでしょう」

「サイドボードに出ているウイスキー・アンド・ソーダと上等の葉巻をどうぞ」議長が言

った。

というわけで、ほどなくポメロイ氏は、結局のところ若い連中にゃ逆らえんし、連中がいなくちゃ世の中つまらんと考えながら、夜の闇へと出て行った。

"The Parish Magazine"〈ストランド・マガジン〉一九三〇年八月号初出

最後の手段

キッド・ウイルソンの本来の故郷は、大西洋であったと思われる。イギリスもアメリカも、彼に対して、いて欲しいという素振《そぶ》りさえ見せなかったからである。しかし何とかして、彼はロンドンに潜り込んで、犯罪者階級すれすれのところに自分の居場所を見つけた。ウォルドレンと私は、ソーホー地区の奥の小さな評判のよくない店で時折彼と会うことがあった。そこは最後の郵便配達で店開きし、最初の牛乳配達で閉店というところだった。耳よりの話が必ず聞けた。残念ながら、美徳を悪徳のように面白くするわけにはいかない。美徳は控え目であり、悪徳は出しゃばるからである。ある事をしない人はより善良な市民であるが、それをする人の持つ魅力には欠ける。これは悲しいが真実なのだ。

キッド・ウイルソンが口を開くと、私たちはうっとりして聴いた。彼が話してくれる世界は、私たちには未知の世界であったし、しかも彼は、彼なりの荒っぽいやり方ではあったが、私たちを唸らせる術を心得ていたからである。今にも倒れそうに傾いた椅子に座り、黒い葉巻を唇のはじにくわえて、彼はアメリカの大都市の暗黒街へと案内してくれた。そこでは彼は紛れもない一流のガイドだった。海の向こうで彼が恐れていたのは、保安官や警察本部長などではなくて、彼に恨みを抱いている共犯者や犯罪仲間であることが察しられた。朝早く酒場を脱《ぬ》け出《だ》す彼を見ているだけで、有益な教訓となる。上着のすそに片手を入れると、街路に自分の芳《かんば》しからざる姿をさらす前に、追いつめられた動物のような鋭い素早い視線を出口の両側に走らせるのだった。

彼の体験か想像力か、どちらが際立っていたのであろうか、彼は思いのままに私たちを夢中にさせることができた。特にこの晩、彼は長い話を切り出した。ウォルドレンは、話の味はアメリカ語を使うことにあるのだから、私がいくら真似しても無駄だと言っているが、私にだって少し話せるだろう。とにかくウイルソンが話している感じが出るようにやってみよう。

「汚水桶持ったあのアマさえいなけりゃ」ウイルソンは言った。「もっとうまくやれただろうになあ。はっきり憶えているうちに何とかやってみるか。

アメリカのある町でのことだ。名前は言わんよ、面倒がおきるからな。だが俺が言うことはどんな町にも当てはまるのさ。自分で大きなでっかい町を想像してみてくれよ。あんまりでっかく広がったもんで、どうしたって締まらなくなっちまったんだな。町じゅうがまるで腐っちまって、上は市長から下は銀行の使い走りまでがね。いかさま野郎どもが町を牛耳っちまって、酒の密造屋だろ、乗っ取り屋だろ、人殺しだろ、ゆすりだろ、ピストル強盗だろ、そんな奴ばかりさ。密造屋と乗っ取り屋は同じ人間と思っていいんだ、手前《てめえ》で密造し、他の奴らの酒をかっぱらうのよ。警察は買収してあるし、判事は大丈夫になってるし、地方検事も抱きこんで、市長の面倒も見ていたんだ。真正直な陪審員《ばいしんいん》がいたって、保険は掛けてもらえないだろうよ。ギャングどもが、判決の出たその日に、彼をドライヴに連れ出すからね。やってくれる人にぶつかるまで、陪審員候補者に五十人は当たってみることになっていると言ったって、驚かないさ。安全なんてどこにもなかったなあ。州の法務官までがドラッグ・ストアの賭博機で儲けてた。そうとも、あの町はすっかりたががはずれてたよ。俺もやってたさ、忘れてなんかいない。警察に身売りをするまでは、ビールで儲けていたんだ。

だんだんにそうなっていったんだ。初めのうちは、イタ公やら、あっちの方から来た色の浅黒い奴らが、自動ピストルや機関銃を振り回して、互いにやり合うのを見てると面白かったな。ギャング同士の出入りがしょっ中あって、イの字が三つついた名前の野郎が町で縄張りを分取《ぶんど》ろうとしてたところへ、もう一人、オの字が三つついた名前の野郎が腕ずくでのし上がって来てな。それから派手な撃ち合いがあって、弾が当たるたびに必ずいかさま野郎が倒れるってわけよ。だが、そうこうするうちに、まともな人間も、次に撃たれる鳥は自分らしいと判ってくる。そうなりゃ奴も目が覚める。そこへゆすりがやって来て、どの店も脅されておとなしくするか、さもないと、ゴリラみたいなギャングどもがなだれこみ、商売物は道路に放り出され、店主が最後に投げ出されて終わり。金も、いかさま野郎の思うがままだったし、海の向こうの新天地じゃ、金は大事よ。ああ、そうとも、ひでえとこさ、そのくせ誰も世直しなんかできねえんだ。ところができた奴が一人いたんだ。ギデオン・H・ファンショウさ。ギデオンにはかなわねえ、本当さ。

変わった男さ、ギデオン・H・ファンショウは。気違いだと言うのもいたし、天才だというのもいた。彼は金持ちで、それもすごい金持ちだった。不動産屋をしているグールド・ファンショウ一族の跡取りだったからな。彼は自分の書斎で本に埋もれて暮らしていた、ある種の夢想家でね、しかし時々その夢から覚めるらしく、そうなると事がややこしくなったのさ。一度など夢から覚めるや、アラスカの最高峰まで登っちまってね。その次に覚めたときは、家の中に入ってきた泥棒を三人殺しちまった。それから戦争中に目覚めて、一年間姿が消えたと思ったら、足を一本なくして、フランスの勲章をもらって帰ってきた。そうよ、奴は得体の知れない男で、うっかり手を出すと火傷《やけど》をする人間だった。頭にはでっかい脳味噌が詰っていて、そのくせ口はねずみ取りみたいで、あごは鮫《さめ》みたいだった。奴の目が覚め出して、睨みを利かすと、誰かが思い知ることになったのさ。いいかい、みんな、アメリカには危険な男が山程いるよ、俺が言うんだから確かさ。だがな、一番危険なのは、当たり前の人間が追いつめられて逃げ場がなくなって、自分でやるしかなくなった時なのよ。サンフランシスコの自警団の話聞いたことあるだろ？　まあ、俺が言うのは、ああいうことさ。

一ヵ月かそこらのあいだ、ギデオンは車に乗って、その辺を嗅《か》ぎ回《まわ》って、あちこちで聞き込みをやり、探りを入れていた。それから、彼の家の書斎で幾晩も徹夜の会談が行なわれ、法律、警察関係の大物連中の行状記録を検討し、演説をし、計画を練り、皆の分担が決まり、経費として各々千ドルずつ持たされたんだ。その頃、俺は警察のスパイをしてて、そういう会議に一、二度引っ張り出されてね、二百人ばかりの市民代表が出席していて、俺が知ってることをきかれたね。俺はたっぷりお礼をもらってたが、口を割るんじゃないぞ、さもないと黙らせてやるぞと言われた。いやあ、あいつらの言うことは本気だよ。たった一人、全然汚れてない役人がいたな。警察本部長のジャック・バーロウだ。彼はいわゆる独裁者じゃなかった。もしそうだったら、とっくに追い出されてるか、射たれて冷たくなってただろう。しかし彼は真底《しんそこ》公正な男だった。ある夜、ギデオン・ファンショウはジョン・バーロウに会いに行ったよ、二人のあいだにあったことを話してやるが、俺の語り口でやらせてもらうよ。

挨拶がすむとギデオンは部屋をじろりと見まわした。

『いいかい、ジョン、隠しマイクはねえんだろうな？　角を曲がったところに速記者がいるなんてこともねえんでしょう』

『あなたにそんなことしやせんよ、ファンショウさん』部長は言って、笑いながら、友達みたいに、葉巻の箱をすすめた。

『男の約束をしてくれるんだろうな、ジョン』

『ああ、大丈夫さ』

『よし、仕事の話なんだぜ、ジョン。言うことは全部額面どおりだぜ。まず第一に、マッタ協会のこと聞いてるかい』

『聞いてないようだな。協会などというものにはとんと疎《うと》いのでね』

『その話をしようと思って来たのさ。この町の最良の市民が二千人も加入してるよ。名前は〈待ったをかけにゃならぬ〉ということさ』

『いかさまやワイロに待ったをかけるということかね』

『そのとおり。いいかい、ジョン、何とかしなくちゃっていうことは、俺と同じくあんただってわかってるだろ。われわれはみんなあんたなら信用する。あんたは真っ直ぐな人間だと知っている。けど、あんたの力はもうない。あんた自身の警官隊もはじからはじまで腐っちまってる。違いますかい』

『すぐちゃんと直せるんだ、ファンショウさん、支持してもらえればね。だが、私に何ができる？　あいつらは金は持っているし、一まとめに丸ごと買収してしまってる』

『あんたを除けばね』

『いいや、ファンショウさん、名前を挙げられる何人かが他にもいるさ。だが、われわれに何ができるというんだ』

『何もできやせんよ、ジョン。だからこそ代わりに、われわれがやろうというのさ。さて、先ず、あけすけに言わせてもらうが、あんたの地位の給料がどの位のものか、私には判ってるんだよ』

『いや、そんなものは市の決算報告書に出ているよ。正しい数字なんて、あれくらいのものだよ』

『そこで、と』――ファンショウ氏はポケットから書類の束を取り出した――『これは一流の有価証券の無記名債券なんだが、持っていてくれ』

『ファンショウさん、俺を馬鹿にするのかい。俺を真正直な人間だと言っていながら、どうしてこんな代物をここで持ち出すのかね』

『そう怒りなさんな、ジョン。言うことが判っていないんだな。この債券を持っていてほしいんですよ、ジョン、われわれのすることで迷惑がかからないための保証なんだから。迷惑することがなかったら、返してもらいますよ。だが、われわれのしたことで、あんたが馘《くび》にでもなるようだと、われわれがあんたに与えた損失を償うのが正義というものでしょう。何か反論がありますか？』

『いや、君にかかると、公正なように聞こえて来るな、ファンショウさん。君のために俺の身分を敢えて危険にさらさねばならないなら、まあ、俺も結婚していて家族がいるのだし、生きて行かなきゃならないわけだ。俺にしてもらいたいことが何か、それ次第だな。不正なことなら、よしてくれ。なかったことにしてもらう』

『不正を働く野郎が相手なんだから、不正なわけがないだろ。まずだね、ジョン、真正直な人で、あんたの命令どおりに動く人がいるかね』

『もちろん、信用して良いのが二百人はいる』

『それではそれを一隊に組んで、私が指定する夜に、言われたとおりにするよう命令を出してくれ。残りの人間は、一般の通行人でないかぎり、全部本署かどこかにとどめておいてくれ。できることなら警官に怪我をしてもらいたくないからね、それに、奴らとわれわれの間に割って入るようなことをすれば、必ず怪我をするよ。何とかこれだけやれるかね？』

『まあ、もっともな言い分のようだな』

『次に、その夜は、あんたが戻るまで、何物にも触れるなと補佐の人間に命令を下してから、電話も届かない所へドライヴに出掛けてもらいたい。われわれが自由裁量権を持てるから。それがこっちの狙いなのさ』

『しかし、何をする積《つも》りなのかね、ファンショウさん』

『まあこれ以上は言わずにおこうや、ジョン。知らなければ、片棒担いだと思われずに済む。あとはわれわれに委せるこったな。もしすべて順調にいったら、この債券は返してもらう。面倒が起きて、馘になったとしても、悪くはないだろ。どうかね』

『なんだか少し物騒だな、ファンショウさん。だが、そういう約束ということで、あなたの言うとおりにしよう』

という次第さ。そして五月十四日になると、正直者のジョンは本当に姿をくらましてしまい、一方、鎧を着たデカたち——ということは制服姿の警官のこった——が、元気に二百人、公会堂に出頭したんだ。そこがギデオン・H・ファンショウと彼のマッタ会員たちのその夜の本部だったんだ。

十二時に笛が鳴った。いかさま野郎どもはすべて何日も前からリストに作られていて、見つけ出すのは造作もなかった。ハードボイルド派の市民で一杯の三百台の車が彼らを追いつめ、大部分が捕まった。女には指一本触れなかったさ。男を相手にするほうが利口だと考えたからね。取っ組み合いや撃ち合いが町中で持ち上がったが、すべては計画どおりにいった。一時かそれをまわる頃には、公会堂から四ブロックの範囲にわたって、車が二重に並んでいた。そこでフィル・ハドソンが、この男はこの急襲計画を指揮した男で、第一次大戦の優秀な戦闘機パイロットであった小柄なタフガイだったが、彼が準備完了、予定どおりとフアンショウに報告したんだ。

　公会堂は照明が全部つけられていて、一方のはじにファンショウが十人ほどの仲間と共に、高いテーブルに着いてたな、リストと書類が前に出ていて、どの男も傍のテーブルの上にピストルを置いていたよ。彼のうしろには彼の護衛隊がいて、二十人の男がショットガンを持って、それぞれ腕にはマッタ・バッジをつけていたよ。そのほとんどが元軍人のマッタ協会員だった。公会堂にはこういう連中が二、三百人と、俺のような一般の人間が何人かいた。その頃俺は警察のスパイをしてたと言っただろう。だから、他の奴らみたいに、俺はそこにいて、ある野郎の素姓《すじょう》が問題のときは、時々うなずいたり、男がデタラメを言ってるときは、頭を振ったりしたんだ。

　フィル・ハドソンご本人が演壇の下までやってきて、会釈をした。

『見つけたのはこれで全部です、隊長』彼が言った。『何人かは情報が洩れて逃亡しましたが、たいした数ではありません』

『何人見つけたのかね、フィル』

『千人、あるいはそれ以上です』

『怪我した者は』

『十人か十二人ばかり撃たねばなりませんでした。六名の市民が撃たれました』

『いかんなあ！　いかんぞ！　さて、始めるとしよう。まず市長をここへ！』

肥《ふと》った爺さんのトム・バクスターが、すっかり度肝を抜かれて、両脇を護衛に付き添われて連れて来られた。彼はどうしようもない爺《じじ》いの田舎成金《なりきん》で、たえず女どもの尻を追いかけまわし、ゴミ棄て場のゴミみたいに腐り切った奴だった。

『償いはしてもらいますよ、ファンショウさん。この乱暴狼藉《ろうぜき》は何のつもりです』

『この町を清潔にするために集まっているのです、市長殿。そこでわれわれは一番上から始めますんで。マッタ協会の委員会では、あなたの行状の証拠を調査してきました。あなたはぺてん師どもをかくまってきた。彼らの金を受け取ってきた。あなたの職権の使ってはならない使い方をしてきた。連れて行け！』

『連れて行けだと？　どこへ』

『音楽堂へだ。そこへ行けば、今に、友達みんなに会える。お前一人じゃない。片付けろ！』

そこで、市長は両脇にピストルを突き付けられたまま、通路を去っていった。次いで続々と行列が始まった。第一は地方検事のバージェスで、猛烈に怒ってたよ。

『法律に訴えてやるぞ、ファンショウさん。あなたのところの悪党どもが、私をベッドから引きずり出したのがお判りか。このレインコートの下はパジャマしか着けておらんのですぞ』

『そりゃお気の毒に！　お気の毒に！』ファンショウは言った。『しかし、この町の人はあなたの職務のやり方に不満でしてね、検事殿。あなたの事情を調べたところ、あなたには不利な結果となりました』

『何の権利があって』

『人民の権利です。すべての権力は、人民から生まれるのです、検事殿、そして、すべての権力は、人民に役立たねばなりません。あなたは金を貰って、不正な奴らに法律逃れをさせてやった。殺人事件をいくつも見逃してやった。あなたはギャングどもに雇われた下僕だ。音楽堂へ連れて行け』

『何で』チビでデブの男はゼリーみたいに震えていた。

『写真を撮るからとでも言っておこう』ファンショウが言った。『とにかく、みんな一つに集まってもらう。連れて行け』

次に来たのがモルタクで、図体のでかい色の浅黒いポーランド人だった。南部地区ビール闇取引のボスで、二年間で五百万ドル儲けたって噂だった。彼は大変な巨漢で、体中毛むくじゃらで筋肉もりもり、演壇上の男たちを殺さんばかりに睨み付けた。

『貴様を痛めつけてやる。この償いはさせて貰うぞ』彼は怒鳴った。

『立場が逆のようですな、モルタクさん』ファンショウは静かな笑いをたたえて言った。『あなたと手下の、二十件の殺人の証拠を摑んでいます。何人手下を捕まえたのか、ハドソン』

『表に七十六人おります』

『そうか、いちいち区別していられんな。全部行ってもらおう。また音楽堂で会おう、モルタク。彼と手下を全部一緒に連行しろ』

そいつは一暴れしようとしたが、腕をねじ上げられると、もうお手上げだった。協会の元軍人たちの中には、手荒《てあ》らな連中がいたね。彼らがモルタクを追い出すと、代《かわ》ってジェナロが来た。南欧協会のボスだ。この抜け目ない卑劣な南国人はタキシードを着ていて、おかまみたいなくせに、殺人の常習犯だった。なにか気取った集まりをしてたところを引っ張られたので、かんかんだった。

『お客の目の前で私を連れ出したのよ、ファンショウさん。よくやるじゃない。この町の最高のお客さんたちだったんですよ。裁判官六人が今夜一緒に私と食事をしてるのに、そこから私を引きずり出す気なの』

『その裁判官も捕えたか、フィル』ファンショウがきいた。

『はい、隊長』

『他の者どもと一緒に中へ入れろ。さて、ジェナロ、もうその話はしない。五十近い殺人でお前を押《お》さえている。お前は直接手は下していない。機関銃とピストルを持った手下がいるな。奴らは皆お前の一味であることに変わりはない。ギャングどもを捕えたか？』

『六十人捕えました』

『連れて行くには十分だ。音楽堂へやるんだ』

一晩中かかってあらゆる種類の無法者が連行されたんだ。人殺し、ピストル使い、密売人、乗っ取り屋、ゆすり、ぽん引き、引ったくり、強盗にピストル強盗、ありとあらゆる詐欺師どもだ。ファンショウはこれらすべてを調べ上げ、作ったリストに指を走らせながら、男の記録をその場で摑んで、一言か二言で処理していった。しばしば仲間と相談し、たまに俺とかそのほか内部に入れた者の合図を求めたりした。ときどきは厳しい警告だけで釈放される奴もいたが、音楽堂へ送り込まれた人間のほうがはるかに多かった。ファンショウは立ち上がり、体を伸ばすと、喫いかけの葉巻を投げ捨て——彼は夜っぴて喫い続けていたんだよ——壇を降りた。皆も後に続き、俺もついてった。

通りは凄い人で、警官とマッタ協会会員が人垣をつくり、ファンショウと役員たちは、ほんの三、四ブロックはなれたところにある音楽堂まで歩いて行った。俺は人混みを縫って歩いて行き、彼らが入場したあとそこへ到着した。入口に護衛がいたが、警察署での仲間のマクドノヴァンがいて、俺が紛れ込もうとしたら、肩を摑んできた。

『とんでもないことだよ、君』彼が言った。『君が何者か、連中は知っている。奴らの中へ入ってみろ、葬式もできないくらい滅茶苦茶にされるぞ』

『どこかで見るだけできないか、マック』

入って直ぐの所に、小さな金属張りのドアがあり、彼はそれを開けた。『この階段を上がって行けよ』彼が言った。『親玉の護衛に怪しまれるぞ、だが上がって行けば、全部見えるよ』

そこで俺は上がって行った。上まで行くと見張りがいて、俺の顔にピストルをちらつかせたが、俺が挨拶したら、見えるところにいさせてくれた。

音楽堂といったって、備品一つない大きな四角いダンスホールだった。一方の端に、楽団が演奏するための二階の回廊があって、俺はそこにいたんだ。回廊へ上がる階段があって、その下には見張りのついた鍵のかかったドアがあった。見張りがいる金属張りのドアがほかに二つ三つあって、高いところにある窓にはどれも板が打ち付けてあった。ホールには二百人くらいの人間がいて、ある者は正装していたが、大体はだらしない格好をして、とにかく皆怒り狂っていた。拳骨《げんこつ》を回廊の方に向かって振り上げて、自由の身になったらマッタの奴ら、目にもの見せてやると脅しをかけ、あらん限りの悪口雑言をがなりたてていた。

踊り狂う――奴らはまさにその状態だったが――のを見下ろすと、トップライトがまともにあたって、わめきたてる大きな開いた口、歪んだ顔、それから、親玉に向かって振り上げた握り拳だけが目に入った。親玉が冷静なのには参ったね。二、三人の役員と黙ってそこに座って群衆を見下ろしていた。氷づけの魚みたいに黙ってた。彼の両側にはピッカピカの真鍮の三脚があって、写真屋が使うみたいなヴェルヴェットの布がどっちにもかけてあった。六名のマッタがうしろに控えていて、本物の百戦錬磨《ひゃくせんれんま》の強者《つわもの》と言っても間違いない。

やがてファンショウが立ち上がり、手で静まれと合図をした。悪態をつく声が上がっていたが、彼が立って、死んだような顔とつららみたいな目で彼らを見下ろすと、その声も止んで、誰も部屋にいないみたいにシーンとなっちまった。そこへ彼が電気みたいなパキパキした声で話しはじめた。

『ここに何人かのアメリカ人がいる、何という恥さらしだ』彼が言った。『彼らは堕落して、道を踏みはずした。しかも彼らは民衆によって選ばれて、諸事万般《しょじばんぱん》を託された者たちなのに。気の毒に思うが、全部当人の責任だ。残りの諸君はといえば、ほとんどが外国からやって来た。貧困または暴政に耐えかねて来たのであろう。君らはこの地へ来て、アメリカはそれを歓迎した。これ以上できないほどの寛容を示した。一年もしないうちに、諸君は最も古くから住んでいる者と平等な存在にしてもらった。アメリカは広大な土地を与え、諸君の住む所とし、持てる才能のすべてを生かすよう望んだのだ。アメリカは諸君のためにそれだけのことをしてやった。しかるに諸君は何をアメリカのためにして来たか。諸君は法を破り、多くの都市の名を汚し、不正に得た金で市民を堕落させ、法律組織を破壊し、汚れた手で抱きこめないとみるや、平和の守り手を殺害してきたのだ。一言で言えば、諸君がして来たことのために、われわれ、真の人民がついに立ち上がり、善良で自由で寛容ではあるが、与えて来たものを悪用する者を罰する力も持っている、生きたアメリカを示すことになったのだ。諸君がわれわれにそれを強いたのだ。われわれをここまで追い詰めたのだ。言うことはそれだけだ！　思う存分やれ！』そのうしろにいた百戦錬磨の男たちが、直ちに姿勢を固め、一瞬にして皆殺しが始まった。

俺はちらっと見ただけだったが、皆ドアの方へ殺到するわ、板を打ちつけた窓へよじ登るわ、犬に追われたねずみみたいに部屋の隅に折り重なるわ、金切り声を上げて走り回るわ、つまずくわ、倒れるわ、人のうしろに隠れるわで、死体の山ができ、判事たちは一かたまりになってぶっ倒れていた。市長は両手を上げて一目散に走っていた。みんなこの目で見たような気がしたが、その時だ――その時――」

「その時どうした」

「まあまあ、初めに言ったように、汚水桶持ったアマのがちゃがちゃいう音とピストルのバンバンいう音が一緒になってさ、そこへアマがうろちょろして、あんたもう起き上がって、出てったと思ってたわ、と言うんだ」

私たちはむすっと黙りこんだ。

「何だいこれは」私はとうとう叫んだ。「全部夢だったというのかい」

「まあ、そう言いたきゃ言ってもいいさ」ふやけた葉巻を唇から取って彼は答えた。「夢想と言う方がいいかな。このとおりのことにはまだなってない。しかしまあ待っていな、みんな、ちょっと待ってみていなよ」

気の毒だった。彼の話の終わりはどうみても竜頭蛇尾だったと私たちは感じていた。ところが、彼自身の命の終わりは実に劇的だったのだ。ほんの二、三日後のこと、朝刊に簡単な記事が載った。「ソーホー、カーライル街の下宿屋の玄関先で、昨日早朝、ウイルソンなるアメリカ人が倒れているのを警官が発見した。ナイフによる傷が数ヵ所あり、暴漢は戸口で彼を待ち伏せ、被害者がいつものとおり早朝帰宅したところを襲ったものと見られる。発見時には命を取り止めていたにも拘《かかわ》らず、黙秘したまま、病院へ運ばれる途中で死亡した。目下のところ、暗殺者の手掛りは得られていないが、アメリカにあの荒廃を生んだギャング組織に、この悲劇的事件が関わっているものとみられる」

“The Last Resource” 初出は、ニューヨークの〈リバティ〉一九三〇年八月十六日号だが、本書の底本は〈ストランド・マガジン〉一九三〇年十二月号

編者解説

北原尚彦

名探偵シャーロック・ホームズの生みの親である、英国の作家アーサー・コナン・ドイル（一八五九―一九三〇）。幼少期から物語を聞いたり読んだりするのが好きで、自分でもお話を作っていたという。医学の道へ進んだが家計が苦しく、それを助けようと出版社へ小説の投稿を続けた。最初に原稿が採用されたのはまだエディンバラ大学医学部に在学中のことだった。その後医者になったがそちらはあまり繁盛せず、シャーロック・ホームズ・シリーズ（研究家は「正典」と呼称）のヒットを期に専業作家になった、という経緯がある。

彼はSF長篇『失われた世界』を始め、ホームズ物《もの》以外にも多種多様な作品を書いた。生涯にわたり長・短篇合わせて二百数十篇は執筆しており、その多さゆえか、作者のネームバリューの割に現在ではあまり知られていない短篇群もある。それらの中から、重要な作品を選び出したのが本書である。

本書の成り立ちについて、少し詳しく説明しておく。本書は、《コナン・ドイル未紹介作品集》『ササッサ谷の怪』『真夜中の客』『最後の手段』（中央公論社／一九八二〜八三年）収録作から精選して一冊にしたものである。《コナン・ドイル未紹介作品集》はジョン・マイクル・ギブスン&リチャード・ランセリン・グリーン編『UNCOLLECTED STORIES : THE UNKNOWN CONAN DOYLE』（一九八二年）を邦訳・分冊化したもの。《THE UNKNOWN CONAN DOYLE》は SECKER & WARBURG 社から全部で三冊出ているシリーズで『UNCOLLECTED STORIES』は埋もれていた作品を集めた短篇集。残る二冊は『ESSAYS ON PHOTOGRAPHY』（一九八二年）と『LETTERS TO THE PRESS』（一九八六年）。前者はカメラや写真に関するエッセイ、後者は出版社宛の手紙を集めたものである。

邦訳《コナン・ドイル未紹介作品集》一冊目の『ササッサ谷の怪』は、中央公論社で新たにノベルス叢書《C★NOVELS》が始まるに当たっての、創刊ラインナップの一冊だった。監訳者は英文学者の小池滋氏（先般残念ながら物故された）。「監訳者あとがき」には協力者として九名の名が挙げられており、それらの方々が下訳を行ったようだ（それぞれどの作品を担当したかは不明）。そのような場合、一般的には小池滋氏が「訳者」としてクレジットされるものだが、奥ゆかしい方ゆえ監訳者の表記を指定したのであろう。

それにしても、いわゆるノベルスで刊行するには渋すぎる内容だったので、大昔のことだが小池氏にぶしつけながら（大変ぶしつけだが若き日のことゆえ御容赦頂きたい）「小池先生、あの《コナン・ドイル未紹介作品集》って、版元を騙して出させたんじゃないですか」と申し上げたところ、小池氏はにこやかに「あっはっは、そうです、騙したんですよ」とおっしゃっていた。

しかし刊行当時の当方はまだ大学生。日本シャーロック・ホームズ・クラブに入会して二年目という新参者。どの巻も出てすぐに読んだものの、「落穂拾い的なもの」と思い込み、そのありがたみをきちんと理解していたとは言い難かった。しかしこちらに知識が増えてから読み返してみて、ようやくその重要性を把握できたのである。コナン・ドイルのデビュー作、そして最後の作品が含まれているだけでなく、内容的にも注目すべきポイントが多々見られたのだ。

今回、収録作を選び出すに当たっては、面白い作品であることはもちろん、コナン・ドイル研究やシャーロック・ホームズ研究の上で重要な作品をピックアップするよう努めた。

以下、各篇について解説する。

「ササッサ谷の怪」

〈チェインバーズ・ジャーナル〉一八七九年九月六日号初出。

コナン・ドイルの小説で初めて雑誌に掲載された、いわゆる「デビュー作」である。但《ただ》し（当時はしばしばあることだったが）作者名のない〝無記名〟での掲載だった。とはいえ、コナン・ドイルの華麗なる小説家キャリアは、ここから始まるのだ。この時点ではまだ大学卒業前、弱冠二十歳なのだから、立派なものである。

舞台となるのはアフリカ。「海外で起きた怪奇な出来事」という構図は、すでに始まっている。これがやがて『緋色の研究』や『四つの署名』のように、「海外で起きた怪奇な出来事から、英国で事件が起きる」という構図（後半でその海外の出来事が語られる）になっていくのである。

岩山で囁かれる怪談の謎を解く話。棒と紐を使って位置を特定するくだりがあるが、これは後の「マスグレイヴ家の儀式書」（『シャーロック・ホームズの回想』所収）と共通するところがある。

「アメリカ人の話」

〈ロンドン・ソサエティ〉一八八〇年クリスマス号初出。

外国でのことだからと大ぼらを吹いた「ほら話」としても、人間を捕らえるほどの食虫植物が存在したらという「SF」としても読める作品。これも「海外で起きた怪奇な出来事」パターンだが、今度の舞台はアメリカ。「ジェファソン」・アダムズという人物が登場しているが、『緋色の研究』でも「ジェファソン・ホープ」というアメリカ人が登場する。コナン・ドイルにはジェファソン＝アメリカ人というイメージでもあったのだろうか。

「退役軍人の話」

〈オール・ザ・イヤー・ラウンド〉一八八二年九月二日号初出。

宿で出会った男が語る、従軍時代の面白い体験談に耳を傾けるという話。しかし最後に、意外な結末が待っている。

コナン・ドイルは売れっ子になる前、あちこちの雑誌に原稿を送っては没になり送り返される、ということを繰り返していた。『コナン・ドイル書簡集』（ダニエル・スタシャワー、ジョン・レレンバーグ&チャールズ・フォリー編）によると、本作も〈ベルグレイヴィア〉誌から返送されてきたという記述がある。

なお、旧版では「老兵の話」という訳題だったが、特に老人であるという記述はないし、題名でも本文でも「Veteran」なので、ここは「退役軍人」の方が相応しいのでは、と考えてこのように変更させて頂いた。

「幽霊選び――ゴアズソープ屋敷の幽霊」

〈ロンドン・ソサエティ〉一八八三年十二月号初出。

幽霊を追い払うどころか、逆に「買ってでも幽霊が欲しい」と思う男の物語。英国では「幽霊が出る」ことが、日本ほど嫌がられない。幽霊は、かえって建物の「付加価値」とみなされるほどだ。それゆえ、このような作品が生まれるのである。幽霊がテーマだが、怪奇小説というよりもユーモア小説である。

「辻馬車屋の話――ロンドンの四輪辻馬車屋の奇妙な経験」

〈カッセルズ・サタデイ・ジャーナル〉一八八四年五月十七日号初出。

三つの話のオムニバス形式になっており、辻馬車で死体を運んでしまった話、毎日同じ時間に同じ場所で規則正しく乗車する男の話、石炭の塊《かたまり》を持った客の話、が展開される。辻馬車の御者が語るという設定だが、『緋色の研究』でもホームズたちに辻馬車の御者が話を語って聞かせるくだりがあるので、本作はそこにつながると言えよう。

「ハンプシャー州の淋しい家」

〈カッセルズ・サタデイ・ジャーナル〉一八八五年五月二日号初出。

片田舎に住む老夫婦。そこへ海外から帰ってきたというひとりの男が通りかかり、泊めることになる。その晩に起こった出来事とは……という話。

英国の民話に似た設定の話があるので、それに材をとったのかもしれない（民話の場合はもっと悲劇的な結末になるのだが）。

「エヴァンジェリン号の運命」

〈ボーイズ・オウン・ペイパー〉一八八五年クリスマス号初出。

とある島から女性を乗せたまま消えた船を巡る物語。海を舞台にした海洋小説は、コナン・ドイルの得意とするジャンルのひとつ。ワトスン博士も、正典中で海洋小説を愛読している。これはコナン・ドイルが若い頃に船医として航海した経験が反映されていることは間違いないだろう。

前半で海洋で起こった事件のあらましが語られ、後半でその真相が関係者によって明かされる、という形式は「J・ハバクク・ジェフスンの遺書」（新潮文庫『ドイル傑作集Ⅱ 海洋奇談編』所収）でも踏襲されている。

本作で最も重要なのは、ポーの作中におけるオーギュスト・デュパンの言葉として語られる「あり得ぬことを消去せよ」「そうして残ったものは、いかに起こりそうに見えなくとも、真実でなければならない」というくだり。これは、シャーロック・ホームズの推理手法として正典中で語られる名セリフそのままではないか。

そして本書収録作の中では、ここまでが「シャーロック・ホームズ以前」の作品となる。

「真夜中の客」

〈テンプル・バー〉一八九一年二月号初出。

代々、小さな島で漁や畑仕事をして暮らしている人々。だがある日、彼らの前によそ者が現れた。それによって起こった事件とは……という話。

本作で一番重要なのは、物語の「舞台」である。この「ウッファ島」、シャーロッキアンならば聞き覚えがあるはずだ。コナン・ドイルのシャーロック・ホームズ・シリーズの作中には、題名やあらすじだけは触れられるものの作品としては書かれていない「語られざる事件」というものが多数存在する。『シャーロック・ホームズの冒険』中の「オレンジの種五つ」に登場する、「ウッファ島のグライス・パタースン一族の奇妙な冒険」も、その一つだ。

一八八七年に『緋色の研究』でシャーロック・ホームズが初登場。一八九〇年の『四つの署名』を経て、〈ストランド・マガジン〉で短篇連作の形式でホームズ物の連載をスタートしたのが一八九一年である。

「やりきれない話」

〈ピープル〉一八九一年十一月二十九日号初出。

洋裁の腕で稼いでいるミセス・レイビー。彼女は新しく受けた注文に力を注いでいた。彼女には会社勤めをやめ、売れない画家となったアルコール依存症の夫がいる。彼は禁酒の最中で……という話。

コナン・ドイルの父親は測量技師として勤め人をしていたが画家でもあった。やがてアルコール依存症が原因で施設に入ることになり、一家を支えていたのはコナン・ドイルの母親メアリだった。つまり本作は、コナン・ドイルの両親をかなりそのままに反映させたものである。両親も息子の作品には目を通していただろうから、これを読んだ際の心情はいかようなものだったろうか。


「連隊のスキャンダル」

〈インディアナポリス・ジャーナル〉一八九二年五月十四日号初出。

連隊で軍人たちが賭けトランプをする中で発生したスキャンダルと、その真相。「アフガン」「ジザイル」などは、『緋色の研究』でも登場するワードである（ワトスン博士が元軍医のため）。「ギャンブル好きの軍人」という設定は、後に「空き家の冒険」（『シャーロック・ホームズの生還』所収）のセバスチャン・モラン大佐にも生かされている。


「業師《わざし》ウィルキーの思い出話」

〈チェインバーズ・ジャーナル〉一八九五年一月十九日号及び同二十六日号初出。

かつてはスリや詐欺師をしていた男が、足を洗った後に犯罪者時代を回顧して語った話。

旧版での訳題は「ウイルキー大尉の思い出話」。しかし犯罪者から軍人になったとはどこにも書かれていない。原文の「Captain」を「大尉」と訳したものと思われるが、これは詐欺やスリの「大物」という意味ではなかろうか。そこで訳題としての座りなどを勘案し「業師」と変更させて頂いた。原題では本文を読むまで何の「Captain」なのか判らないように、邦題でも何の「業師」なのか本文を読むまで判らない、というように踏まえた次第である（ついでにイントネーションを勘案して「イ」を小さくした）。

「死の航海」

〈サタデイ・イーヴニング・ポスト〉（フィラデルフィア）一九二九年九月二十八日号初出。〈ストランド・マガジン〉同年十月号にも掲載。

第一次世界大戦末期、ドイツ皇帝ヴィルヘルム二世は、革命運動の起こる中、オランダへと亡命した。しかし、もしも皇帝が亡命せずにそのまま戦い続けていたらどうなっていただろうか……という物語。一種の架空戦記SFである。

ただ、日本の読者には、その背景が分かりにくいと思われるので、無粋ながら本文冒頭に編者注を入れさせて頂いた（そうしないと普通の戦記小説と思われてしまう可能性もあるので）。

ちなみにコナン・ドイルは第一次世界大戦勃発直前の一九一四年にも、「危険！」（創元推理文庫《ドイル傑作集》5『ラッフルズ・ホーの奇蹟』所収）という架空戦記SFを書いている。これは英国とドイツの戦争を予見したもので、島国である英国が海上封鎖されるとどのようなことになるかをシミュレートし、警鐘を鳴らした作品である。

「教区雑誌」

〈ストランド・マガジン〉一九三〇年八月号初出。

印刷業者が、とある教会で発行しているという雑誌の付録冊子の印刷を依頼される。ところが納品した直後、会社に抗議の手紙が次々に届き始める。彼らは一体、何を刷ってしまったのか……という話。作中に記事が挿入される構造も、ユーモラスな展開も、実にうまい。晩年の作品だが、筆の衰えは見られない。

「最後の手段」

〈リバティ〉（ニューヨーク）一九三〇年八月十六日号初出。〈ストランド・マガジン〉同年十二月号にも掲載。

ロンドン、ソーホー地区の片隅で、ひとりの男が、かつてアメリカのある町で目撃した事件を語る。その町は腐敗しきっており、警察や判事や地方検事のみならず市長までもが悪党に抱きこまれていた。そこでギデオンという男が、荒療治で世直しを試みる。彼が選んだ〝最後の手段〟とは……という話。アメリカの腐敗した町、というくだりは、シャーロック・ホームズ物最後の長篇『恐怖の谷』第二部に通ずるものがある。

コナン・ドイルは一九三〇年七月七日に没し、本作が最後の小説となった（掲載は没後）。

なお、いくつかの原作には小さなミスがあるが、小池氏は敢えてそのままに訳しておられるので、今回も訂正はしなかった。「真夜中の客」でギッブズの息子はふたりなのに名前が三人分あったり、「やりきれない話」では〝アリス〟がミセス・クライヴなのかその友人なのかが分らなくなったりしている。「唇のねじれた男」（『シャーロック・ホームズの冒険』所収）で、ジョン・H・ワトスン博士が妻に「ジェイムズ」と呼ばれているような、コナン・ドイルの「味」だと思っていただきたい。

但し「幽霊選び」「ハンプシャー州の淋しい家」「エヴァンジェリン号の運命」「最後の手段」において、「ジョン」と「ジャック」が混在していることについては、英語圏ではジャックがジョンの愛称として用いられるためである。

以上、コナン・ドイルの作品の幅の広さを感じ取って頂けただろうか。近年では、シャーロック・ホームズだけでなくコナン・ドイルを登場させた作品が、小説・ドラマ・コミック・ゲームなどジャンルを問わず生み出されている。コナン・ドイルが切り裂きジャック事件を捜査する長編小説『探偵コナン・ドイル』（ブラッドリー・ハーパー作）や、コナン・ドイルの半生を舞台化した『ボイルド・ドイル・オンザ・トイル・トレイル』（宝塚歌劇雪組）などというものまである。それらをきっかけにコナン・ドイルに興味を持ち、本書にも手を伸ばして頂けると幸いである。

コナン・ドイルによる、ホームズ物以外の短篇については、現在、新潮文庫の『ドイル傑作集』全三巻でも読むことができる。また創元推理文庫の《ドイル傑作集》全五巻もある。本書の収録作を決める際には、その両者と重複を避けるようにしたので、よろしければ併せてお読み頂きたい。

（きたはら・なおひこ　作家）

編集付記

一、本書は『ササッサ谷の怪　コナン・ドイル未紹介作品集①』『真夜中の客　コナン・ドイル未紹介作品集②』『最後の手段　コナン・ドイル未紹介作品集③』（すべてコナン・ドイル著　小池滋監訳　一九八二〜八三年　C★NOVELS）を底本として、その収録作品から採録し、新たに解説を付したものである。

一、底本中、明らかに誤植と思われる箇所は訂正した。

一、難読と思われる語には振り仮名を付した。

一、本書には、今日の人権意識に照らして不適切な語句や表現が見受けられるが、監訳者が故人であること、また執筆当時の時代背景と作品の文化的価値に鑑みて底本のままとした。

中公文庫

サササッサ谷《だに》の怪《かい》

——コナン・ドイル奇譚集《きたんしゅう》

2024年５月25日　初版発行

著　者　コナン・ドイル

監　訳　小《こ》池《いけ》　滋《しげる》

編　者　北《きた》原《はら》尚《なお》彦《ひこ》

発行者　安部順一

発行所　中央公論新社

〒100-8152　東京都千代田区大手町1-7-1

電話　販売 03-5299-1730　編集 03-5299-1890

URL https://www.chuko.co.jp/

ＤＴＰ　平面惑星

印　刷　大日本印刷

製　本　大日本印刷

Published by CHUOKORON-SHINSHA, INC.
Printed in Japan　ISBN978-4-12-207522-1 C1197

定価はカバーに表示してあります。落丁本・乱丁本はお手数ですが小社販売部宛お送り下さい。送料小社負担にてお取り替えいたします。

中公文庫既刊より

各書目の下段の数字はISBNコードです。978－4－12が省略してあります。

ホ-3-2
ポー名作集
E・A・ポー
丸谷才一 訳
理性と夢幻、不安と狂気が綾なす美の世界——短篇の名手ポーの代表的傑作「モルグ街の殺人」「黄金虫」「黒猫」「アシャー館の崩壊」全八篇を格調高い丸谷訳でおさめる。
205347-2

ホ-3-3
ポー傑作集 江戸川乱歩名義訳
E・A・ポー
渡辺温
渡辺啓助 訳
全集から削除された幻のベストセラー、渡辺兄弟のゴシック風名訳が堂々の復刊。温《おん》について綴った江戸川乱歩と谷崎潤一郎の文章も収載。〈解説〉浜田雄介
206784-4

ホ-3-4
赤い死の舞踏会 付・覚書（マルジナリア）
E・A・ポー
吉田健一 訳
疫病に戦慄する人々を描いた表題作のほか処女作「メッツェンガアシュタイン」など短篇小説十篇と、蔵書の行間に書き込んだ思考の断片「覚書」を収録。
207061-5

オ-1-2
マンスフィールド・パーク
オースティン
大島一彦 訳
貧しさゆえに蔑まれて生きてきた少女が、幸せな結婚をつかむまでの物語。作者は優しさと機知に富む一方、鋭い人間観察眼で容赦なく俗物を描く。
204616-0

オ-1-3
エマ
オースティン
阿部知二 訳
年若く美貌で才気にとむエマは恋のキューピッドをきどるが、他人の恋も自分の恋もままならない——「完璧な小説家」の代表作であり最高傑作。〈解説〉阿部知二
204643-6

オ-1-5
高慢と偏見
オースティン
大島一彦 訳
理想的な結婚相手とは——。不変のテーマを、細やかに描いたラブロマンスの名作を、読みやすい新訳でおくる。愛らしい十九世紀の挿絵五十余点収載。
206506-2

シ-1-2
ボートの三人男
J・K・ジェローム
丸谷才一 訳
テムズ河をボートで漕ぎだした三人の紳士と犬の愉快で滑稽、皮肉で珍妙な物語。イギリス独特の深い味わいの傑作ユーモア小説。〈解説〉井上ひさし
205301-4

シ-8-1
エンデュアランス号漂流記
シャクルトン
木村義昌
谷口善也 訳
初の南極大陸横断を企てた英国のシャクルトンによる探検記。遭難し氷海に投げ出されて孤立無援となった探検隊を率い、全員を生還させるまでを描く。
204225-4

ス-10-1
ホワイト・ティース（上）
ゼイディー・スミス
小竹由美子 訳
ロンドン出身の優柔不断な中年男・アーチーと、バングラデシュ出身の誇り高きムスリム・サマード。ふたりの友情を軸に歴史、信条、言語、世代、遺伝子の差違が招く悲喜劇を描く。
207082-0

ス-10-2
ホワイト・ティース（下）
ゼイディー・スミス
小竹由美子 訳
アーチーの娘・アイリーとサマードの息子・ミラトとマジドは、遺伝子工学者のチャルフェン家と関わり、新たな問題の渦中へ。多文化社会の困難と希望を描く傑作小説。
207083-7

セ-1-3
夜の果てへの旅（上）新装版
セリーヌ
生田耕作 訳
仏人医学生バルダミュは第一次大戦で絶望し、暗黒遍路の旅へ出る。「呪われた作家」の鮮烈なデビュー作。〈座談会〉中上健次他「根源での爆発、そして毒」
207160-5

セ-1-4
夜の果てへの旅（下）新装版
セリーヌ
生田耕作 訳
アフリカ、米国と遍歴を重ねたバルダミュは、パリ郊外で医院を開業するが——。世界に衝撃を与えた二〇世紀文学の重要作品。〈巻末エッセイ〉四方田犬彦
207161-2

チ-1-3
園芸家12カ月 新装版
カレル・チャペック
小松太郎 訳
園芸愛好家が土まみれで過ごす、慌ただしくも幸福な一年。終生、草花を愛したチェコの作家チャペックによる無類に愉快なエッセイ。〈新装版解説〉阿部賢一
206930-5

チ-1-4
ロボット RUR
カレル・チャペック
阿部賢一 訳
人造人間の発明で、人類は真の幸福を得たはずだった——。「ロボット」という言葉を生み、発表から一〇〇年を経てなお多くの問いを投げかける記念碑的作品を新訳。
207011-0

フ-17-1
エミリーに薔薇を
フォークナー
高橋正雄 訳
ミステリの古典にも数えられる表題作ほか「あの夕陽」「ウォッシュ」など代表的な短篇全八篇。巻末に中上健次の講演「フォークナー衝撃」他一篇を収録。
207205-3

各書目の下段の数字はISBNコードです。978－4－12が省略してあります。

フ-17-2
野生の棕櫚《しゅろ》
フォークナー
加島祥造 訳
人妻と放浪する元研修医。増水したミシシピイ河で妊婦を助けた囚人。二つの物語を交互に展開する手法で後世に衝撃を与えた長篇。〈巻末エッセイ〉野谷文昭
207447-7

ハ-6-2
チャリング・クロス街84番地 増補版
〈レーン・ハンフ 編著〉
江藤 淳 訳
ロンドンの古書店に勤める男性と、ニューヨーク在住の女性脚本家との二十年にわたる交流を描く書簡集。後日譚「その後」を収録した増補版。〈巻末エッセイ〉辻山良雄
207025-7

む-4-9
Carver's Dozen レイモンド・カーヴァー傑作選
カーヴァー
村上春樹 編訳
レイモンド・カーヴァーの全作品の中から、偏愛する短篇、エッセイ、詩12篇を新たに訳し直した〝村上版ベスト・セレクション〟。作品解説・年譜付。
202957-6

む-4-10
犬の人生
マーク・ストランド
村上春樹 訳
「僕は以前は犬だったんだよ」……とことんオフビートで限りなく繊細。村上春樹が見出した、アメリカ現代詩界を代表する詩人の異色の処女〈小説集〉。
203928-5

む-4-11
恋しくて TEN SELECTED LOVE STORIES
村上春樹 編訳
恋する心はこんなにもカラフル。海外作家のラブ・ストーリー＋本書のための自作の短編小説「恋するザムザ」を収録。各作品に恋愛甘苦度表示付。
206289-4

む-4-12
極 北
マーセル・セロー
村上春樹 訳
極限の孤絶から、酷寒の迷宮へ。私の行く手に待ち受けるものは。この危機は、人類の未来図なのか——読み始めたら決して後戻りはできない圧巻のサバイバル巨編。
206829-2

む-4-13
「グレート・ギャツビー」を追え
ジョン・グリシャム
村上春樹 訳
フィッツジェラルドの直筆原稿が盗まれた。保険金総額二千五百万ドル。消えた小説の行方を知る者は？ 書店、作家、希覯本の世界。最強の文芸ミステリー！
207289-3

む-4-14
フィッツジェラルド10 傑作選
フィッツジェラルド
村上春樹 編訳
二十代の輝き、哀切の晩年。一冊で見渡すフィッツジェラルドの作品世界。思い入れ深く訳してきた短篇小説とエッセイから村上春樹がベスト十作を厳選。
207444-6